ちりひてこそ

書影手帖

松野陽一

笠間書院

目次

書影手帖

目次細目

I　和本を尋ねて

II　昔の庭

Ⅳ 玩物喪志記

V　戸越だより

I

和本を尋ねて

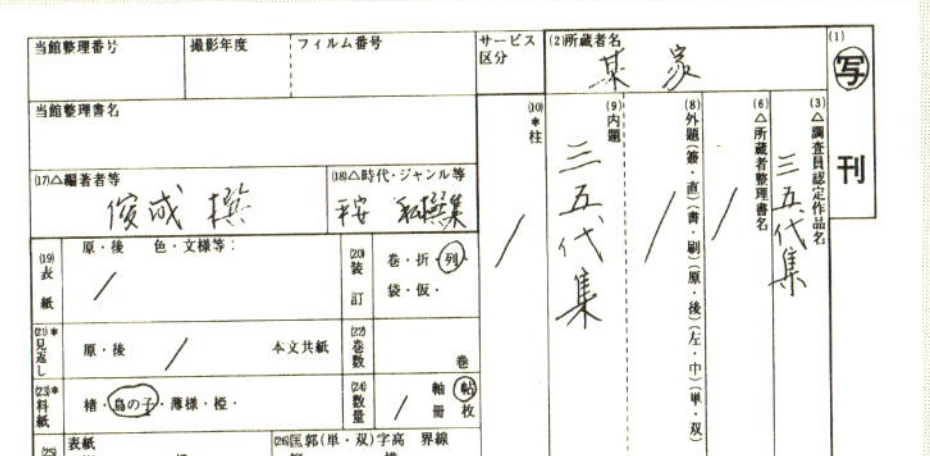

国文学研究資料館細目調査カード
当館整理番号
撮影年度
フィルム番号
サービス区分
(2)所蔵者名 某家
(1) 写 刊
当館整理書名
(10)＊柱
(9)内題 三五代集
(8)外題(簽・直)(書・刷)(原・後)(左・中)(単・双)
(6)△所蔵者整理書名
(3)△調査員認定作品名 三五代集
(17)△編著者等 俊成撰
(18)△時代・ジャンル等 平安 私撰集
(19)表紙 原・後 色・文様等：
(20)装訂 巻・折・列・袋・仮・
(21)＊見返し 原・後 本文共紙
(22)巻数 巻
(23)＊料紙 楮・鳥の子・薄様・楮・
(24)数量 1 軸 帖 冊 枚
(25)寸法 表紙 縦 横 15.6cm×16.1cm
(26)匡郭(単・双)字高 界線 縦 横 cm × cm
(27)外の表紙数以 全 18丁 (2折) 貼紙 遊紙 前 丁 後 丁
(28)一面行数 本文 9行 序 行 跋 行 (首2行)
(7)整理番号
(4)
(29)絵 無・濃彩・淡彩・白描・丹緑・色刷・墨印：( )面
(30)書入 無・有 同筆・別筆 墨・朱・
(31)用字 本文 漢・片・平・ 書入・付訓等 漢・片・平・
(11)刊写年時(含伝承) 鎌倉末写
整版・古活・木活・活版
(32) 1刊記 2奥書 3識語 4極札 5箱書 6広告 7その他
(12)残存 全・(巻7離別 8羇旅) 存 欠
の内
(13)保存 良・並・不良 破・汚・疲 虫 補修アリ
(5)合集状況 合
(14)箱・帙・袋等 数・材質等
(16)序跋 無・有：年時・序跋者
伝来(旧蔵)
(15)蔵書印
裏面記入有・無
補助カード有・無
開紙 要・否
その他撮影時留意事項：
調査年月日：2005年 3月31日 調査者：松野陽一

1　「伊地知牒」の手習い訪書（昭和三十四、五年）

書陵部［藤田正人氏］

和本を初めて手にとったのは、大学院に入って、伊地知《いじち》鐵男先生の「文献研究」の講義を聴いた時である。先生は無論一流、しかしこちらは学部の卒論も活字本だけ、せめて変体仮名が読めるようになったらということで受講したのであるが、和本を読む面白さにぐんぐんひかれたのと、卒論で扱った歌合判詞の「優」「艶」などの評語の本文異同の理由が知りたくて、のめりこんで行くことになった。

「厳しいョ」の評判通りの授業だったが、そのことは別に書いたので（36ページ）、先生の紹介状（伊地知牒《ちょう》と私に称する）をいただいて、諸方の文庫を訪ね始めたころのことを記す。

最初は宮内庁書陵部。伊地知先生の本拠である。初めて閲覧に行った昭和三十四年のころは、書陵部の建物の正面を入って左側が研究部の部屋、先生に挨拶に行って、右側の閲覧室に紹介をしていただいた（二、三年して左、右が逆になったように思う）、強く印象に残っているのは、藤田さんで「ここの本は、見せるためのものではなく、きちんと保存されて行くことに本義がある。今迄も何百年にわたってそうされてきたし、今後もその通りに維持される。

つまり、貴君が死んだ後も、遺り続けるということである。研究のための利用には供するが、この本旨を厳重に認識して大切に扱ってほしい」という心得を冒頭に言い渡された。利用者の誰にも言ったことばには違いなかろうが、写本に接した最初に「死んだ後にも遺り続ける」と訓誡されたことは有難いことであった。骨太の重々しい声調は今も耳に残っている。書陵部通い初期の記憶に鮮明なのは、閲覧前後の時間の橋本不美男氏との語らいと、蚊取線香と、黒枠の扇風器である。橋本さんはこの頃、院政期和歌研究の先達であったから、恰好の質問相手であったし、折しも創られようとしていた和歌史研究会のリーダー格の存在で何かと相談することが多かった、国文学界の情報センター長の役割も果していたので、かなり足繁く通った記憶がある。言って見れば現在の国文研のような所が私の書陵部であった。

扇風器は、大正末か昭和初期の重い動きのもの、明治書院にも同型のものがあったが、ゆっくりと首を振っていた。ただし、伊地知・橋本両先生とも、シャツ姿で団扇を持って話相手をして下さった挙措が目に残っているのだが――。千載集奏覧の最終段階の文治四年四、五月の親宗卿記の記録を伏見宮記録文書の中から見つけて報告した時がこの雰囲気だったように思う。

巨大な蚊がいた。ズボンの上からでも刺す感じで、これは静嘉堂に共通していた。代々の碩学の血を吸って生き延びていた血筋かと思うと妙な感があったが、専任の方にはあの素朴な火器が、桂宮本叢書、図書寮典籍解題を生ましめる貢献の一端を果した必需品だったのであろう。

静嘉堂［丸山季夫氏］

静嘉堂には、チンチン電車だった玉電で瀬田で降りて、右手真直に延びた道をてくてくと歩いて通った。両側は畠、小さな森が点在するが、眺望が広々としていたように思う。最後に坂を下って敷地に入り、小川を渡って右折、湾曲した坂道を登ると、こんもりとした大樹の枝の葉叢に包まれていて、異界に入った思いがした。今は明るくなってしまって、あの外界と非連続の感はない。登りきるとパッと視界が開け、あの英国風の洋館の佇いが、心を躍らせてくれる。アプローチの石段を上ると、扉を明けて下さるのは、丸山季夫さんが多く、折々が片寄夫人であった。広い閲覧室に、一日いても、利用者はせいぜい一組か二組。部屋の真中の大きなデスクの前に、出納をして下さる小松原涛さんがどっかりと坐って、手続き以外の時は仕事に熱中していた。確か陳元贇が御専門、俳人でもあったが、研究仲間が来られている時の談笑は、傍に在って聞いているのがとても楽しかった。質の好い本が多いので、ずい分通ったが、丸山さんとは何度も話を交しながらも、当時は江戸には興味が無くて、ほとんどそこに話題の及ぶことはなかった。亡くなった後、私が関心を持ち始めた江戸堂上派武家歌人の活動が、正に丸山さんの研究分野だったわけで、新しく見出された知見、資料はどんなに御覧になりたかったろうと、機会を佚してしまった残念さを今に嘆くのである。

昼時には別室に案内され、熱いお茶をたっぷり用意して下さった。天井の高い洋風手洗いの立派さ、陽明文庫に通じて、特に印象に残る。蚊はもうやめるが、多摩川辺《べ》りの生命力の強さは江戸城内に勝ったように思う。比較論の出来る人は少なくないはずであるが、その機会に恵まれたことはない。

陽明文庫［小笹喜三老］

京都の陽明文庫は小笹喜三老の時代だった。朝うかがうと、まずお茶を立てて下さる。ゆったりとお話で時が過ぎて三十分。閲覧希望書目は勿論あらかじめ郵送してあるが、本が出てくるまでが更に二十分。第一日目としては他の文庫と大差はない。ところが、夏期は正午で打切られるので、大部のものだと一日では読了できない。そして、翌日うかがうと、前日と同じティ・セレモニーがあり、終演も同じ定刻である。上下各百丁の千載集で三日がかりになることは覚悟しなければならなかった。されど、小笹さんの滋味掬《きく》すべき話題の数々は、公家世界の教養に無智な東夷《とうい》の後裔には大変な勉強になった。その後、寒気厳しい立春の候に訪問した時、「今時、墨で賀状を書くの感心だ」と妙な褒め方をして下さり、伝慶福院（近衛稙家公女）筆の千載集の架蔵（伝本研究の論文を送ってあった）もよしとして、終戦の日に文麿公が姉君の追悼に集字をして作成した般若心経の木版刷を下さったのであった。それから以降閲覧は極めて快適なものとなった。その頃、名和修さんは学生服詰襟姿の若々しい挙措の方だったと記憶するが、今や重き鎮めとして、国文研にも運営協議員としてお出まし願っている。

天理図書館［木村三四吾氏］

天理図書館にも、木村三四吾先生宛の紹介状を持参して訪問した。まだ諸事ゆるやかな時代で、何点かは、階段の踊場に紙を拡げ、三脚を立てて自分のカメラで複写したのであった。お昼には食堂で、木村先生とテーブルを挟んで弁当を拡げ、お話をうかがうことができた。何も知らない大学院生の分際である。書写者の連歌師猪苗代兼誼などという当時は全く知らなかった人物について、懇切に説いていただいた。伊地知先生の恩沢に浴したことのこれまた一つである。

穂久邇文庫［久曽神昇氏］

久曽神《きゆうそじん》昇《ひたく》先生には、輪禍に合われて回復されたという時期にお目にかかることになった。伊地知先生の見舞い状も持参した記憶がある。千載集は何点もお持ちだったので、豊橋の駅前旅館に宿をとり、二日程通わせていただくことを許していただいた。ところがお宅に参じて、応接机の前に坐ると、そこがお蔵の前の通路になっており（道路に面した前の建物と後の建物の中間に蔵が在り、屋根付きの通路で三つの建物が連結、その蔵の前に机が在るという構造）、挨拶の後、千載集を数点出していただいたが、ざっと目を通した段階で、顔を出され「あの駅前旅館は、(愛知) 大学でよく利用する、わが家のようなもの、宿へ持ち帰って調べなさい」と仰言るのであった。東京では、昔、一緒に仕事をなさった方などに特に評判が悪く、狷介、不遜、自分勝手などと聞かされていたので、拍子抜けするぐらい開放的な扱いにびっくり、有難く、暗い旅館で調べを続けた。翌朝、まだ一点残っていて午前中に仕上げて返却に行こうと思っていたところへ、ひょいと顔を出され、「二点ほど出てきました」と追加をして下さった上、「これから穂久邇文庫へ行きましょう。多分時間がかかるからもう一泊しなさい。私の本は東京に持ち帰りなさい」という展開で、準備もないまま、竹本家を訪問することになってしまった。

穂久邇文庫の竹本家のお邸は、趣味の良いゆったりとした和風建築で、久曽神先生がまるで御自宅のように振舞われるのが印象に残る。御主人に挨拶をすませて十二畳程の、長机を備えた別室に案内され、しばらくすると、十点もの千載集を先生御自身が運びこんで下さり、それぞれについて一寸、書誌的説明をして下さったかと思うと、「用事があるので帰る。後のお世話はこの家に頼んである。午後三時ぐらいには切上げてほしい」と言い残して、姿を消してしまわれた。まだ、千載集本文の性格を把んでいなかった (この直後には四系統に分類可能なところまでいった) 段階だったので、宝の山を短時間で調べきるのに焦った。ところが、三十分毎に女中さんがお茶、お菓子、と運んで下さるのである。ますますあせって、メモも後で判別し難いほどの混乱ぶりであった。この時点では穂久邇文庫に入れた研究者はほとんどいなかったのではないか。準備不足のまま訪問したことが悔まれた。「本を見るときは一期一会と思え」という伊地知先生の訓えは将来再見の可能性があっても「もう一度見られると思うな」というところに重点があったのだが、事前の準備も平常からしておくべきだという意味もあったのだとつくづく思い知らされたのであった。

「三時半にお茶をさし上げたい」という御当主の意向が、最後の片附の際に女中さんから伝えられた。

招じ入れられた部屋には竹本老夫妻が、ゆったり端然とした居住まいで、お待ちになっていた。薄茶手前。お仕事柄、わが生家の神田の繊維問屋街の辺りを御存知で、その辺の話題から入る心遣いを見せて下さったが、中心は、久曽神先生が齎《もた》らされた伊達家本古今集。古典籍がごく自然に部屋に置かれて手渡される、という豊かな時を味わったのであった。

帰京後、橋本さんに逢ってこの体験に及ぶと、昔は、わが家の本をよく見に来てくれた、と上客として手厚く持て成されることがしばしばあった。近頃としては好い経験をしたね、といってくれたのが心にとまっている。

彰考館［福田耕二郎老］

彰考館は福田老の時だった。大柄やや猫背で、少々強めの茨城弁が、怖いという印象を語る人が多かったが、私には懇切な心づかいを感じることが、しばしばであった。初訪問で驚いたのは、部屋が塞がっているからと、老自ら机をよいしょとばかり玄関外に持ち出し、右手の松の木影に据えて、ここで見なさいと指定されたことであった。外光の下で古書を閲覧したのは、その後も何度かあるが、ここが何といっても印象が深い。

伊地知牒による訪書はこれにとどまらないが略筆する。いずれの文庫でも牒を届けたのは老練な方々、駈け出しの力は一見して見抜かれたはずである。しかし、その未熟さに触れることなく、こちらの希望を真当に受けとめて、大きく包み、指導して下さる姿勢を共通に示された。これは、伊地知先生への信頼感に拠る以外の何物でもない。幸せな出発をさせていただいたといわなければならない。

2　島原松平文庫

和歌史研同人初期の訪書（昭和三十年代後半）

肥前松平家の蔵書が学界に知られたのは昭和三十年代後半のことであった。九大教授であった中村幸彦氏の概要報告が「文学」に載ったのが昭和三十七年。その秋には早稲田の大隈会館で、九大助教授今井源衛氏の報告会があり、大広間にぎっしり国文学者が集まり熱気でむせかえったのを記憶している。戦後十五年、固定化していた古典本文の突破口が個別の作品の一部ではなく、まとまって出現したこと（国書総目録がまだ刊行されていなかった。第一巻が昭和三十八年十一月）、和歌史研究会が昭和三十六年に発足して、全国的に資料発掘の気運が強まっていたことなどによる現象だったものと思われる。

国文学界としては初めての大規模な科学研究助成費が認められ、九大勢に全国諸地域からの研究者が参加しての調査は、昭和三十八、九年七月に実施された。関東からは和歌史研同人が主体にチーム編成が行われた。当時の私には、科研費の仕組みが正確に理解できていなかったので、かなり長い間、和歌史研中心の事業と思っていたのである。

というのも、書陵部の橋本不美男さんが、あちこちに連絡をとっていたのを近くで見ていたからで、私にも、下準備のために、久保木哲夫さんと一緒に書陵部へ来るようにという召集がかかった。だから、てっきり橋本さんが総大将（研究代表者）と思いこんでいたのである。久保木さんは九段高校教諭、私は院生だったから、「研究協力者」として扱われていたのであろう。

下準備の仕事は、マイクロ・フィルムをパトローネに詰める作業だった。今では考えられないことだが、費用の節約のために、缶入りの生フィルムを太巻きのまま買ってきて、自分達で切断、カメラに装塡《てん》する数百本のパトローネに充塡するのである。

書陵部の離れの別棟に暗室はあった。橋本さんが両手を拡げて、一尋《ひろ》ずつフィルムを切り、手渡された久保木さんと私が軸にフィルムの端をセロテープで接着、くるくると巻きつけてはケースに詰めて蓋をしっかりとめる、という作業を暗闇みの中で続けるのである。

「フィルムに指紋をつけないように」

「テープでしっかりとめないと、カメラで捲き取れなくなってしまうよ」

指示は適確、手馴れた響きがあった。書陵部では日常作業であったのだろう。

東京駅の出発では、かなりの見送りがあった。二年目の記憶では、前年には同行した鈴木一雄氏がパイプをくゆらせ、後藤祥子さんの姿もあった。まだ、文学研究ではこうした集団調査の事業が、珍らしかった時期であったことを示していよう。

松平本の収蔵されている島原公民館は島原城（数年後、天守閣が復原ではなく新設された）の前、幅広の通りの向いにあった。平屋の改造された民家の木造家屋であった。従って確か畳敷、各人思い思いの処へ、公民館用の小さなテーブル、文机を置いて書誌調査に散開した。

その一角に出納台の机が置かれ、大学院生だった金原《きんぱら》さんが坐って対応していた。久保木さんと私は座敷の中央部に三脚を立てて、カメラを接写態勢に置き、多分事前に予定されていた書目の全巻複写と、その間を縫って、各自からの注文に応じた部分写を塡めこんでいった。まだ標準化された様式の書誌カード（例えば国文研のSカード）は無かったので、それぞれのノートにメモしていた。私のカメラに近い机の、樋口芳麻呂さんは独自の様式のカードを持っていて、分けて貰って喜んだのを憶えている。樋口さんには本の見方をあれこれ教えていただいたし、書目毎の本文の特徴も、一々指さして教えて下さった。それまで、関心のある本だけを見てきたので、知識のない様々な本についてのこのレクチュアは大変有難かった。

関東からは、もう正確な記憶ではないが、橋本、福田、井上の三氏に森本元子さん、鈴木一雄さん、愛知の樋口さんに、天理の今西実さん。地元では、九大から今井さん。中村先生と白石助手は一寸顔を出されただけだったので、やはり、平安中世の歌書・物語類の調査だったのであろう。佐賀大の島津さん、熊本大の荒木尚さん、野口元大さん、それに、当時は長崎だったか、平家の笠さんも顔を見せていた。

作業は前記の如く、個別の作業を一緒にやっているという感じで、後の国文研の、統一カードに拠る流れ作業とは雰囲気の大分異るものであった。

木造家屋という点では、後年、忘れられない記憶がある。

『藤原俊成の研究』は、昭和四十八年三月の刊行であるが、その原稿まとめの直前、前年十一月末の頃だったと思う。俊成判の歌合判詞本文で、調査洩れの伝本が松平文庫にかなり残っていた。それぞれに、同一系統ではない本文があって、松平本を見ずには書けない状況があったのである。時間が無かったが、夜行で行って翌日午後調査と撮影、その晩の夜行で戻れば、最少限の時間で済む、と強行することにし、「さくら」の人となった。

誤算が幾つか生じた、最初は、寝台車の条件が悪く、一睡もできなかったこと。次には、公民館に着いて、出納は順調、撮影は手持ちカメラでということになって、指定されたのは、外光の縁側、曇天で、これまた問題はなかった。問題はカメラと安物の三脚であった。キャノン一眼レフは、三脚の装着穴が中央ではなく、右の巻取軸の下にあった。それでも三脚がしっかりしたものであればよかったのだが、携帯用の軽量パイプの華奢なもの。カメラを載せて、水平に風景や人物を撮るのならば問題はないが、本を床に拡げて、レンズを下に向けると、カメラは垂直線に対して九十度、曲げねばならない。曲げると重さに堪えられず、中心線で装着していないから、シャッターを押す毎に、ぐらりと揺れて、レンズはあらぬ方を向いてしまうのである。下に坐ったまま、被写体の本の丁をめくる心算が狂って、一丁めくる度に、カメラの位置を直し、ファインダーを覗いてピントを合わせ、シャッターを押すと、しゃがんで、撮影個所と位置を確認するという作業を繰り返すことになった。立ったり坐ったりの運動を数百回。原稿の最終段階で、部屋に籠って、書きまくっている日常。運動不足に、寝台車の不眠が重なっての右の上下運動、すっかり参ってしまった。挨拶をして館外に出た途端、腰に来てへたりこんでしまった。そこから島原電鉄の島原駅までは、僅か二百メートル程度、通常なら、数分の距離であるが、動けなくなってしまった。不運なことに人が全く通らず、助けを求めることもできない。這うように時間をかけて駅前まで行き、タクシーに転がりこんで、宿へ連れて行って貰った。

この後の仕末まで書くのはやめる。公民館がまだ木造で残っていたこと、カメラ撮影が自由だったことを記しとどめておく。

この後、チームは、鹿島稲荷社中川文庫、長崎県立図書館諫早文庫、佐賀大学図書館、平戸山鹿家、松浦史料館、海を渡って、熊本大学図書館、最後に細川家北岡文庫で、立派な大形本の夫木抄を見た記憶がある。嬉野温泉での懇親会は日程の途中だったような気がするが、あの頃から一気に仲間意識が醸成されたように思う。島津さんから、未開拓の東北地方調査を、東北大の片野さん辺りを中心に集団でやったらと提案されたのを憶えている。それぞれの口から出てくるのが、全国にわたる資料情報で、興奮した記憶がある。国文研ができる前夜、和歌史研会報には、毎号、個別の訪書報告が載った時代であった。連夜、湯上りの浴衣姿で、多くの研究者達の研究内容の評価がそれぞれに披露され、議論が発展するのが刺戟的だった。発表者本人に論文内容を確かめられるのも有益だった。率直なやりとりが印象に残る。

3　八戸市立図書館南部家本

国文研調査員制度への移行期の訪書（昭和四十年代）

八戸南部家本が国文学者の眼に入ったのは、昭和四十年代の半ばの頃のことである。市の記録によると、南部家から八戸市への書籍、道具類の寄贈は四三年二月とのことであり、書籍の図書館への移管は四五年二月となっているが、私の記憶ではもう少し早かったのではないかと思う。或いは書類上の日時なのかもしれない。当時、防衛大学校の教官だった安井久善さんが見出して、親しかった東北大の片野達郎さんに連絡したことが、調査の切掛けとなった。片野さんは、宮城学院の佐佐木忠慧さんと共に、四三年度からの科研費で、東北地方全体の古書籍調査を進めており、八戸南部家本もそこに組みこまれたというわけである。その調査チームに関東の和歌史研究会勢が参加し、私もその一員として調査に入ったのである。昭和四七年の国文学研究資料館創立以来の、全国的な調査網の活動開始以前、また、その直前の準備プロジェクト「松尾科研」（松尾聡氏が代表者になった、主要文庫の書籍所在調査）以前に、各地方で始まっていた動きの中ではやや遅れていた東北地方に鍬が入ったのである。

是川《これかわ》考古館別棟は、八戸市郊外、新井田川を遡った所にあった。当時は、木造二階屋。一階は縄文土器などがガラスケースの中に整理されて陳列されていたが、階段を登ると、床一杯に未整理の南部家本が、積み上げられていた。山積みの未整理資料というのは、その後も何度か体験したが、大凡《おおよそ》の数量とか、書物の性質とかいったことに見当はついても、具体的には、表側に見えているものしか判るわけではない。徒然草の江戸初期の横本の写本とか、連歌懐紙があるな程度のことで、最初は撤退せざるを得なかった。ところが翌年、市立図書館（移転前の堤町旧南部家別邸跡。書庫は旧邸の土蔵が利用されていた）に移動されたというので行ってみると、ほとんど大半が、図書館員手製の仮函に装塡されて棚に並べられている。図書館では不要になる外函を利用し、それを、四半本《よつはん》（大本）がすっぽり入る大きさのボール紙の内側に貼付して、柔らかい和本をとり敢ず立てていれられるケースを作製し、表題を書き入れ、大まかな分類まで済ませて、分類作業に備えておいてくれたのであった。流石、西村嘉氏の率いる有能な司書揃いの八戸図書館。気持ちの好い緊張感で、作業にとりかかることになった。作業とは、書誌データをとって分類を進めること。国文研の標準カードはまだ無かったから、後に採り直すことになったし、具体的な作業では、装丁の確認のため、折角容れたケースから本を出して揃え直しが必要になったが、行きつ戻りつのこうした行程が、参加者の共有認識を育ててくれた点で、決して無駄な作業ではなかったといってよいと思う（なお、和本の保管管理は立てるべきではないと思っている。念のため）。

昭和四七年、国文学研究資料館が創設され、全国統一規準による「調査」（原本に当って書誌カードを作成すること）、「収集」（マイクロフィルムにより、撮影すること）が開始されて、八戸本もそれに切り換えられることになった。一方、図書館側からは目録作成を依頼され、費用の使途区分の峻別に配慮が必要になったものの、実務的な協力が更に進んだ形で得られるようになり、作業の質を格段に深められるようになった。仙台からでも、当時は四時間半はかかる遠隔の地であり、これ無くして目録の早期完成は不可能であったろう。特に、今年、平成一五年三月で定年退職された司書松田勝江さんの存在は大きかった。八戸市史のための記録資料の読みこみで培った能力と知識の豊富さを、書籍整理にも存分に活かしてくれたからである。

ところで、私は、昭和四九年に東北大に転任し、片野さんを補佐することになった。本務の教官としては勿論のこと、折しも本格化した国文研の調査活動に関しても、特に東北地方全体にわたって協力する体勢を創ったのであった。

所蔵者や地元有力者との渉外といった表の顔になる片野さん、各地のジャーナリストや文学関係者に独得な人脈を持つ、宮城教育大の金沢規雄さん、それに文庫毎の現場の調査作業の立案と国文研との連絡を担当する私の三人が常時核となり、地域毎に二、三人の大学教員に参加して貰い、チームを編成する。この体勢で、昭和の最後の年まで、比較的に計画性を持った調査が進められたのであった。

宮城　県図書館伊達文庫、小西文庫、石巻市立図書館、塩釜神社
岩手　盛岡市公民館南部家本、二戸呑香《どんこ》稲荷社
青森　八戸市立図書館南部家本、遠山家本、百仙洞文庫、青年会図書館本、県立図書館工

藤文庫、弘前市立図書館、東奥義塾。
山形　米沢市立図書館
ここには、右の三人が揃っていない調査個所は入っていない。東北大狩野《かのう》文庫、三春秋田家本、県博物館伊達家本、仙岳院、斎藤報恩会、仙台市民図書館、本間美術館、本間光丘図書館、鶴岡市立図書館、秋田県立図書館、福島県立図書館、二本松市立図書館などは誰かは関わっているが、このチームとしての調査個所ではない。こうみると、宮城・岩手・青森の三県に集中していることがわかる。八戸市立図書館は、その中で典型的なチーム調査なのであった。

毎年の日程は、片野さんが決め、八戸や国文研への連絡、特別調査員との調整も当初は全てして下さった。常宿は、馬淵《まべち》川の河原にあって、中洲に鷗が群れているのが見える橋本旅館。安宿だったが、白髪で段平《だんびら》顔の大きい老女将の暖かで細かい心配りをしてくれる宿だった。一週間連泊した時でも全て異なる献立の食事を用意してくれた（今は跡形もない）。金沢さんは、仙台売茶翁の「みちのく煎餅」の手土産と電動鉛筆削りをかならず携え、時に河北新報や地元紙デーリー東北への連絡。私の役割りは、その年の分の書目をみて、各人の担当を決め、書誌の相談に乗る。金沢・片野両先達も黙々と従って下さった。年によって顔ぶれは異るが、藤女子大の中世の伊藤敬、岩手大の万葉の原田貞義、近世の広瀬朝光、弘前大の伊勢物語の福井貞助、秋田経済大の近世の井上隆明大人、秋田大の国語学の佐藤稔（この人のカードは原本の形状を浮かび上らせる点で絶品だった）、山形大の能・狂言の橋本朝生、和歌の新藤協三、宮城学院の鬼束隆昭、東北大の国語学の佐藤武義といった人々が記憶に残っている。

朝、タクシーで九時前には館に入って、昼まではひたすらカードとり。市民サービスに熱心な図書館であるから施設は全て有効利用されて一杯だが、われわれの滞在中は部屋を一つ空けておいてくれて（現在進行中の韓国国立中央図書館が同じ扱いなのに思いが及ぶ。なかなかこうは行かぬのだ）、四日分の本が段ボール箱で並べてある。一点ずつではなく、あるまとまりで見通せることが大切なのだ。

昼休みは、やっと体を伸ばして外に出る。当時はまだ戦前の赤トタン葺き木造家屋の間を抜けて、八日町・十三日町と市日《いちび》の名のついた繁華街を歩いて、（母《カッ》チャが筵《むしろ》を広げて色々な餅菓子や漬物を売っていた。これもソウルの屋台の風景に重なる）、食事をし、店を代えてコーヒーを喫《の》み、戻るとまた夕方まで作業が続くのであった。そして、そのまま車で宿に戻るという毎日で、外食は一日だけだったから、左党には気の毒な強行軍だったと思う。

一年にこれを何度か繰り返したわけである。

二年目からは、『国書総目録』を購入してくれたので、前の晩に整理したカードの点検が容易になった。今のようにノート型パソコンを持ちこんで、書誌情報を豊富に呼び出せるのとは大違いの時代だったので、これは本当に有難かった。

しかし、難題は最終の目録作成の段階にやってきた。藩は独立国であり、あらゆる分野の本を備えている。しかし、独自の傾向・特徴を備えており、標準的な分類法に拠って、果してよいか否かという問題。大いに迷ったが、これは十年前、島原松平文庫目録で、中村幸彦先生が、大名所蔵書籍の傾向に即した分類を主張されていて、それに倣うこととした。しかし、後年、国文研で『古典籍総合目録』に分解・収録するに当って、やはり問題となった。（現場の使い勝手の良さと標準化はやはり別次元の問題なのである。）

八戸南部家本は、歌書・俳書、読本《よみ》・実録物、馬書・馬医書、兵法・軍学書が多く、知識不足から難渋した。特に軍学書類では、叢書以外の、部分が独立して一書を成しているものに、同名異書や異名同書、ヴァリアント類が多く、見当がつかずに困りはてた。横山邦治氏『読本の研究』、酒井憲二氏の甲陽軍鑑の版本の研究が出て、何とか苦しまぎれの処理をした。しかし、実は最も苦しんだのが近世歌書であった。単純な分類は可能だが、古典和歌研究者としては、内容不明なままには済まされない。佐佐木信綱・福井久蔵『近世和歌史』以来ほとんど進んでいない、非国学派の歌書の解明のために、内容をじっくり読みこむことから始めた。仙台に戻って、東北大図書館狩野文庫に関連書目が豊富なことが大いに助けとなった。この迂遠な方法が、実は、八戸南部家本全体のアーカイヴ（保存記録資料）の性格を解明することに役立ったのである。

この派の歌書の中心に、連阿と習古庵亭弁《しゅうこあんこうべん》という師弟関係の僧侶の著作があった。二人は各々近世中期に江戸麻布に住み、諸藩大名家に出入りして和歌を指導する堂上派系統の師匠だったのである。亭弁は八戸南部家の歌会にも参加していた。南部家本の大半は八戸で伝来したものではなく、同家の麻布市兵衛町の江戸屋敷に集積されたものであった。近世のうちに既に八戸に環流したものもあるかもしれないが、明治二〇年代の歌書がかなり含まれているところを見れば、それ以降に八戸に移されたと考えるのが妥当かもしれない。伊達家本の東京→仙台の移動情況はある程度判明しているのを参照しても、全てが一度にとは限らない。色々なケエスを今後検討して行く必要があろう。

連阿、亭弁の集成翻刻資料と研究は『江戸堂上派歌人資料習古庵亭弁著作集』『同連阿著作集』（新典社叢書1、2、昭和五五、六）、『近世歌文集上』（新日本古典文学大系67　岩波書店　平成八）を公刊している。この『亭弁著作集』を御覧になった吉田幸一先生は、この派の活動に眼を開いたという書状を下さり、その活動の所産である、幕臣石野広通撰『霞関集《かかん》』、僧釣月撰『新題林集』を古典文庫に入れるよう誘って下さった話は別項にも記した。この八戸南部家本で判明した事実は八戸本の内部の問題にとどまらない点が重要である。平安朝・中世の古典を含む歌書類が、近世の歌壇構造が流通装置となって、全国の隅々にまで伝播したということの知られたことは特筆すべき点なのである。即ち、幕臣と各藩江戸藩邸居住者からなる江戸歌壇と各藩の国元歌壇には人と書籍の交流、環流現象があり、公家が伝承してきた古典など文化資源はこのルートによって伝播されたと考えられる。これは、古学派(国学者)の伝播ルートとは明らかに異質である。

全国の諸藩の同様な例は次第に判明してきているが、八戸南部家本の分析は、その扉を明ける役割りを果したのであった。


われわれのチームは、図書館の要望もあって、南部家本ばかりでなく、全ての和本目録を作成することになった。図書目録は都合三冊で、次の如くである。

一、南部家本　昭和53年
二、遠山家本、百仙洞文庫本等　昭和56年
三、固有図書、八戸青年会本、洋書　昭和57年

第二冊の遠山家は、家老職の家柄で、国元の資料が豊富。百仙洞は、明治初期八戸町長を勤め、八戸青年会のリーダーでもあった北村益(作家北村小松の父)氏の号で、俳書が中心。旧派宗匠の星霜庵の集書に特色がある。この他、旧藩士小笠原家、関家、商家の小島家、是川小学校蔵の、明治・大正・昭和初期にわたる教科書、教育資料も収録した。

第三冊は、大正二年に町立図書館が発足した際、八戸青年会図書館から継承した、大仲間書物、弘観舎、八戸書籍縦覧所、八戸書籍館、八戸青年会の各蔵書を収録したものである。

第一、二冊が内容は古くても、図書館に入ったのは昭和二〇年以降の新顔であるのに対し、

第三冊は、創立以来の固有の基盤図書が入っている。

八戸は、幕末から現代に到るまで継続的に図書館活動が在り続けたという点で、日本の図書館のメッカといってていいかと思われる。右の「大仲間書物」は、幕末に藩士の相互扶助の性格を持つ組織としてできたものであるし、書籍縦覧所は、明治七年にそれを継承発展させた組織。公立八戸書籍館は明治一三年から二〇年まで併設された、全国有数の機関（弘観舎は併存していた民間結社）。そして、青年会は、近代化の社会運動として明治二二年に発足、二五年から図書局を置き、前記諸文庫を吸収し、四四年まで活動して、八戸町立図書館にバトンを渡す役割を果した。

目録の内容、作成の経緯については以上であるが、その後判ってきたことを含めて、留意点を補足しておきたい。

大名家書籍には、どの家の場合でも、和書ばかりでなく、漢籍が重きをなしている。八戸南部家は、盛岡南部家の二代藩主重直が寛文四年（一六六四）後嗣を決めないまま死去したため、幕府は遺領一〇万石を、弟重信に八万石で相続させ、次弟直房に二万石を分領して成立した小藩である。将軍綱吉に側用人として近侍した二代藩主直政は譜代大名並の待遇を受けたが、この代以来漢籍の収集が始まっている。しかし、数量的には少いため、南部家本に前記諸文庫のものを加えて一冊とし、東京大学東洋文化研究所東洋学文献センターが昭和四九年から入って、漢籍三〇〇点、準漢籍二〇〇点強の漢籍目録を五二年に刊行している。国書目録一～三に対応する内容である。併せて参照されたい。なお、これに関連するものとして、幕末・明治に入った諸文庫の洋書一〇〇点もまとめて整理し、国書目録三に付載した。

南部家本は実はこれで全てではない。目録作成後、新たに昭和六一年に図書館に寄贈された分や散発的に入ったものがあり、これは国文研で継続調査をしている。ところが、四三年に南部家から寄贈された際、道具類や古文書の中に混入していた書籍があり、それらは昭和五八年に開館した八戸市立博物館に収蔵されたままになっていた。平成一三、四年に刊行された、同館収蔵資料目録の歴史編(2)(3)「八戸市南部家寄贈目録ⅠⅡ」には、その書籍類も載っており、特に兵法・武芸類は四〇〇点にも上り、共通する内容の図書館分とは分蔵されてしまった感が深い。

また、大名家本には通常含まれる美術品的な、絵巻、勅撰和歌集、源氏物語等は両館共に見られず、他に現存している可能性がある。

将来、というてもそう遠い時間ではないと思うが、これらの資料が出現、もしくは姿を消した事情が明らかになった時点で、総合的に検討し、江戸藩邸に集積された書籍の性格、国元への伝播の様相を更に明らかにしてほしいと思う。八戸一藩にとどまらない、近世全体の大名本の在り様の標準的な姿が見えてくると信ずるからである。

平成一五年一〇月、八戸南部家本の読本《よみほん》約七〇点を国文研に借り出して、展示会と講演会を開くことになった。三〇年前の整理を思い出すと感慨深いものがある。近世後期の専門家である大高洋司さんが当館スタッフになったからこその慶事だが、百年ぶりの江戸へのお里帰りということになる。実録物（敵討が題材のものが多い）が多いことも多分関係しているのだと思うが、江戸屋敷の一体どんな層が主たる読者だったのか。ぜひ知りたいものである。一般市民の方まで関心をもっていただく機会ができて本当に嬉しい。

年に数回、東北地区でのチーム調査を終えると、最後は仙台駅で解散となった。郊外の水の森の家までは、車で二〇分程かかる。直ぐにテープのスイッチを入れる。いつもモーツァルトのピアノ・コンチェルト二〇番だった。アシュケナージのタッチに耳が馴れていて、体の隅々まで泌み渡って癒してくれるのを感じた。暗い街を抜け、四号線沿いに北向、左折の信号待ちの辺りで第二楽章に入る。いつもこれを聴くために仕事に出ているような気さえした。訪書の充実感に浸っていた日々であった。

＊　　＊　　＊

平成一六年七月三一日、酷暑、三社祭の八戸にいた。市立図書館二階の一室、市史編纂室から招かれて、三〇年前に南部家本の歌書から江戸堂上派武家歌壇の存在を見出していった経緯を、南部家本の原本を机上に展げて確認して貰いながら話した。市民の方、特に、大下由宮子《ゆみこ》さんが坐っているのにびっくり。ワセダの窪田研究室で一年下にいた和歌研究の仲間だが、八戸では、一九九五年の青森県知事選に核燃阻止を掲げて立候補した有名人。御尊父は早大野球部歴代でも名監督の名を残していることでも知られている。八戸は何度も行っているので、連絡する機会はあったのだが、有名振りに気遅れして敬遠してきたのが、向うから登場されて驚いた次第であった。

国文研の公的な立場での私の訪問は、これが最後の機会になる、と意識していたので、南部家本の性格と価値を、八戸の人達に蔵書原本に即して語っておきたいと願っていた。それが叶って本当に嬉しかった。

書庫に廻る。南部家本、遠山家本、百仙洞本……。ブックケエスの書名のマジック・インクによる誤字訂正の大半は、私の手跡である。南部家本のラヴェルの三部門程は、旧書庫内で小机で対い合って司書の松田勝江さんと貼ったものであった。

「私の空間」をしばらく徘徊、別れを告げてきた。

別室では、大高さんと院生三人から成る国文研の読本《よみほん》調査チームが書誌カードをとっていた。長老の京大名誉教授浜田啓介先生も参加して下さっていた。国文研から法人化して人間文化研究機構に組み入れられ、研究組織に改組されて、六年にわたる「中期計画」の13本の研究プロジェクトが発足したその中の一本が、近世後期小説（読本、実録、滑稽本、人情本など）の研究で、その中核になるのが八戸本の読み本80点、実録70点なのである。読本・実録物の専門研究者が、当然のように集中して共同調査、研究に当たっている様子を見て、研究情況がすっかり変貌、進展したのだということを実感した。もうここには、片野さんも金沢さんもいない。専門家達が広い知見を動員して、一冊、一丁ずつの点検、吟味を行っているのである。気持ちの好い退場の舞台を用意して貰った思いと、去って行く時を迎えた一抹の寂寥感がしばらく後を引いた。

二日目の夕方、翌日まで作業を継続する一行と別れて、タクシーに身を委ねた。旧図書館前を過ぎると、間もなく馬渕《まべち》川。広広と上流まで見晴らせる河原は昔のまま。同じ夕景の中をわびしい駅舎まで急いだ気分が蘇ってきた。駅の「小唄寿司」が車中晩餐の定例だった。ボックスに向き合って坐を占め、包み紙の紐を解く片野さんの手指の仕種、巨軀の金沢さんの快活な話しぶり、数日の作業からの開放感が、薄暗い車灯の下にゆっくりと流れたのだった。仙台まで四時間、やがて小止みない車体の震動音が、ひとりずつの世界に誘ってゆくのであった。

明るく清潔な駅舎と新幹線、東京までの三時間は、国文研の秋の懸案の書類チェックに没頭した。ドライな最後の旅となった。

II 昔の庭

Jardins du temps jadis

1　点鬼簿（面影に顕つ）

岩津資雄『遠白』頌

岩津（資雄《もとお》）先生は趣味の人であられた。教室での先生は関心をもたない学生まで引き込んでしまうというような話芸の持主ではなかったし、専ら池塘春草の夢に耽る不逞の愚生には、その語られる中身の価値に眼を開かぬままに時が過ぎた。その先生に声をかけていただいたのは、学部一年の歳末にクラス委員のＦ君に誘われて鎌倉歩きのお伴をして以来のことである。昭和三十年頃の鎌倉は、まだ葛原岡辺などは身の丈を越す薄をかき分けてようやくたどり着くと、傷みのひどい素朴な社殿が危かしげにひっそりと立っているといった風情だった。足を留めた所々で「もだせるこころひとなとひそね」だの「のきのくまよりくれわたりゆく」だのと、鹿鳴集の歌句のキャッチボールをＦ君としているのを聞きとがめられて、秋艸道人の話をするから研究室に来給えということになったのだと思う。

和室に和服でゆったりとくつろがれ、物静かに語られる先生、寡黙になって小半日、半折、色紙、短冊と筆を走らせる先生には寛弘・端然の魅力があり、濃《こく》があった。書・絵画・写真・映画と視覚的なものの話題が多かったことが、絃歌微吟の下町育ちには心楽しかったの

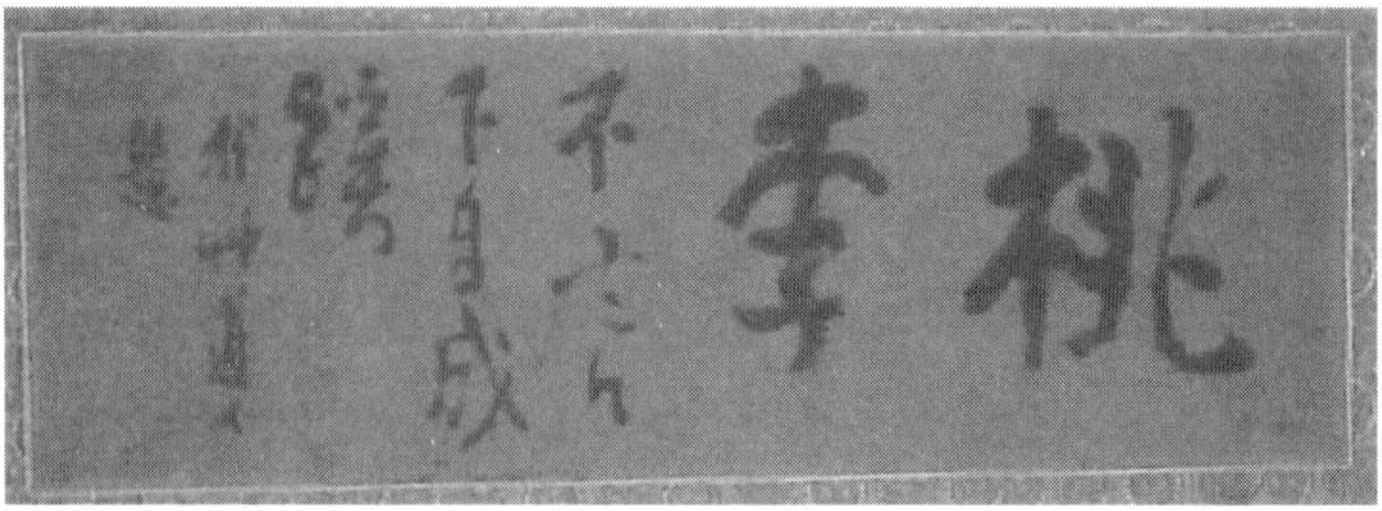

師秋艸道人の書。岩津家蔵。号の「不言」が見える。

である。米芾《ふつ》、入江泰吉、小津安二郎に甘く、八一には敬愛されながらも距離を置いた語り方をされたのが印象に残っている。その後は窯場や展覧会にお伴をしたり、夏を過された湯桧曾の山荘では、昼寝の折に高々と壁に足を上げられ、「『冷や〳〵と壁を踏まへて昼寝かな』というのは実感句だね」と仰言るのを不思議な感じで聞いたりもした。――往事渺茫、初期の記憶のみ鮮明である。

『歌合せの歌論史研究』は昭和初期のこの分野の開拓という研究史的評価に留まらず、歌合歌の特質を題詠性・晴儀性・朗誦性と論証しきったことなどの見事さで今後も生き続ける学の書である。にもかかわらず学者よりも趣味の人としてあえて言うのは、先生御自身が学問・短歌・書の内的統一を評価された八一の、模倣ではなく、求めるところを求めた姿勢を敬愛するからである。恩師の潤筆になる「桃李不言」から「不言舎」の号を名告り、その書の墓碑の下に眠ることになった先生は、お幸せな人生を完うされたと思う。

　遠白き流れの彼方山脈のそれとは見えて大和路に入る

＊　＊　＊

「遠白き」の作は、先生の第三歌集『遠白』の巻末近く、昭和三十一年の項、「関西行――井戸定千代君とともに大津・奈良・大阪・伊勢をめぐる――」の二十五首中に載る。先生五十代に入った頃の作品である。井戸氏は、お話の記憶によるので正確ではないが、津中学の級友でいらした方で、旅行当時はT薬品の重役を勤めていた方だと思われる。日ごろ親しくしていたわけではなく、実業界で羽振りのいい立場の人物の振舞いが旅中にも及んで、学芸と趣味に生きる先生には辟易する点が頻々だったようだ。

大仏殿見しばかりにて鷹揚に
けふの旅程を終へしとせむか
もの言はずありなばと見る美しさ
妓《こ》の唇うすくはしやぎてやまぬ
重役の友のかたへに呑めもせぬ
酒つがれゐるわれや何なる

奈良が好きで、黄昏まで歩いていたいのに、早々と切りあげて、美妓を侍らせての

扉絵。岡村吉右衛門の型染絵。

料亭での宴席に、所在無く居心地の悪そうな先生の姿が彷彿としておかしい。「ひと月の遊興費が『一本』だそうだ」――肩をすくめ、唇をすぼめた所作がなつかしく思い出される。一本とは百万のことだとうかがった。

この旅中詠に生涯の代表作が生み出されたことがまた面白い。

別の時の懐古談だったが、中学を終える頃画家になるか、短歌に生きるか、迷っていたという。画の方は、津中の先生でもあった林義明画伯の影響によるもので、結局そちらには進まなかったが、晩年、六十路に入ってから、湯桧曾の山荘周辺で絵筆を振って、かなりの作品をものされた。風景画が主であるが、緑濃い山峡を流れ下る清冽な水流の描写などなかなか見事な腕の持主と評価できる。

さて、短歌の方であるが、級友数人と、初めて、伊勢――大和路の吟行を試みたのだという。――大伯皇女の道筋ですねというと、いや、万葉旅行ではなく、初めて自我の中での身体感覚を言語に表現して行く、貴重な旅だった、最終段階の大和に入って行く印象が後々まで残った、と言われた。昭和初めの軍縮期に徴兵されて、休暇の時に時間を惜しんで軍靴で大和を歩いた折も、その中学の終りの吟行が蘇えったと仰言っていたので、よほど印象の強い、詠歌原体験だったものと推測される。この後、上京して早稲田に入り、空穂門下となって短歌を「槻の木」誌を中心に詠んで行ったわけである。この「遠白き」の作にもきっと通底する阿頼耶識《あらやしき》が存在するのではないだろうか。

「遠白」はこの歌集名でもある。無論、山部赤人の飛鳥古都愛惜の「山高み河遠白し」に拠る所であるが、この昭和三十年代初めからまとめの段階に入っていた、平安朝歌合の判詞から帰納した歌論史の中でも貴重な位置をしめる、俊頼・俊恵の歌理念「遠白体」にも関わっていて、先生には特に強く自覚されていた表現だったものと思われる。

大和は恩師秋艸道人の本質を成す世界、その会津八一はこの年世を去っている。「秋艸道人会津先生逝去」という十首の挽歌がこの歌集の巻末に据えられているのは由なしとしない。「遠白」は岩津先生の全存在を象徴する語であったのである。

歌集『遠白』は造本の面からも岩津先生らしい特色の出た本である。手《て》揉《も》み素紙表紙に、自筆の「遠白」の文字を無色のまま型捺し、背表紙は「歌集　とほじろ」と自筆、「岩津資雄著」を明朝体で共に朱で記す。扉には、国画会の岡村吉右衛門氏制作の型染絵（遠白き大和路を形象した極めて美しいもの）が用いられている。また、短歌の組み方も、上下句の頭を並べた二行組みにしているが、一行組みや、下句を下げた二行組みにしなかった意図が「あとがき」に力をこめて叙述されており、著者がこの歌集に注いだ思いの深さを知ることができる。

内容では、私の大学・大学院時代に重なる第四歌集『丹の穂集』の方が立ち入った鑑賞ができて興深いが、岩津先生の代表歌集としては、全七集の中ではこの『遠白』に指を屈するべきではないかと思う。

平成十四年度末、岩津先生の蔵書が国文研に寄贈された。戦災で貴重書の大半が失われたのは悔まれるが、近世歌合資料の価値の高さは説くまでもない。

＊　＊　＊

伊地知鐵男　追風用意

どこの大学でも似た風景になるのかと思うが、私の勤め先東北大学でも四月の新学期に入ると、キャンパスの入口付近は、新入生を勧誘するクラブの諸君の呼びこみの声やらビラ撒きやらで、にわかに活況を呈する。いつの頃からか、目はしを利かせての一稼ぎが当って、いまだに承け継がれている一枚刷り売りがその中にある。題して曰く「鬼・仏教官一覧」。新入生の科目選択の目安に、「浮く」か否かを最大のポイントにして、授業の方式から出席の寛容度、試験の方法などを略記し、教師の短評に及ぶ、というあれである。「鬼」から「仏」・「ど仏」に至るこの勤務評定表は、今参りの私にも大変活用度の高いインデックスとなった。

鬼・仏というような単純分類を伊地知先生に当てるのはどうも適切ではないが、敢てそれをすれば、少くとも昭和三六年前後の、非常勤で早稲田の大学院の文献研究を担当されていた頃の先生は、正しく「鬼」のそれであった。噂によると、その後次第に仏性が顕現して、古態の伝承はさっぱり信用されなくなったとのことであるが、かなりのものであったことは間違いない。もっともこの鬼、やたらに「根性」を振り廻す。〃土俵の鬼〃だの〃五輪の鬼〃の硬直類型とは違って、近代的な含羞をやや古拙で旧藩士風な外観で包む態のものだったので、大変さわやかな印象として残っている。未公開の古筆手鑑の写真版を一枚ずつ割り当てられて、内容を調査し、断簡の原型がどんな文献で、どのような価値があるかを報告させられるのであったが、何分、国歌大観も公卿補任も開くのは初めて、というのが受講者の一般的なレヴェルの時代だった（調査技術を完全に身につけていたのは上野理君だけだった）から、「それで大学を出たの！」を連発される破目になることがしばしばであった。ごまかしがきかない、隙には必ず打ちこまれるという体験は、卒論を書きあげて一端専門家気取りになりかけていた者には、かなりコタエた鍛え直しであった。確実な技術を外にして学問は成り立たない。いつも切先が目の前にあって、立ちはだかられている思いというものは、誰にでも通用する必要条件だとは思わないが、あっていいことだと近時感ずるところしきりである。

中世文学会講演の控室（宮城学院）にて

　書陵部に通うようになってからも、いつまでも初歩的な質問を繰り返してあきれさせ、職員の方々のニヤニヤされる中で、「それでも大学……」を何度いただいたことだったろうか。その一方で、訪書旅行などに関しての御紹介は懇切を極め、事後の収穫の報告に対しての評価と方向づけは、励ましのこもった暖かいものであるのを常とした。

遥か離れた仙台の地に在る今、蘇える先生の姿は硬質の父性のイメージである。ほの暗い書陵部の左手にあったお部屋の机辺で、ぴっちりと仕立ての好いシャツに細身のネクタイを着け、追風用意もさりげなく端然と坐していられた姿であり、失意の身を慮って、無言のままに乾門まで見送って下さった折のお姿である。

藤平春男　学びの指南車

藤平さんと初めて逢ったのは、昭和三十一年の秋深まったころ、岩津先生の研究室でのことだったと思う。歌合研究会が始まっていて、天徳内裏歌合を峯岸さんの朝日古典全書で読み出したころだった。出席者は先生の外三、四人。学部事務か何かの連絡で部屋に入ってこられた。当時の文学部は、図書館の道を隔てた西側の南北に長い建物で、四号館（後の法学部）と呼ばれていた。その五階が国文科教員の研究室で、中央部西側の階段から入ると、直ぐ左側が岩津研究室、右側が国文専修室で、神保助手、上坂、秋永、杉本副手が順番に詰めており、藤平さんは夜間の早稲田工業高校の専任教員だったが、恐らく国文学会の事務の関係でか、よくこの部屋にいた。五階の研究室配置は廊下を挟んで東西の両側に部屋が並び、各部屋のドアは廊下に面してあったから、岩津先生の部屋（漢文の堤先生と二人部屋）も、とば口ではあったが、廊下側から入るようになっていた。向いの東側には岡先生、その右が国文科主任の伊藤康安先生のそれぞれ個室、更にその右、つまり国文専修室の向いが、窪田章一郎・中村俊定両先生の二人部屋であった。これら老先生方（といっても岩津先生は五十代だったはずだが）の部屋の前を通って、顔を見せた藤平さんはまだ三十代前半の若々しさが印象的だった。紹介されたものの、我々と言葉を交すことはなく、退室された後の、「あれがこれからワセダ国文を背負って立つ英才（エイザイと発音された）だ」という先生の言葉が耳に残っている。天井は高く、北側の壁に向いた机の右手の大きな民芸調の甕には一年前の薄がどさりと入っており、「この蓬けた感じが好きなのだ」という先生が椅子をぐるりとこちらに反転させて、また、歌合の読解の座に戻られるのだった。その合間の印象の強い瞥見が、藤平さんとの初対面だったのである。

この後、岩津先生を通じて少しずつ親しくなっていったが、研究に関しては、大学院まで指導も助言もして貰ったことはない。しかし、和歌文学大辞典の年表（近世）作成スタッフや、昭和三十六年結成の和歌史研究会への加入には、強力に後押しをして貰った。折しも、和歌文学会の事務局が国学院から早稲田に移ったこともあって、一緒に行動することが多くなったし、和歌史研月例会初期の苛烈な討論の中心にいて、藤平新古今学の形成を肌に感じながら見ていたのだから、直接の学生以上の指導を受けていたということになるのかもしれない。あの月例会での細谷直樹氏の挑発的言辞を切掛けに展開される議論の場で、藤平学も吟味できたことは仕合せだった。論敵田中裕氏の卓論が次々に出た時期でもあって、充実感があったといってよい。鴨長明が『無名抄』「近代歌躰事」に、中古歌体の歌会の場と、後鳥羽院歌壇の「御所の歌会」の場の質の対比を叙述しているが、それをしばしば連想した程、刺戟的な機会を得たのであった。

藤平さんと付合った（特に若い）人は誰しもいうことだが、論文を送った時の礼状の、克明で具体的な批評の行文の美事さといったらなかった。個別の事象も大切にした人だが、欧米も含めた、文芸界、学界全体の思潮・動向にも敏感に対応する人で、広い目配りで、諸論の交通整理をして、研究の方向づけをする貴重な存在だった。

私は、活字にした部分では、昭和三十年代後半から四十年代一杯、藤原俊成の諸作品の諸本の悉皆調査と整理に集中し、若干の書物にまとめもしたのであるが、和歌を「折の文芸」から、自覚的虚構歌（文芸詩）に変質させて行く契機を史的に説明する手段として、題詠の「歌題」と「百首歌」に焦点を絞って論文を書き始めたのが四十年代末のことであった。丁度、東北大学に移った頃で、その先きどのように発展させるか悩んでいた時であったが、折しも井上宗雄さんの、勅撰和歌集の詞書の表記と歌の質を考察した論が出、それと私のものを包摂した形で、藤平さんの「題詠論」が展開され始めた。早稲田の若手ばかりでなく、古典和歌研究の大学院生一般が、歌題史的問題を研究の初期段階でこなすようになったのも、藤平さんによる所大きいと見るが如何だろうか。

藤平学の根幹には、俊成『古来風躰抄』の「もとの心」が在る。「題詠論」全体もここに関わっているのである。加藤睦氏の批判的異解が出てからは、それに就く研究者が多いけれども、私の俊成論理解では、断然、藤平説支持である。

私は、早稲田出身であることを殆んど意識しない。人間関係や人脈を処世や場合によっては研究に結びつける人もいるかもしれないが、無縁だと思っている。ところが、俊成理解という点では、私の中で到達した所が、藤平、岩津、そして窪田空穂に共通している、ということを意識している。私の書いたものでは、空穂の新古今集解釈の解説（『鳥帚』風間書房所収）は、殆んど読まれない論文だと思うが、空穂の俊成歌論理解の段階的深化と、昭和初年から戦後に及ぶ、数次の新古今注釈の発展が対応していることを論述したものである。この間、岩津先生は門下に在ったわけだし、藤平さんも教場で受講したはずだから、影響があったと見てよいが、享受者としての藤平論は、核心は継承しながら、はるかに深い地点で、和歌史全体を把握する原理として「もとの心」を把えているといってよい。私はこれを学統として意識し、その一端に連なることを、自然なことゝして受けとめる。自分で歩き着いたと思っていたが、やはり、大きく育てられていたのである。

藤平さんの生家（そして墓所）は、谷中の日蓮宗の一寺である。わが家の菩提寺了俒《ごん》寺（天台宗。正徳期までは不受不施派だったという）は百メートル程の所に在って、幼時から馴れ親しんだ地域である。同学という以上に感じてきた親近感は、その辺にあるのかもしれない。

谷山　茂　「恩師」と呼ぶ

東北大学教養部の広報誌から、新入生に向けての「わが師を語る」という特集を企画した、人文系の代表として書け、と指名された。しかし、「師」を語るのはかなり気が重い。というのは、研究生活に入ったばかりのころ、指導教授に対して人間的な敬愛の念はありながら、こと学問に関しては背をむけて歩み出さねばならなかった経験が重苦しく蘇えるからである。今にして思えば、もっと気軽な歩き方もできたはずであったのに、若さの気負いでどうしても自分の足だけで行かねばならぬ、と力みかえっていたのだった。

折しも専攻しようとしていた古典和歌の若手研究者の間に、各大学の枠を越えて自由に交流し、情報や資料を交換し合い、共同研究を進めて行こうという機運が急速に高まり、「和歌史研究会」というグループが作られて、誘われるままに16人の同人の1人となった。それは当時の国文学界全体の体質の古さに起因するものだったのだが、和歌文学の世界も例外ではなく、大学が異なると資料の利用すらままならぬといった情況があり、研究方法上にも有形無形の制約が意識されていた。このグループの結成は、こうした閉塞状況に風穴をあける画期的な事件であり、メンバーも全国にわたっての主要な若手研究者をほぼ網羅（それに私のような新人が数人加えられた）していたから、月例会を中心とした活潑な活動とも相俟って、和歌文学界全体が俄に活況を呈するようになった。私たちは学風を共通にする集団の結成を目ざしたのではない。学閥的旧弊の打破こそが目的だったので「資料の利用は共通平等に。研究方法は各自に」というのが同人の共通認識だった。だからこそ、内部での合評活動は研究方法の多様性を尊重する一方、外部に対けての事業は『私家集大成』の如き本文資料の提供に徹する活動に限定したのであったが、外に見える面からくる誤解か、あるいは意図的なものか、我々は文献学派の集団と見做される場合が多かったように思う。わが恩師の先生方の御理解もそこからあまり遠いものではなかった。かくして私は「出身校は『和歌史研』」を自称するに至る。恩師の学問体系を内側から吸収して成長する正統的な研究者たり得なかった者の嘯《うそぶ》きである。

しかし、私にも師と呼ぶ先生がある。教場でただの一度も教えを受けたことのない、こちらが一方的に師と仰いでいる方である。

卒業論文の時、和歌史上初めて言語の詩的機能に眼を開いた発言をしている藤原俊成に研究対象を定めた私は谷山茂著『幽玄の研究』所載の「藤原俊成年譜」に邂逅することになった。作家年譜というと単なる事跡の羅列に終る例が多いが、これは、平安末期に生きた貴族の人生とその文学的営為を歴史社会的背景の中に浮び上らせた見事なもので、資料の博捜、記録の厳密な読みの中に文学的香気を漂わせる、文学者年譜の白眉と評してよい仕事である。

昭和11年作成というのが信じられないくらい古さを感じさせぬ内容に魅せられた。紙面の制約で論証を譲っている別稿の論文をどうしても読みたいと思わせる個所が随所にある。ところがその論文の載る雑誌類は東京中の図書館を廻ってもほとんど手に入れることができなかった。京大出身の谷山先生は、当時、関西地区を中心にして流布する短歌雑誌などに論文を発表していたのである。片々たる（といっては多少語弊があるが）小雑誌に全力投球の力作を書き続けていたことのすごさは後になって知らされることになるが、当時はその片鱗から全体を推し測って、何とかこの人の論文を読みたいという思いをかきたてていた。遂に意を決して西下し（新幹線はまだ無く、病弱の貧書生には一大決心だった）、京大図書館で「帚木」のバックナンバーに出逢えた時の喜びは忘れられない。複写機の無かった頃だったから、ノートをし終えるのに数日を要した記憶がある――。この後、私の目標は、谷山先生の開拓した道筋を大道におし拓げてゆくことにしぼられることになった。

それから20年、和歌史研の仲間で話しているうちに、私と同じ頃、谷山論文を求めて西下した経験をもつ者が何人もいることが判ってきた。そして、その後も読み難いままの状態にあるこれらの論文を、若い研究者達にも読んで貰おうという声が高まって、『谷山茂著作集』6巻の企画となったのである。片桐洋一さん中心の京大系の人達が事務屋さんに徹し、他大学の人々が編集解説に喜んで参加するという気持ちのいい企画になったことが何とも嬉しい。私の担当は思い出の「俊成年譜」。心をこめて、6号活字40ページに及ぶ補注を付した。無論、客観的立場に徹して妥協は一行もない。現存の著者の論述への異見をこれほど併載した著作集もあまり例はなかろう。私の他の論文の全てが乗り越えられて学問的意義を失う時が来ても、恐らくこれだけは残る。研究者冥利に尽きる。師の恩沢というものである。

＊　＊　＊

昭和六三年、九月末を以て一四年半に及んだ東北大学教養部の教官の任務を終え、国文学研究資料館に転じた。アララギ派の重鎮歌人でもあられた、扇畑忠雄先生の後任として着任したこともあってか、大層居心地のよい教壇生活が送れたし、大学を大切に扱ってくれる仙台の土地柄もあって、離れたくなかったが、老境に入った両親が交互に入退院を繰り返すような状態になり、共に東京人で、離れたがらず、仙台からは通いきれない状況になって、離任を決意した次第であった。その初夏、もうこのことがすっかり決まってしまってからのころであったが、谷山先生からハガキが届いた。体調を崩されて、病院からの便であった。移籍を考え直す

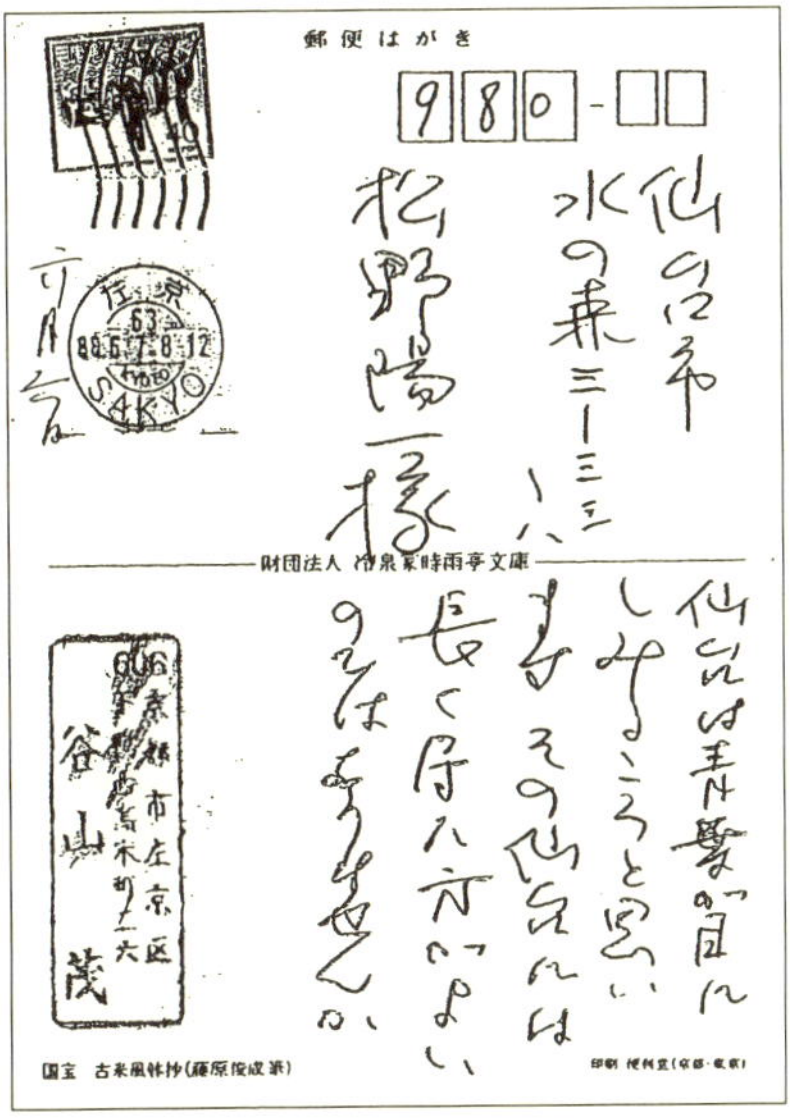

ようにとの内容の簡潔な文面であった。前後の関係からすると、京大でのお仲間である扇畑先生から耳に入って、ペンを執って下さったようであった。

病床から案じて下さる心配りに、胸が熱くなった。まだ文学研究の面が一向に深まっていないではないか。ここで国文研に移ったら、また、資料を追うことに汲々としてしまう。環境の良い所に腰を落ちつけて、思索を深めたらどうか。こんこんと諭すような思いが伝わってきた。

親身になって声をかけて下さる有難さに感極まった。

＊　＊　＊

藤原俊成の全歌集を編むことを企画した。冷泉家時雨亭文庫が開扉される前のことである。片桐洋一氏の教え子である吉田薫さんが協力してくれることになった。吉田さんは、私の『藤原俊成の研究』の線に沿って、ガリ版刷りの私家版で、俊成全歌集を作成した経験のある方である。しかし、この版の編集方針は、作品の詠作年時順を意識して、歌集単位ではなかったことと、研究の進展から本文批判のことが当然問題となり、全く面目を一新した方針で企画を立てたのである。ところが、吉田さんは真面目に仕事を進めてくれていたが、当方が公務がらみで停滞し少し進んでは滞るといった状態が続いて、挙句、国立機関の法人化という大嵐で完全ストップになってしまった。そして、やっと近時、もう最後、という再出発をしたところである。

その何度目かの中断からまた進み始めた作業時、谷山先生が御蔵書を処分されるということが耳に入った。何点か、特に俊成卿自歌合などは、なんとか再点検したいと願出でたところ、直ぐに許可を下さった。晩秋、初冬のころだったように思う。吉田さんと連立って参上、なつかしい階段を上って書斎に入ると、既に古書肆の段ボールが部屋中に積まれていた。

それでも、部屋の片側は明けておいて下さって、文机にはお願いした本が載せられていた。その時はまだ姿をお見せにならず、我々は、午後の時間をたっぷり仕事に集中させていただいた。作業を終えて、問題の箇所を吟味していると、気配がして先生が登場。

「よう来たな」

お声は昔のままに力強かった。が、その直前まで横臥されていたことがわかるような挙措で、痛ましい弱々しさだった。それでも、会話は長くはなかったが、俊成歌や自歌合本文の性質に触れた内容で、明るい時が過ぎた。あまり負担になってもと挨拶をして立ちかけると、先生もすっくと向き合って立たれた。身長一七〇センチの私を圧する巨軀で、真直ぐに見つめられながら、手を延べられ、がっしりとした手で握って下さった。

「息子の名は君と同じ『陽一郎』」

と言いかけて、強く握り直され、そのまま時が止まった――。

「長い間」という言葉は呑んで、「有難うございました」と見つめ返した。

吉田さんが傍にいるのを意識していたが、もう抑えることができなくなっていた。どう玄関を辞したのかも憶えていない。溢れるものを拭いもせず歩いた。地下鉄の駅まで、吉田さんは無言で歩いてくれた。

稲賀敬二　九十九日、九十九日

国文学研究資料館は、日文研、歴博など他の十三機関と共に、大学共同利用機関と称するカテゴリーに属する国立研究機関である。ここでの基本組織は共通していて、全員が館外者で構成される評議員会と、半数が館外者の、その下部組織、運営協議員会によって運営されている。学内自治を看板にする大学と性格を大きく異にする点である。研究事業の方向性、人事などに客観性を保持するためになかなかよく出来た仕組みなのである。稲賀先生はこの二つの会の委員を歴任され、長年にわたって館の運営を支えて下さった。特に印象に残るのは、四年前に近代担当の室が創設された時のことである。開館以来二十五年、国文研は慶応四年以前千二百年間に、日本国内で著作・刊行された書籍の全てを対象に調査とマイクロ・フィルムによる収集を続けてきた（『国書総目録』の収録範囲と同じである）。しかし、幕末明治を連続の相で把える上で不便だという研究者の声と明治初期の資料の急速な烟滅度の進行に対処するため、木版本がほぼ消滅する明治半ばを大凡の下限とする事業範囲で、近代担当の室の増設を企画したのである。評議員会で稲賀先生は、増設目的に理解は示されながらも、本の性質が大きく異る近代書籍への対象の拡大が調査手法の混乱を招来する危惧、また、事業本来の古書籍の調査・収集に停滞の恐れがあることへの警告を表明されたのであった。国文研の本領、独自性は日本古書籍の調査・研究にあることを見据えての発言であった。評議員会は様々な分野のエキスパートがいるからこそ客観性が確保されるのであるが、日本文学研究の側に即してのこのような座標軸の提示は、論点を明確化し、原案を鍛え直す上でまことに有難かった。

しかし、館内で稲賀先生の存在を有名にしたのは、共同研究委員会の委員長をして下さったことであった。共同利用機関であるから、館員と館外の方との共同研究が重要な意義を持つことは言うまでもないが、テーマ、プロジェクトの公募制を始めてからは応募チームが多く、小さい予算の枠内に絞りこむことや、金額の配分が難しく、決定までにかなりの時間を要していたのである。ところが、稲賀先生が委員長になられてからは、ほとんど問題が解消してしまった。極めて明快に採否理由を示し、要求額の削減にも大鉈を振って裁定案をまとめて下さったからである。多少の異論があっても決して抑え込むという姿勢は見せず、しかし最後には原案に近い線でまとめてしまう捌き振りの見事さには、いつも驚嘆させられたものであった。大世帯の大学で采配を振った御経験からすれば、物の数では無かったのかもしれないが、まことに見事なものであった。かくしてこの委員会の長は、国文研と縁の切れる直前まで留任し続けていただいたのである。地味な内容の研究、新分野を開拓しようとする意欲的な研究への目配りの確かさが先生の運営への信頼となっていたことはいうまでもない。

研究面ではたった一点だけ御論に関わったことがある。御架蔵の『源語演説鈔』（石野広通著）巻七、八（澪標〜朝顔）が国文学攷58（昭47・2）に発表された当時は全く関心がなく、見過してしまっていた。それがその二年後に東北大学に赴任し、八戸南部家本の調査から江戸武家堂上派歌壇の、近世和歌史に占める構造的な重要性に眼が開けて研究を進めて行くと、幕臣石野

一、講談日数左の如し。

桐壺　二日〽発端よりみくしあけのてら今めくものそへ給ふ　一日
　〽わかき人／＼かなしきことはさらにもいはずより末迄　一日
帚木　三日〽初めよりむつごとは忍びとゝめずなん有ける　一日
　〽はやうまたいとけらうよりあやしきことゝもになりてあかし給ふつ迄　一日
　〽かろうしてけふは日のけしきもより末迄
空蝉　一日
夕顔　三日〽初めよりうつろふ事あらんこそ哀なるべけれとさへおぼしけり　一日
　〽八月十五夜より御せうそこなど聞え給ふ迄　一日
　〽日くれて惟光まいれりより末迄　一日
若紫　三日〽初めよりなましさもまぎれはてぬ　一日
　〽ひじりうごきもえせねどより野べのわか草の歌迄　一日
　〽十月にすざく院の行幸あるべしより末迄　一日
……
かけろふ　三日〽初めより心つよき人なく哀なり迄　一日
　〽右近あひてヨリかくれ給ひぬ迄　一日
　〽このおもとはいみじきわざかなヨリ末迄　一日
手習　三日〽初めよりさやうのすぢは思絶て忘なんとおもふ迄　一日
　〽あま君入給へるまにヨリみな人／＼いてしづまりぬ迄　一日
　〽よるの風の音にヨリ末迄　一日
夢浮橋　一日
都合九十九日

石野広通『源語演説鈔』首巻。黒羽本の翻刻

広通《ひろみち》の活動の大きさに気づき、やっと御論が視野に入ってきたという次第である。狩野文庫本の広通孫広礼の書いた広通著作書目の中にこの書が「十三巻（首巻共源氏講説の伝、且了簡等之書留也）」とあり、存在は承知していたが、内容を明確に認識したのはかなり後のことになる。黒羽大関藩旧蔵書にこの書の「首巻」の在るのに気づいたのが遅れた上、当時大関文庫は黒羽町の小学校に置かれていて、年に一度夏の曝書にしか閲覧不能であり、都合がつかずに日時を費すという事情が重なったからである。しかしこの首巻の発見によって、公家説を引き、契冲以降の古学派とは対立的な江戸武家雅文壇の源氏学の学統とその内容はかなり明らかになった。

後年、評議員会終了後、判読し難い素人写真に喰い入るようにいつまでも見入っていた先生のお姿が忘れ難い。帰り際「九十九日、九十九日」とつぶやかれ、こちらに笑みを残して立って行かれた。九十九日は、記述された源氏物語全巻の石野広通による講談日数である。資料に対して共有する時を持ち得た幸運をしみじみと有難く思う。

国文研の存在の重さを強く意識されていたからこその様々な心遣いに、心からの感謝を捧げたい。独立行政法人化、立川移転、総研大（博士課程設置）参加と問題山積の今、先生の「言説」はますます意識され、指標となってゆくことであろう。

吉田幸一　研究鼓舞の「器」古典文庫

昭和三十年の秋、同級のＦ氏と連れだって西ヶ原の吉田先生のお宅を訪問、古典文庫の会員にしていただいた。早稲田に入って半年、「そろそろ資料集めをしないか」と、説話研究に熱をあげていたこの男に引き廻され、同道したのだった。先生は御不在で、奥様が招じ入れて下さった。建直される前のお宅で、仄明るいお部屋、低い竹垣が廻されたお庭に陽光が遍満していたのが印象に残っている。第百冊になる一寸前で、既刊分から、隠岐本新古今、十巻本歌合、経信集、公任歌論集、平安稀覯撰集などを分けていただき、小躍りした記憶がある。名目上の会員が松野、説話と能・狂言はＦと堀越（後に東海大）が引取る約束であった（Ｆは放送界に入って抜けてしまった）。

古典文庫には二点、江戸武家歌壇の撰集『霞関《かかん》集』（古典文庫四三〇石野広通撰。中・後期の堂上派歌集）と『向南集』（古典文庫四八七北村季文一門、白河楽翁歌壇の、化政期以降の歌集）を入れていただいた。東北大に赴任して、東北の諸藩、特に八戸南部家本の悉皆調査をしたことから、国元と江戸藩邸蔵書の関係に目配りが効くようになり、幕臣と江戸在住の諸藩武士、僧侶によって構成される江戸歌壇と、各藩国元歌壇の書籍・歌人の環流という構造の存在に眼が開くに到った。公家→江戸→各藩国元という書籍・知識の大きな流れ、即ち、中古・中世の古典籍本文の全国隅々への伝播や、群書類従の本文供給源になるなど、この堂上派武家歌壇の営為の重要性の認識が一般化する必要があることを痛感したのである。そのためには、まず、彼等の活動情況を端的に示す基本資料として、私撰和歌集が最適と考えたのであった。

一般に、未刊資料の公刊は、学界共有の認識の拡大に貢献するものであるが、このような未開拓分野の場合には一層、威力を発揮する。しかし、評価の見通しがつけ難いだけに商業出版では二の足を踏むのが常、なかなか廉価で提供というわけには行かない。その点、吉田先生の高い見識と企画力、優れた運営能力によって創始され、維持された古典文庫は、研究者を鼓舞してくれる、希望の星、ともいうべき「器」であった。老練な専家から、出発点に立って程ない新人まで、内容が確かである場合は、果敢に、幅広く採用して下さった。

六十年六七〇冊に及ぶこの文庫によって、国文学研究がどれほど強く支えられてきたか、また、これに拠って開かれてゆく研究分野がどれほど大きなものか、計り知れない。

先生に心からの感謝を捧げると共に、日本古書籍の総合的な調査、収集、公開利用を業務とする機関に勤める者として、示された学問の灯を少しでも継承して行くことを誓いたい。

＊　　＊　　＊

吉田先生は、仙台水の森の茅舎に立寄られたことがある。先生は御自分のお仕事では自分の目で資料を確認するのを原則としていらっしゃったと思うが、私が東北大に着任してからは、図書館狩野文庫の本については、時折、書誌調査や確認を依頼するお手紙を下さった。何度か重なったので信頼されていることが嬉しかったが、作品は何であったか、絵入版本で、古典文庫に入れるに際して狩野本だけが唯一絵が汚れていない。最終点検のため、来仙したいということがあった。

朝から図書館に入られて、昼食の後も夕方までという御予定であったが、午後はかなり早く、私の研究室に戻られた。夕方の指定券の時間は変更せず、少し観て廻りたいと仰言る。仙台はよく知っていらっしゃるので、やや特殊なところを私の車で廻っていただくことになった。

森鷗外の文章から、伊達藩中期の漢詩人で歌人の畑中太冲の菩提寺江厳寺の碑文、林子平というより、その父、岡村良通父子の墓所竜雲院、これも太冲との関係で、大崎八幡、かなり離れているが、伊達吉村勧請の賀茂社、と流石私の書いたものを注意深く読みこなしている玄人の眼力による散策を楽しんで、拙宅に寄ってお茶を喫んでいただいたのであった。

見ていただけるような本もなく、雑本の吟味をしていただいたに止まったが、端本の存在価値を力説したことが印象に残った。

しかし、何といっても嬉しかったのは、『習古庵亨弁《こうべん》著作集』刊行の評価をいたゞいた時である。八戸南部家本の整理から、江戸武家歌壇の、文化史、古書籍伝播史上の重要性に眼を開いたのは前記の通りだが、その諸藩江戸藩邸に出入りして、歌壇指導者として活躍した亨弁の、実績を証明することが本書の刊行であったから、吉田先生の評価は格別に有難かった。未開拓領域に初めて鍬を入れて見通しをつけることは、なかなか困難なことである。一

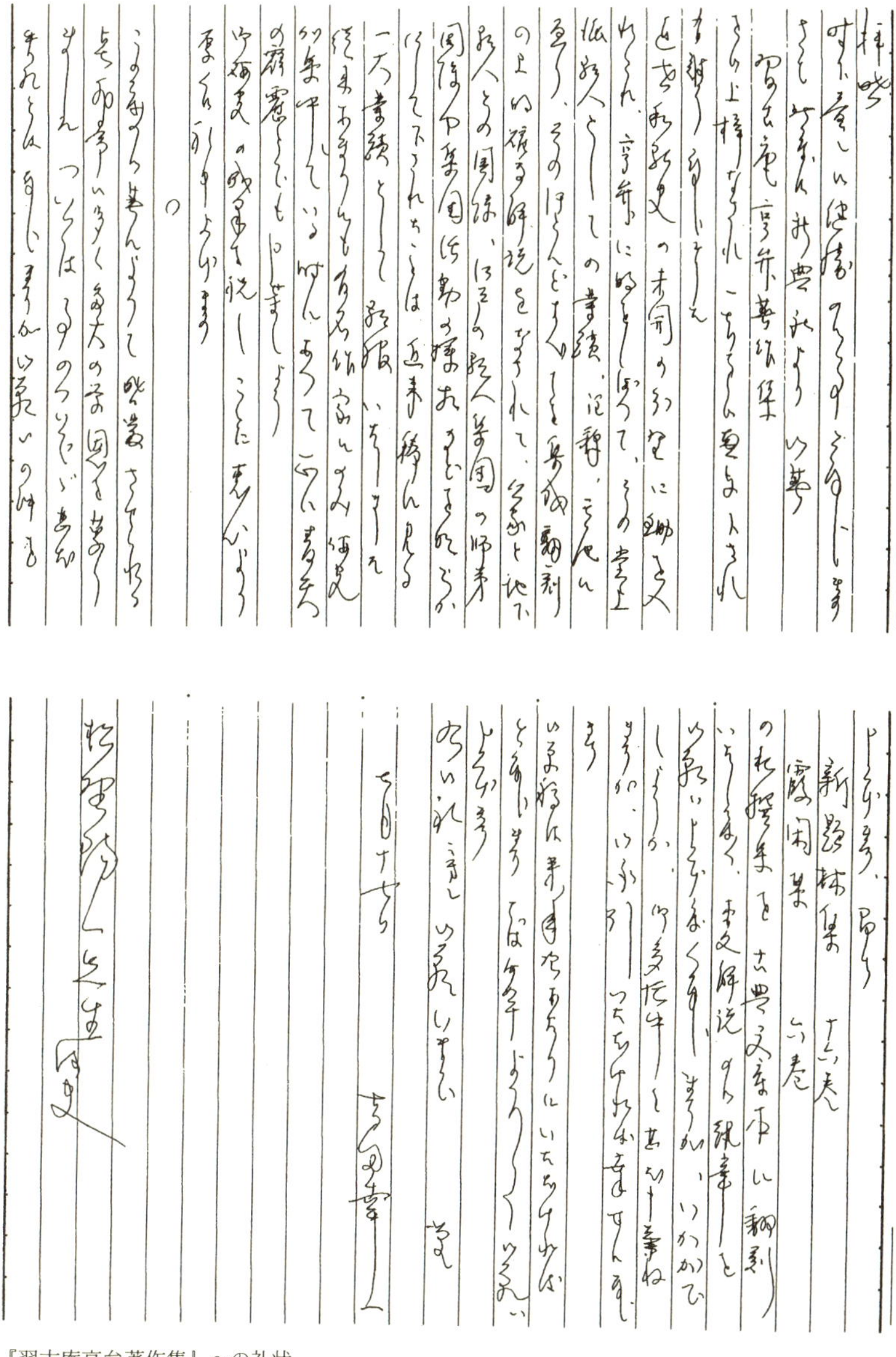

『習古庵亨弁著作集』への礼状。

般の反応がほとんどない中で、最も敏速に、且つ適確な評価をしてくれたのは吉田先生であり、野村貴次、中野三敏の三氏であった。いずれも、日ごろ、書籍に広く目配りをしていて、見え難かった点に光を当てたことから、鋭敏な反応となったものであろう。吉田先生は、最速、『霞関集』『新題林集』を古典文庫に入れるよう誘われたのであった。『霞関集』は比較的早く答案を書いたが、『新題林』は先生の生前に実現できなかった。これは、『霞関集』が江戸堂上派武家歌人の作品の撰集であるのに対し、『新題林』は、撰者こそ上方から江戸に下って活躍した僧侶歌人（釣月）だが、内容の収載作品は、堂上貴族の詠歌だからである。私の研究の必要度からは順番が遅くなる。近世中期の幕臣と江戸在住の諸藩歌人の作から成る『霞関集』に続いては、近世末期、松平定信中心の歌人達、歌系では北村季文一門の歌集である『向南集』を古典文庫には入れていただいたのであった。この二集では充分ではないが、基本は見通せる状況となり、従来までの、賀茂真淵系のいわゆる「江戸派」だけが知られていた段階から大きく進展して、相対化できる研究状況が到来したのである。古典文庫の功績の一つに数えることができよう。

J・J・オリガス　食前長講

オリガスさんが亡くなった。電話は、サバティカルでパリに行っている、早稲田、近代文学の中島国彦さんからだった。いつもの明るく落着いた声音が沈んでいる。昨日、二十六日に病院で。肺血栓だったそうです。――しまった。昨年、回復著るしい、授業も再開している、という報告を、俄に騒しくなったこちらの身辺の事情から、そのままにしていてとり返しのつかぬことをしてしまった。

急いで夫人に電話を入れると、十一月頃から進行はしていたが、今回もやや持直す見込みが急変、最期の言葉は何も残せなかったという。

一九五〇年代から早稲田に留学していたから、かなり早くから知ってはいたが、親しく言葉を交すようになったのは、十年前、国文研の客員教授として着任されてからのことである。研究・教育共に熱心な人であったが、この年のテーマは正岡子規の随筆。近代文体の確立の基盤になった、各藩毎の青年層の知識・学習の在り様に興味を示し、折しも私が発言を始めていた、幕府と各藩江戸藩邸家臣で構成される近世江戸歌壇と各藩国元歌壇の人や書物の環流の構造に強く関心を持って、昼休みというと、当時、文献資料部長だった私の部屋にやってきては、議論を重ねたのだった。幕末、明治を連続の相で把えねばならぬというのが一致した見解だった。子規が上京勉学した際の、愛媛藩子弟の集団的勉学の場への関心が、日本の近代文学研究の枠組の中ではかならずしも一般的でないことへのいらだちを、むしろ好もしいものとして、応援役を買って出たのであった。

異言語圏での日本語教育の困難さの克服を、教育内容の方法面でも、フランス国内の教育組織の行政面でも、これほど力量を示し、成果を発揮した人物は稀であるといってよい。日本語教育能力の他言語並みの国家資格試験制度の整備に成功し、研究者養成の面でも、ＩＮＡＬＣＯ（東洋言語文化研究所）をパリ第七大学等に拮抗する拠点にまで押し上げた功績と、そのために払った苦心努力は、日ごろの会話の端々にうかがわれた。

「階段をノボルと、アガルは、日常の生活感覚の中での使い分けに、どのような違いがあるか」といった具体的な質問を山のように抱えて、毎日の昼休みは、館員にはかなり厳しい時間になった。この種の使い分けに関する国語学者の論文などは、先刻承知の上での問いであるだけに、いい加減な返事では許してくれない。「外国語しか使っていない学生の多彩な質問に、現場で答えねばならない。用例の材料はいくらでも欲しいのだ」という毅然とした姿勢に、楽しい難行の日が続いた。

広辞苑の四版が出た時であった。開架の辞書コーナーから三版を引込めて新版に並べ換えたことに、強烈な抗議があった。「ここは専門機関でしょう。辞書は実用書ではないはず。初版、二版、三版、四版と全て並べて比較できるようにするべきです。特に外国人研究者には、言葉の変化、用例、用法の変化の勉強の入口になります」――その通りであった。蔵書の自然増による配架スペースの狭小化から、改訂版、増補版の差し換えなど、マニュアル化された基準を踏襲してきたが、基本方針の見直しを迫る有益な提言と受けとめたのであった。

氏自身の研究は、硬質、且つ実証性のしっかりしたものであったが、文体の構造性、文学的香気にまで神経を行きわたらせる徹底ぶりを、毎年十一月に催す国文研の国際日本文学研究集会の講演の折、身近に体験して感動した。

小山館長退任直前の平成五年三月、パリでの資料調査に重ねて、INALCOの教員、学生を対象にした館員六人によるオムニバス小講演会が催された。校舎になっているドーフィーヌの旧NATO本部の本会議場は、各国代表が坐った平床の円型席に、国文研とINALCO双方の教員が坐り、階段席にびっしり院生・学生、そして他機関の研究者が入るという雰囲気の中で行われた（この時の会議録はINALCOの紀要CIPANGO3号に収録されている）。この企画はオリガス・小山両氏によって案出、進行され、発表後の討論も活潑な、稔りの多いものだったが、オリガス氏に関して、この後の懇談会が強く印象に残っている。公務で氏が欠席したために、遠慮のない本音が聞けたからであった。

話題の一つになったのが、当時編集中だった、フランス研究者による『日本文学辞典』。オリガス氏が編集責任者（単独ではなかったが、集まった原稿の査読役をかなり積極的に勤めたらしい）であることが問題になっていた。名文家のほまれ高いフランス学士院賞受賞者のエライユ女史の文章にまで注文をつけたらしい。仕事振りを彷彿とさせるような口吻を耳にしたのであった。こうした主張の強さと自身の文体の凝り様は無縁のことではない。

平成八年二月コレージュ・ド・フランス日本学高等研究所と国文研の間で学術交流協定が

締結された。ベルナール・フランク所長と佐竹昭廣前館長の長年にわたる親交が基盤となったものだが、研究者の交流、共同研究や講義・講演の実施など、以後、今日に到るまで、ますます交流は盛んであり、在フランス諸文庫の和本の書誌の共同調査など、大きな成果が上がっている。が、この調印直後にオリガス氏と逢った時の会話が忘れ難い。

協定成立に日本研究者としての謝意を表した上で、「ただし、多少の危惧があります」と言う。協定で有利になる人が出てくる一方、恩恵に浴せない層が生じることへの格別の配慮を、と要請されたのであった。もとより当方には差別の意図などはなく、研究機関としては世界各国の中でも独自の在り方をしている「大学共同利用機関」（日本国内の大学とはどことも等間隔で付き合い、相互利用の関係にあることが最大の特徴。単に国が購った資料を皆で利用しているのではなく、北海道から沖縄に及ぶ全国の大学教員が「調査員」として作成した調査カードを基にして、フィルム資料が収集されている。即ち、日本文学研究のコミュニティ自身が作成した資料が、共同利用されているのである）たる国文研と、大学から独立した関係にあるコレージュ・ド・フランスと不即不離な位置を占める日本学高等研究所とが結んだ協定であることに意義があって、これがＩＮＡＬＣＯ系研究者を排除するような働きはしないことを説明したのであった。事実、その後も国文研は、オリガス門下の研究者や大学院生も継続的に受入れているのである。

付き合いで忘れ難いのは、何といっても食事である。東京はさておいて、パリでは、地方色の濃い小さな店が多かった。注文に時間をかけるのはフランス一般だが、オリガスさんのは並外れていた。メニュを拡げて、一品一品、材量と調理法を解説するのは無論だが、それぞれについての歴史、文化史的背景、エピソードを克明に語り続けるのである。その間、ギャルソンが何度も注文をとりに来るが、決してやめようとしない。肩をすくめ、両手を拡げては戻って行くのである。短かくても三十分、多分、毎回それに倍する文化史の講義は続いた。単なる知識の開陳ではない。洵《まこと》に興深い内容を魅力的な語り口で伝えてくれたのであった。

日ごろ笑いの少い家人が、実に楽しそうに何度も声を立てて笑ったのを忘れることができない。私だけが残って、追憶の中にある明るく活き活きとした情景――このところ喪失感ばかりが増してきている。

パリの小料理店で

昨年初夏、オリガスさんの紹介状を携えた二人の方が、来館された。アルザス日本研究所のジル・村上さんと、成城学園アルザス日本文化センター長の金沢公子さん。日本研究所の方が、まだ発足間もないので、色々協力してほしいという趣旨の来訪だった。オリガスさんが所長に予定されているとのこと。持前の面倒見の良さの域を越えて、力が入っていることが、話の随所から判った。研究者対象というよりは、もう少し幅の広い性格のようだったので、多少範囲は限定されるものの、できる限りの協力を約したのだった。夫人の電話では、INALCO隠退後はこのAlsaceの研究所で仕事をしたいと日ごろ口にしていたということであった。澄んだ大気の下で、くつろいで話が交せたかもしれないのだが、それも適わなくなった。が、約束は果しに出かけたいと思う。そして、交情の一端を何人かの人に聞いて貰うことにしたい。

それにしても、と思う。画家Monetの豆本、一九九七年の中世挿絵入りの手帳、古典派の桜桃、あけび、瓜を描いた小品の絵、と色々なものをいただいたが、中世挿絵入りの住所録は絵の内容との関係でか、何と、Jardin du temps jadisというタイトルがついている。昨年末、国内分の住所録を新調、書き換えた私には、格別の感慨を憶えた。今の時代、パソコンやケイタイに住所録など入れている場合が多かろうから、書き換えなど常時、事務的、機能的になされているに違いない。しかし、手書きの人間はそうは行かない。住所変更などではなく、鬼籍に入ったが故の消去は、かなり気の重いものになるのである。石田吉貞、石原清志、伊地知鐵男、稲賀敬二、岩津資雄と続くと、手帳挟み込み小冊子で、流石に機能性が必要条件となることから、旧臘、思い切って書き換えを断行したのであった（年明け早々、宗政さんを消すことになったが）。そして、大切に仕舞うことになった旧住所録は、三十五年の交友録と印象づけられる、正に「昔の園」だったのである。貰った時には気にもとめていなかったこの表題が、俄に意味を持つことになった。本書の章題にも据えた由縁である。au temps jadis, ――モシモシ、オリガスデゴザイマス――少し紗の掛かった低音の声音を受話器に聴くことは、もう、無い。

＊　＊　＊

逝去後三ヶ月の四月末、オリガスさんへの追悼の意をこめてＩＮＡＬＣＯの教場で講演をしてきた。テラダ・スミエ、ヴェイヤール・バロン、アン・サカイ氏らの手厚い配慮による催しであった。

Sur invitation du Centre d'Études Japonaises (Inalco)

Monsieur Matsuno Yôichi

松野陽一教授

Professeur émérite de l'Université de Tôhoku et
Président de l'Institut National de la Littérature Japonaise

donnera une conférence intitulée

Les sujets de poèmes et l'esthétique
littéraire classique

歌題史の美感

jeudi 24 avril
de 16:30 à 18:00
Salle P113

La conférence sera donnée en japonais avec traduction française
au Centre Universitaire Dauphine

Place du Maréchal de Lattre de Tassigny 75116 Paris Cedex 16
Métro Porte Dauphine, RER Avenue Foch

山崎正之　ワセダ以前、以後

仄暗い室内は、さながら古墳の玄室を思わせました。葬儀前日の祭場霊安室。棺の傍に独り過して小一時間、初めて親しくなった日のことを思出していました。昭和二十六年初夏、九段坂上の高校校舎の屋上。話題は折口信夫『死者の書』でした。あの二上山墳墓玄室の、大津皇子の擬音を伴った蘇生の描写が、プルウスト『失われた時を求めて』の山査子《さんざし》の香りや、マドレェヌを浸したマテ茶から立ち登る香りが記憶を呼び覚まして行く感覚表象に通じている、といった話に熱中して、授業に出なくなる切掛けとなった時の情動が蘇えってきたのです。あの時に還っているのだ、——灰色のうねりを見せる髪と広い額、静かに閉じている目蓋、物を言い出しそうな口許、深い感慨はありましたが、哀しみはありませんでした。

山崎さんとはウマが合ったわけではありません。しかし、病弱の劣等生、神田生れを負と意識し、幼少からの歌舞音曲を憎みながら酷愛する嗜好(彼の母君は細棹の名手でした)などの共有が、好みの本を重ねさせていたのだと思います。中村真一郎『死の影の下に』五部作、大山定一訳、リルケ『マルテの手記』、神西清『恢復期』、藤原審爾『秋津温泉』、ジョイス『ダブリン市民』……。感性だけで読んでいた日々でした。彼はその後更に結核で一年、私は二年休学した上でワセダにやってきました。

彼は一年先に教育学部に進み、知的にも身体的にも健全さを回復して行きました。特に竹野長次先生の指導を受けてからは、宣長の『古事記伝』のノートを取りながらの読破といった一方的な話題が、飯田町の彼の「放出《はなちで》」の書斎での会話でも多くなり、更に後に、字体が川副国基流に変ってからは、やや距離を置くようになってしまったと思います。師に私淑するなどという態度は無縁と決めこんでいたこちらの狷介さが、本来、人付き合いの良かった彼の美質を見ないでいたに過ぎないのに、申訳けないことをしたと今では悔んでいます。

彼の方の情の厚さは相変らずで、その頃教育学部に出講していた森銑三さんの講義に誘ってくれたりもしました。『古い雑誌から』の頃のことです。後には私の方が森さんとの縁が深くなってしまいましたが、当時は、こちらは岩本素白先生（石井鶴三家の離れにお住いだった）の洒脱さに惹かれていて、痩身で古びたソフトに洋傘を杖代りにする博識の老先生の魅力もさることながら、もんぺ姿の「離俗」の人で、歯切れの好い山手の東京弁で好む所を語って下さる素白さんの間の良さに軍配をあげて、それ以上に仲間に加わりはしませんでした。

仙台宮城学院裏山にて

大学院でも、彼は松浦友久氏のグループ——伊地知さんが不思議に心を開いた人達でした——で、総じてワセダ時代は、逢えば当然前からのままに親しく語り合うものの、距離を置いた場で過したように思います。

品川旗の台に在った立正女子短大文芸科は、原子朗氏渾身の力を振って創った魅力的なカリキュラムの学園でした。初期は高田衛、井上英明、私とワセダ勢が中心となり、中村俊定先生も顔を出して下さっていました。応募者が安定してくると、私学お定まりの、ゲマインシャフトからの離脱、近代化が問題となった頃、山崎さんを呼ぶことになりました。喜んで着任してくれたのですが、高田、井上と去った後、顕在化した亀裂は小さくなく、穏やかで対立を好まない性格から、かなりの心労を押しつける結果になりました。唯一、最大の二人のよろこびは、九段の恩師で、当時東京新聞文化部のデスクだった槌田満文先生の移籍に成功したことで、この極上の「東京文学」研究者の心を動かしめたのは山崎さんの人間力に拠る所が大きかったと評価しています。

二松学舎へ移ってからのこと、また、古代文学の研究者としての業績は、私が仙台へ行ってからのこと、分野の違いから、よくわかりません。

近年は、時折、神保町のラドリオで待合せたり、互の入院見舞いの程度になっていました。そんな折、春興堂のブックカバー（152ページ写真参照）（『失われた時を求めて』の三巻から朱色が入る）、アテネ文庫、河出の市民文庫、三笠文庫を持参して楽しむ、といった共有の「時の器」を持った幸せを感謝しています。

堀越善太郎　鎌倉、御成、「井戸の鮒」

二階の静かな書斎であった。日永で、まだ夕方には少し間のある薄光が窓明りを作っていた。千枚は越しそうなL・Pレコードの大型版が、書棚の一角を占領していた。

鎌倉駅西口から程近い御成町、四十年振りの堀越邸は、改築されて、神経の行き届いた庭とアプローチの瀟洒な二階建となっていた。

国文研でも大学院博士課程を設置することになり、自然科学から人文科学にわたる十四の大学共同利用機関が、「基盤機関」という形で成り立っている「総合研究大学院大学」に参加して、日本文学専攻として認められ、本部の在る葉山の丘陵地に挨拶に行った帰途、逗子駅から電話を入れると、ぜひ立ち寄れと言う。一駅で鎌倉。堀越は、草履姿で改札口に出迎えてくれたのだった。

昭和三十年からの学部の四年間の大晦日は、夕方から堀越邸で過ごし、毎年異なる寺で除夜の鐘を撞いて、深夜運行するようになった国電で帰京するのが恒例になっていた。大きな瓦屋根の重厚な屋敷、天井の高い、広座敷で、岩津先生と堀越母堂が交していた会話の、しっとりした雰囲気が蘇ってくる。

やや間があって、書斎に戻ってきた主と対峙すると、流石に往年の精悍さはない。大病の後は、専任だった東海大の方にも週一コマ出ているだけだという。

「最後に来たのは学部の最後の年の昭和三十三年末だから、この部屋は知らない。が、その後の堀越の人生が詰まっているわけだな。」

「そうなのだが――、能も歌舞伎も、クラシックも、(昭和) 三十年代までだった、という気がするよ」

と、L・Pの方にこと寄せて、問わず語りの話を始めた。

「先人達もよく昔の名人上手の話をしてくれたが、実感として水準が違っていたと思うのだよ」

――具体的な仕方話になるのは昔のままだ。

昭和三十年四月末、ワセダ国文Bクラス (全体で八十人程いたので、五十音順で半々にABに分けられていた。Bはタ行から) の初めての会が、グランド坂上の、小ぎたない料理屋の二階であった。形通りの自己紹介が進んだ中で、堀越だけは、舞台に上って、仮名手本忠臣蔵三段目、高師直になっての寸劇を演じたのであった。塩谷判官を井戸の鮒と嘲笑愚弄するあれである。あの頃の蓑助の口調でいかにも憎さげにやってのけるのが、詰襟学生服で、髪の手入れも小ざっぱりとした紅顔の優等生然とした彼であった。湘南高時代歌舞伎に耽溺していたが、今後は能をやって行きたいと、その時か後でか言っていたように思う。

私は能への関心が希薄だったので、その後は次第に疎遠になっていった。大曲の能楽堂へ行くと、入口で手伝いをしている姿に声をかける程度のことだったように思うが、別記した古典文庫共同購入者になったり、和歌はやらないのに、岩津部屋に出入りしていたりで、付かず離れずの関係だったように思う。

彼は大学院に進まず、東海大の付属高の先生になって、三保の松原の突端に在る校舎に赴任してしまった。そして、平塚の文学部に移るまで何年かあったので、ますます縁がなかったように思われる。しかし、私が仙台に離れていた時を含めて、ワセダの国文では最も近くにいて支え合った仲だったのではなかったか。能や大学関係者に親交を深くした人達があったかもしれない。しかし、「三十年代までだ」という男に、自身をも突き離す孤独感は離れなかったのではないか。

平成十六年の賀状は、病院からのものであった。端正なペン書きだが、ややちぢかんだ感じがした。「年末より体調をくずし病院で正月を迎えました」。

一月二十七日、朝日にだけ訃報が載った。「東海大教授、楽劇研究家」とあった。

小美野信一　昭和十八年初夏、榛名湖舟遊

戦時中の話となると、人生の原点と意識しているから、限りなく書くことはあるが、一つだけはどうしても書き残しておきたい。

小美野信一さんという青年がいた。足袋問屋松野商店に最後まで残っていた小僧さんで、

ノブどんと呼んでいた。昭和十六年に入ると、残っていた店の人は召集でどんどん姿を消していった。七月の父の出征の前後に番頭の山田さん（准尉ドノ。今から思うと内地勤務で、大旦那に軍服姿で挨拶に来たのを見ている。復員）。次が佐久間さん（下士官。輜重兵。復員後、中支でのフォードのトラックの性能の良さを語ってくれた）。ジロどん（二等兵。インパールで戦死）。ヨウどん（兵役免除だが十七年前半でいなくなった）。そして最も若いノブどんには、十八年五月に召集令状が来た。ワセダの八百屋さんの息子と聞いていた。紅顔の美少年。折目正しい人で、祖母も母も可愛がっているのがよくわかった。令状の二日後が日曜日だった。この日朝から国民学校三年生の私を連れて、榛名湖に行った。戦地に赴く直前の大切な時間。恋人でもない、両親でもない。奉公先の店の後継である私を選んでくれたのは、どんな思いからだったのか。

十六年の「統制」で自由な商売ができなくなり、衣料品の配給機構の一端としての「組合」になってからは、確かに以前より暇になっていたのだろう。時折、あちこち連れていってくれていた。記憶にあるのは両国の国技館で、二階席（いつも学校の友人達と行くのは三階席だったので、違いが鮮明）だった。「藤の川って好い相撲さんだな」とつぶやいたのが記憶に残っている。藤の川（先代柏戸）は確かこの場所新入幕で、痩せたソップ型、褌《ふんどし》が厚く見えた。人気力士の関脇松浦潟でも神風でもなかったのが小美野さんらしい。この場所こそ好調で昇進したが、いつも八勝七敗か七勝八敗で、前頭上位から小結のあたりを上下していた。

こんな地味な力士をずっと贔屓《ひいき》するようになったのは、この一言による。青年学校から小銃を持ち出して（どうしてそんな事ができたのか）、夜半、店の三階の窓から射って見せた。筒先から一尺も火を吹いたように見えた。秘密の共犯者にもなった。――心情的に近い所にいたことは確かだが、何故最期の同伴者だったのか。

榛名湖ではボートに乗った。オールを漕ぐ動作は、青年らしい快活さがあった。舟のゆらぎや、近い水面に櫂から滴《したた》るしづくの先や、岸辺近くの小さな店々のたたずまいが眼裏に残っている。

帰途の伊香保駅で、マッチ箱、いやトランプの箱のような容器のアイスクリームを買ってくれた。十銭だった。

翌日の夕方、実家から戻って、大旦那（祖父）に最後の別れの挨拶をしていた。「体を大事に。戻ってきなさい」としみじみとした口調で言ったのには驚いた。町内で、国策に沿った勇ましい激励演説をしていた祖父だったからである。私は、机の引出しに隠していた三菱鉛筆HB二本を贈った。「手紙を書きます。――しっかりネ」。湖上でも言われた気がした。「しっかりネ」。永訣となった。

八月末と九月初めに軍事郵便のハガキが北支から来た。端正な筆跡であった。そしてその月の終り、戦病死の報せが届いた。

2　昔は今（au temps jadis）

和歌史研究会

　この研究会は、昭和三五年一〇月一五日に発足した。四〇歳以下という年令制限を設けていた。敬語を使わずに遠慮なく討論するため、という趣旨からで、事実、月例会での同人の論文の合評は、苛烈を極める出発をした。世話人は、橋本不美男、藤平春男、井上宗雄、福田秀一の四人。翌年二月発行の会報第一号の同人名簿には二〇人の名が見える。ただし、この年令制限は、かならずしも厳密なものではなく、同年六月の会報二号名簿補訂には今井源衛さんの名が見える。森本元子さんの場合は、ほとんど最初から月例会に出席していたが、会報に執筆したのは、島根大学本の実国師光集についてが二三号（昭和四一年八月）だったし、同人名簿に入ったのは三四号（四四年八月）からだったりしている。お二人とも入っていただきたかった方で、今井さんは一寸の超過なので黙認、森本さんは建前が通し難くなるので、形式上こだわったのだと思う。一方、二号補訂に載るS氏は、最新の論文に剽窃があるとして入会取り消し、T氏は立派な研究者だったが、何かの事情で一度も会に出席することなく、消えてしまった。後年、同人の弟子筋の人が、一、二加わった段階で、敬語問題が再燃し以

和歌史研究会会報

第1号

昭和36年2月

要目

和歌史研究会の発足について

私達は、同学の恩師、諸先輩には常に親しく御指導をうけて参りました。しかし最近数年来、諸方の学会で同年輩の者が顔を合わせているうちに、同じ和歌を研究しているという心易さと若気の無遠慮さとで、質問をし合つたり、お互いに資料の存在を知らせあつたりなど、自然数人ずつの気軽に話しあえるグループが出来て参りました。

ところが学会は地域的に諸方で行われ、また学会ごとに会員も異るので、話合つて互いに便宜を蒙るチャンスも少く、また時によつては間接的に何人にも話さなければならない不便さ・じれつたさを痛感することがありました。そして、互いに話し合つてみると、別々のグループも、その殆んどが互いに知り合つて居り、結局一つのグループにして便利な連絡方法をとるのが、皆のために一番よいと判りました。

それで去る十月十五日、和歌文学会・俳文学会が同時に東京で開かれた際、別記名簿の者の大部分が集り、いろいろ話し合つた結果、和歌史研究会という集会と、連絡方法としての会報とをもとうという結論に達しました。（当日不参加の者は、後日連絡によつて意見を交換し、直ちにその一致を見ました。）

勿論我々は、二、三十才台の若輩であり、学問的にも、人間的にも極めて未熟なものばかりであります。諸先輩が独力で調査され、研究された数々の業績を、懸命に倣い追つておりますが、足もとにも及びません。せめてこの集会を利用し、会報を善用して、互いに資料探求の無駄を省き、調査研究の不足を補い合おうというのが唯一の目的であります。また出身学校の如何をとわず、互いの論文・研究発表については、忌憚なく批評しあい、その欠を互いに補い合おうというのであります。

従つてこの集会は学会ではなく、我々は夫々の所属学会の忠実な会員であることは以前と一向変りません。また会報も、この集会の連絡方法であり、各自のメモや交信を同人間に公開したものでありまして、将来定期的な雑誌形態をとるとしても、論説論文の類を掲載する意図は全くなく、我々がそれに類する研究成果を得ました場合は、今迄通り諸学会誌にお願いしたいと存じて居ります。

以上の動機・趣旨・目的によりここに和歌史研究会会報第一号を発刊致します。もしこの会報が、諸先生・諸先輩方のお目にふれる事がありましたならば、我々の微意をおくみとりいただいて、以前にもまさる御教導をお願い申上げたいと存じます。

昭和三十五年十二月

和歌史研究会同人一同

後同人はふやさぬ、共に老いて行こうということになったと思う。最終段階で五八人。山木さんが亡くなったから、五九人がマクシマムだったことになる。なお、この会の代表的な事業『私家集大成』にとりかかるための基盤となった『私家集伝本書目』(昭和四〇年一〇月刊)の作成に関わったのは三六人の段階であった。

和歌史研究会が結成されたことは、国文学界全体にとってどんな意義があったろうか。といっても、ことは和歌分野で生じた現象(運動)なので、そこから始めるべきであろう。冒頭に書いた四〇歳の年令制限とその理由はその通りなのだが、本音のところは、学会運営に対する、中堅・若手のいらだち、敢て言えば、実は、主導権奪取の意志表明であったといってよいと思う。

会報第一号巻頭には「発会の辞」が載っているが、今から見ると何故これ程までと思うほど、四方八方に気を遣っていて、直接的な主流批判の言辞は一言半句もない。急激に増加している研究情報交換の場、研鑽の場を少し大規模にやりたい。そのために集会と会報発行を活潑にやりたい、まではいいとして、「集会」は「学会」ではない。「会報」もこの「集会の連絡方法で、各自のメモや交信を同人間に公開するもの」であって、論説論文の類は載せない。研究成果は、「今迄通り諸学会誌」に発表して行きたい(原文「お願いしたいと存じて居ります」)などという表現までしているのである。文末は、「もしこの会報が、諸先生・諸先輩方のお目にふれる事がありましたならば、我々の微意をおくみとりいただいて、以前にもまさる御教導をお願い申上げたいと存じます」となっている。私などは、杉谷寿郎・半田公平氏などと共に、修士論文を書く直前の二十代半ばの最年少グループで入会したところだったから、敢て発言するまでもなかったが、世話人の方々は既に「立場」が在ったはず、声高なスローガンのない、低姿勢に徹する態度をとり続けたことには、学会運営の実力者達の牢乎とした非学問的な力の大きさの存在があったことを示していよう。

　和歌文学会は昭和三〇年六月に発足した。和歌の実作者と研究者が交流する場としても機能することが、特色の一つとして打出されていたようである。このこと自体は有

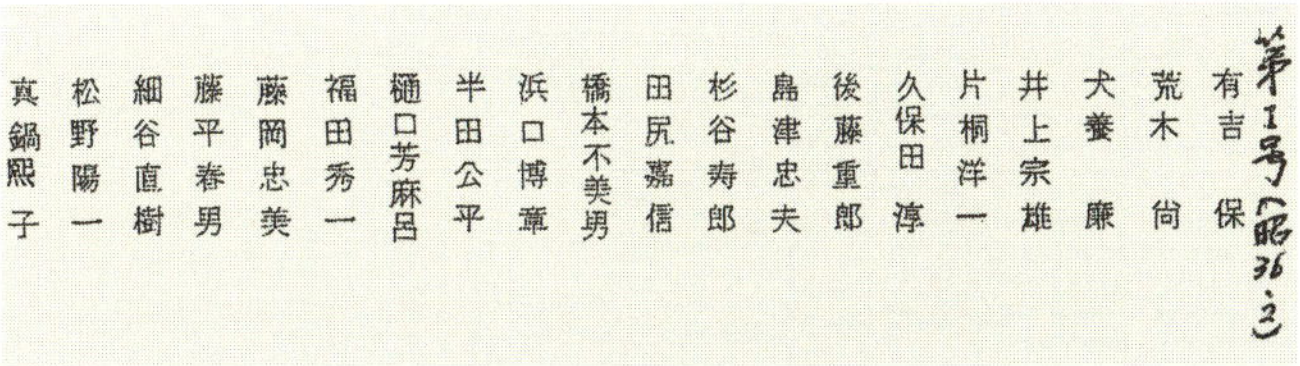
第1号（昭36・3）
有吉　保
荒木　尚
犬養　廉
井上宗雄
片桐洋一
久保田　淳
後藤重郎
島津忠夫
杉谷寿郎
田尻嘉信
橋本不美男
浜口博章
半田公平
樋口芳麻呂
福田秀一
藤岡忠美
藤平春男
細谷直樹
松野陽一
真鍋煕子

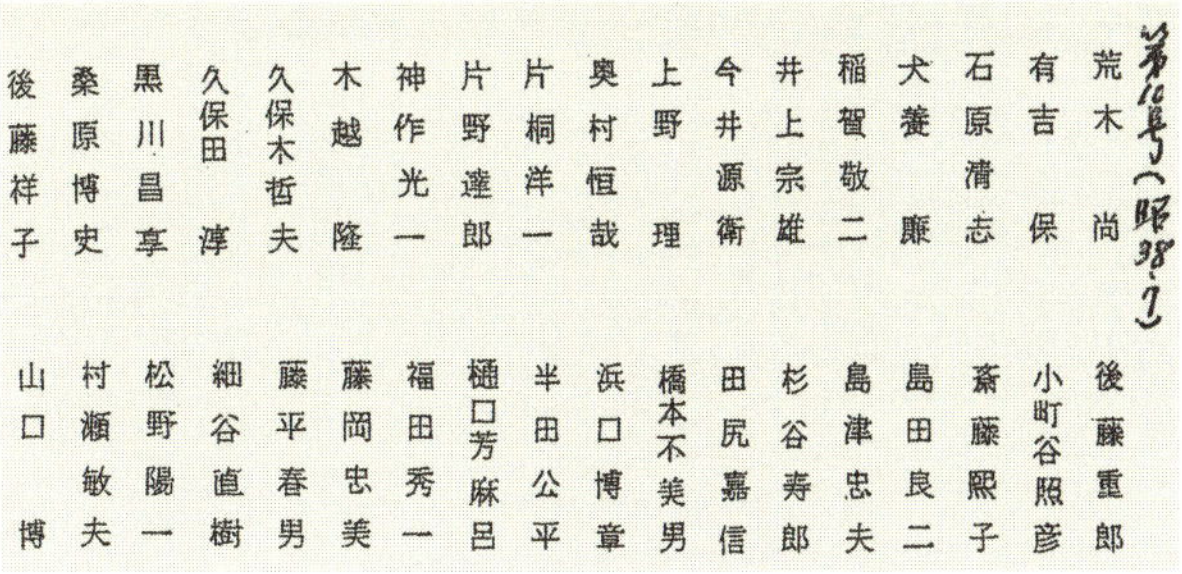
第10号（昭38・7）
荒木　尚
有吉　保
石原清志
犬養　廉
稲賀敬二
井上宗雄
今井源衛
上野　理
奥村恒哉
片桐洋一
片野達郎
神作光一
木越　隆
久保木哲夫
久保田　淳
黒川昌享
桑原博史
後藤祥子
後藤重郎
小町谷照彦
斎藤煕子
島田良二
島津忠夫
杉谷寿郎
田尻嘉信
橋本不美男
浜口博章
半田公平
樋口芳麻呂
福田秀一
藤岡忠美
藤平春男
細谷直樹
松野陽一
村瀬敏夫
山口　博

和歌史研究会　同人名簿

益で、その後もかなり根強く継承された要素だったように思うが、一方で、学問的に不純な部分を厳しく排除し切れない素地も作ってしまった嫌いがある。三一年春には『和歌文学大辞典』が和歌文学会の企画で始まった。完成時に監修者として並んでいる、佐佐木信綱・窪田空穂といった六人の方々は、長老格で、内容に特別の影響力はない。しかし、編集担当に名の出ている人々は、和歌文学会の委員として活躍中であった。戦後一〇年、大学別の孤立した研究情況に安住していた和歌研究の分野も、垣を払って一緒に研究する場を造ろうという意欲が強く出始めた時であった。各大学でも学科の中心的存在として、指導する学生も何人も抱えて張り切っていることが周りにもよく感じられるような状態であった。だから、学会活動を盛んにする方策（年六回の月例会開催など）などは強く支持されたはずだし、研究の到達点を確認して、新しい方向性を見出すために『辞典』が企画されることも共感を以て迎えられたことゝ思われる。

しかし、辞典事業の進捗に伴って、研究の進展に齟齬をきたす現象が目立ち始め、そのことが学会全体の在り方の様々な問題と結合して、中堅以下の研究者に意識され始めたものであろう。辞典の問題に限定すると、本文項目が進んで、附録の年表や作者部類等にかかりかけると、当然、実務は、中堅・若手に委ねられ、各大学・機関の若手研究者の会う機会がふえて行った。この機会に、進んできた研究の成果――資料の書誌学的な新情報や歌人伝、歌壇史的新知見など――を反映させようとするのは自然の成り行きである。そこに到って項目本文を参照をすると、一寸の補訂程度では済まない量の問題の在ることが判明してきた。一方で校了となっている本文があり、刊行予定期限が来ている段階で、大幅の改訂につき進み、刊行を昭和三七年まで延ばしに延ばしてしまった原動力は、若手の新方針の実現への意志だったといってよいであろう。一項目について複数執筆者名がこれほど多い辞典も珍らしかろう。同一項目で執筆者の異る本文が並ぶという不体裁もあるし、本文の叙述内容と、年表の記載内容が異る例も多い（勿論、本文の誤謬の方は訂正できず、年表の方で独自の記述をしたが故の現象である）。私自身のことで言えば、本文の執筆者一覧には二六九人の氏名が載っており、私の名は無いが、この段階での橋本さんからの依頼で、「経正朝臣集」を署名入りで書いている。私は二七〇人目の執筆者なのである。私は、三五年の時点で、附録の年表（近世）・歌人系図の作成に当っており、この頃の依頼と記憶している。以て、橋本さんの役割りも想像できるというものである。そして、この三五年一〇月、和歌史研は発足しているのである。

和歌史研究会は、研究のパラダイムの変革とか、方法意識や思想性の主張を強く訴えたりしたわけではない。その故か、単なるフィロロジストの集団と見做す向きもあったと聞くが、実質的な活動で、他の分野の研究者にも影響を及ぼして行ったといっていいのではないか。

その最大の効果となったものは、研究情報・資料情報の共有のために会報を半公開という性格をもたせて活用したという点である。前記の如く、「各自のメモや交信を同人間に公開するもの」という宣言は、実行され、最後まで貫徹された。通常公刊されない内容がどんどん会報に載り、月例会で披露された。片桐さんの堀部正二ノート、冷泉家蔵草子目録の影響の大きさは、お蔵が開いた今でもなお、記憶に鮮明である。研究のヒントも同人から数多く寄せられて、その中から育った研究も少なくないことは御承知の通り。また、各地の文庫の訪書記録が、現在の国文学研究資料館の「調査・収集」という国家事業の素地になっていることも、誰しも認めるところであろう。

和歌史研の活動が、研究に関しては個別の自由にまかせ、共同作業の方向を全国的な資料と研究情報の基盤整備に採ったことは、日本の人文科学全体に関わる運動としても時宜に叶ったことであった。この段階では、同人の誰にも自覚されていたわけではないが、今、国文学研究資料館長の立場から見れば、十年後の大学共同利用機関制度の発足に際して、高エネルギー研究所に次いで二番目、人文学系では最初に制度化された国立機関として登場した、その源流を為す運動だったと見ることができる。国文研では、その前史としては、戦後二五年をかけた『国書総目録』の作成を位置づけているけれども、レヴェルの揃った研究者の全国的な規模での共同作業という点では、和歌史研の在り方が明らかに母型となっているのである。

和歌史研究会の順調な発展には、無論、世話人の果した役割りが大きい。橋本さんの人脈の広さ。宮内庁書陵部には、当時、中世以前の研究者はほとんど通っていたし、特に若手は、トップの伊地知先生ではなく、橋本さんの机のところで話しこむことが多かった。即ち、研究以外の情報も沢山集り、伝播する中心でもあったのである。紹介者があった方が何かと便利な各地の文庫へも小まめに連絡をとってくれる人であった。研究情報の整理、水先案内者でもあり、理念についての智恵袋だった藤平さん。資料調査などには一切参加しなかったが、各種の研究集会などでの捌き役で欠かせぬ存在だった。「歌壇史研究」をこの時期、方法論として定着させる原動力となった一方、その方法論の裏づけのために、全国各地域の文庫にわたって訪書をし、中世和歌資料を発掘し続けた井上さん。現場を知っている強みと活字になっていない資料について広範且つ、正確な位置づけを常に示してくれるのであった。そして福田さん。何でも秀れた方であったが、ここでは事務局を引き受けてくれたことをあげておく。現象万事に整理をつけて円滑に運行してゆくように計ること、その見事な手捌きの並みでないことは、私が第二代の事務局を引き受け、後年、国文研文献資料部でも後任者になった関係で、よく承知しているつもりである。あまりの手並みの鮮やかさに抵抗感のあった向きのあることも承知しているが、和歌史研の仕事の、かなりの部分は福田さんのお膳立てに拠る所が大きかったと思う。

こと運営に関しては、島津忠夫さん、片桐洋一さんがどしどし直言していたし、世話人もよく耳を傾けていた。最も印象に残っているのは、『私家集大成』の準備段階の時で、何かの具合で行き詰り状態になりかけた時、上京した片桐さんが、「これだけの実力を備えた顔振れが結集して、今実行しなかったら、永久に機会を失ってしまう」と発破をかけ、元気をとり戻したことがあった。研究の成長期がずっと続くと感じつつも、やや惰性に流されかけた時だったので、研究情況の盛衰、いや衰退を見通している眼に気づかされて驚くとともに、集団を鼓舞する人間的な力に感嘆した次第であった。校本テキストを作るのではなく、伝本系統別の善本を揃えて提示することの重要さを示し得た点で『私家集大成』の『国歌大観』とは違った利点を研究史に残したこと。これは和歌史研究会の果した学界貢献として評価され続けてよいかと思う。その実現にこのような形で力あった片桐さんへの敬意は消えることはない。

このほか、全てが一廉の研究者であった同人の貢献・業績を語るには一冊の著書が必要であろうし、それはまた、著書・論文以前の仕事で助け合った同人にとって必要なことでもあるまい。百号に及んだ会報は今でも資料情報の宝庫として生命を終えていないのである。『私家集大成』に触れたついでに、その基盤作業であった『私家集伝本書目』について隠れた部分について書いておく。昭和三七年六月例会で発議され、全国の同人から統一カードが集まったのが翌年春、整理作業は井上邸で行われた。一〇年後の『私撰集伝本書目』の作業場も同じ、その他、色々の作品の作業が行なわれている。今や立派な研究者になっている人達が青春の汗を流した場であり、「学術遺跡」とでも名付けたい、重要な役割を果した

「場」である。整理後、四区分四通りの（A4判ぐらいの大きさ）原稿に転記され、同人に回覧されて、補訂が行なわれた。三六人だったから、九人（いや八人だったかもしれぬ）ずつ、表紙に回送順の人名が記されていたと思う。このキーステーションは拙宅。品川区大井鮫洲町六〇番地、曾祖母の隠居所だった家で、翌三九年三月には手放すことになり、後に取り壊されたから、ここは遺跡にはならないが、新婚の折だったので、印象には残っている。この作業は秋頃終り、その後はまた井上邸。明治書院に清書原稿が渡ったのは四〇年に入ってから。刊行は一〇月だった。

最後に事務局のこと。私も担当したからである。初代は前記のように福田さん。最初の一年でほぼ全方位に対処する体勢を整え、会報二〇号までの五年で、昭和四一年一月に私が引き継いだ。そして、四五年一二月までの五年間、会報一九・二〇合併号までが担当期間だったわけだが、この間心臓疾患で入院した時期があり、その前後、かなり長く井上さんが代って下さった。だから最短の経験しかないわけだが、和歌史研が最も安定・充実した活動をしていた時に内側から多くの問題に出逢う役をさせて貰ったわけで、前記の如く、後年、国文研で生かすことになる研究機関観の規範を体得できた点、まことに有難かった。第三代青木賢豪さんは五六年まで一一年、会報は七六号までの長きにわたっている。そして、最終第四代は長崎健さん。会報一〇〇号の出たのが平成三年九月だから、そこまででも一〇年。会も終幕となったのだが、残務整理の一環である『私家集大成』補訂再版問題で、平成一五年現在も連絡係を勤めてくれている。

月例会と会報の編集当番は五十音順で二人ずつ、半舷上陸《はんげんじょうりく》で廻していった。会はかなり長い間、早稲田の大隈会館の別館完之荘を利用した。飛騨の民家を移築した建物で、当時は借り易かったのである。諸種の情報交換や企画に時間をとり、論文合評はその後だった。活字の時代だった（電子情報の時代ではなかった）とつくづく思う。活字で公表される以前の新知見やコンセプト、情報が溢れ、毎月大きな刺戟を受けた。出席率が高かった理由がわかる。

事務局は、毎月「連絡報」を同人に出していた。全部保存していたのだが、まとめてどこかに仕舞いこんだのが出てこない。推測時間で書かざるを得なかったのは、その所為である。「出身は和歌史研」と入れこんでいた時から、やや距離を置いて歩くことになったが、今にして回顧すると、単になつかしさではなく、身体感覚として深く根をおろしているものを感ずる。

＊　＊　＊

和歌史研究会世代の活動を総括して、方法面でも新分野を開拓しているのは、中世和歌では錦仁、渡部泰明君などが注目されるが、川平ひとし君の近刊『中世和歌論』の浩瀚、深甚の問題意識に感服した。「緒言」の［註］にあげられているのは和歌史研究成果の全てではないが、核心を踏まえて研究の出発点に位置づけていることに親密感を憶える。

その更に後の世代も発言を始めていることでもあり、研究の将来には信頼を置いてよいと感じているところである。

井上宗雄さん

文学散歩。末松山で

和歌文学大辞典（昭和36年　明治書院）刊行直前のころの事である。途中から編集の主導権を握って研究色を強めていった若手研究者達の一人であった藤平春男氏からのお声がかかり、近世の年表を手伝うことになった。

執筆打合せで神田小川町の明治書院に行ってみると、中心は老練の小高敏郎・野村貴次の両氏、補助格で田尻嘉信氏、阿部正路氏、私、そして中世との接続の配慮で井上さんが顔を見せていた。

目の前で始った光景は、執筆要項の確認もそこそこにしての、井上v.s.小高・野村の基本方針をめぐっての論争だった。未成熟な研究段階なのだから、判明していることは可能な限り盛るべきだというのが前者、文学辞典では「評価」が重要な条件だというのが後者。白熱した論争は結着せず、次回、次々回に及ぶ（刊行が遅れるはずである）。

話は実はこの先である。会議後建物を出ると、夜更けの小川町の交差点まではまとまって歩き、そこで神田駅と御茶の水駅への組みが分れる。この間、通常の歩幅ではわずか五、六十歩、一、二分の距離でしかない。しかし、この小集団がすんなりと通過したことはなかった。部屋の論争とはガラリと変った調子になって、井上さんが矢次早に研究上の質問を発し、小高・野村両先達が答える教場に変容したからである。三歩歩んでは立ちどまり、資料を互いに覗きこんでは言葉がとびかい、メモが走る——信号機は何度も点滅を繰り返すのであった。一図な熱意の気迫と懇切な答の声音を今に忘れない。処女作『中世歌壇史の研究　室町前期』のまとめの段階に入っていた三十代半ばの井上宗雄さんの姿の一コマである。

＊　＊　＊

何といっても井上さんである。

『六百番歌合』から研究を始めて、判詞から歌論を考えて行くという方向で、私は当時の現実の「場」での文芸の質とは何であったか、を確認しようとしたわけであるが、昭和三十年代前半時点での歌論研究の観念美学的方法の閉塞感を打破するだけの能力の持ち合せがないことを自覚していたことと、この時代の文芸資料の本文批判がほとんどなされていないことや、歌人達の伝記研究も未着手のものが多いことなどの方が気になって、急速にそちらの整備に突き進むことになった。

そのことは、その時の情況から、孤りで方法を開拓することを意味したが、程なく、すこぶるつきの先達に出逢うことになった。井上さんである。

フランクな人柄なので、心安立てに井上さんなどと呼んでいるが、年令差は十年もあるし、キャリアが違う。最初は平安朝文学研究会で逢ったのかと思うが、「六条藤家の盛衰」を早稲田の国文学会で発表されたのを聴いてびっくりした（ワセダ風の研究質ではなかったからである）記憶がある。

当初から極めて懇切に手ほどきをして下さったし、それでいて自立する姿勢を助けて下さった。代々木上原のお宅に入り浸り、居心地の良さにいつも長居をして談論に時を過したのであった。仙台に離れていた十五年間もこの姿勢は少しも変らず、当時の連絡手段であった電話も、二週間と空いたことはなかったように思う。

和歌文学大辞典附録類の作成手伝いから和歌史研究会を通じて、接触は密になっていったが、昭和三十年代では、やはり、訪書旅行の幾つか（大半は個別だった）に同道したことの印象が鮮明である。多種多彩な資料で具体的に「見るコツ」を伝受して貰ったからである。井上さんの場合は正に猛烈であった。閲覧希望の書目は、常に数十点から百点近く。机上に何十点と積まれる。通常の閲覧規則は一回二、三点が限度だから、大抵、事前の懇切な説明が必要だった。ずい分気を遣っていたと思うが、知る限り、大抵その通りに積みあげられていたから、研究意欲の迫力がものを言って、所蔵者、担当者の理解を得られたのだと思われる。

御本人は「巻頭、巻末を見るだけだから」と言っていたが、縦罫のノートに採るメモは一通りではなかった。これが帰宅後、夫人の手でカード化され、書名、人名？カード毎のノート番号で、索引可能となるのである。パソコン時代の現在とはかなり異なるが、国書総目録登場以前、歌書の所在情報に関しては、井上邸が日本一であったはずである。冷泉家関係の奥書整理の論はここから生まれたし、何よりも中世歌壇史研究三書の根本資料になったわけである。私家集伝本書目、私撰集伝本書目のカードの原稿化の作業場に井上邸がなったのも自然の帰結である。家中の部屋という部屋、廊下に原稿が拡げられ十人程の若手研究者が散開してカルタとり状の整理が行なわれた様を思い出すとなつかしい。手造りの時代だったとつくづく思うのである。

百人一首の研究者であると同時に、カルタ取りの方で全国的に名の知られた存在であるが、ゲームや遊び全般に好きな方で、お正月には何度かカルタ取りに参加した記憶もあるし、雀卓を囲んだこともあった。実に楽しく過させて下さるのである。「井上さんに行ったら帰って来ないんだから」——子供にまで言われる仕末であった。

和歌研究の面では、傍にいて、かなり知っているつもりであるが、人間全体がわかるわけではない。特に、井上さんは俳句実作者としての深い世界がある。これは私は知らない。だから、人間像といった形で語ることはできないのである。

ただ、研究者という点でいえば、見事に現役である。俊成は八十代前半が歌学者としてのピークだったが、井上さんはそれを超えて現役であり続けるのではないだろうか。学会の質問での、後進へのアドバイスのバランスの良さなどを見ていても、それをつくづくと感じるのである。

有吉保さん

東京女子医大の近く、薬王子住宅にお住まいの頃に初めて訪問した。こちらはまだ修士論文前、例の和歌文学大辞典付録作成などで他大学の人々と交流が始まった頃であった。多分、藤平さんが声をかけておいてくれたものと思う。暑い日盛りの日だった。シャツに半ズボン、がっしりと大きく太り宍の体躯、その上に強い眼光の大きな頭が乗っているといった感じで招じ入れてくれた。いかついが挙措は柔和でやさしい方であった。壁一面、天井まで積み上げられた本と資料。北窓に面した机の所で話をうかがった。論文で扱われていた資料についての質問が主だったと思う。書籍資料についての

西行終焉の弘川寺にて

該博な知識の、大らかな教育者という印象を強く持った。この初印象は四十年後の今日に至るまで変らない。どっしりと常に安心感を与えて下さった。

それから間もなく、お勤め先の日本大学文理学部に近いマンションに移られた。拙宅も、歩いて行けるくらいの近さだったので、私には珍らしく、私的なお付き合いもさせていただくようになった。それに、私は第七番目の勅撰和歌集『千載集』を修士論文の主題にしたのだが、時期を同じくして、有吉研究室に「千載和歌集研究会」が設置されたので、より親密な関係になったといってよいであろう。古今・新古今の研究者は多いが、千載は谷山先生の他には、広島大の黒川昌享さんが書き始めたばかりという、未開拓領域の多い作品だったのである。

千載研では、部立一巻ずつ、配列・構成を検討し、その配列要素としての個々の歌毎に、出典、歌人伝、表現典拠を探るというやり方で進めていた。巻七、八の、離別・羇旅歌の検討発表会の時、文理学部校舎の会場にお邪魔して、聴かせていただいた。青木賢豪さんが部屋頭、半田公平さんが客分？といった存在に見えた。師長の土佐配流の際の離別歌の長い詞書の考証発表に、異見を述べた記憶がある。この段階では、まだ、他大学の院生が参加するといったことは珍しい時代で、実に自由な雰囲気がうらやましかった。

この昭和三〇年代後半から四〇年代一杯、毎夏には家族で、戸隠、妙高で過すのを恒例にしていたのだが、千載研の夏合宿が野尻湖近くの山荘で行なわれていて、その余暇のサイクリング部隊と、何年か遭遇したことがある。この年々累積の成果は、『千載和歌集の基礎的研究』（昭51・笠間書院）として公刊された。こうした形での地道ながら楽しい研究者養成の様子を身近に見させて貰っていたので、田村柳一君のような俊秀の育って行くのを見るのは本当に楽しかった。

有吉さんの、身体を張った大胆な蒐書ぶりは、何度も話題になったところであるが、実に幅広く、奥行きのある蔵書を構成された。何度もの展示毎に、未公開の逸品を並べて下さるのであった。お正月には、マンション別室に、その年毎の趣向をめぐらした本を並べて歓迎して下さった。書物学者らしい寛弘の迎春で、見事なものだと感じ入った。

国文研では、長く運営協議員を勤めて支えて下さった。何かと不利に扱われる私学のために力を尽すよう説かれた。人事・共同研究費の配分など、館外の方の意見が反映される仕組みになっているし、私としてはそう努めてきたつもりであるが、何を以て平等と考えるかという点で、合格点はいただいてないかもしれない。

日大の定年を迎えられて、後任人事に、田村君が決まるところまで行っていながら、夭逝という痛恨事があった。心情推察するに余りあるものがあるし、学界全体の問題としても残念というほかかない。

新古今時代の研究者として名のある有吉さんであるが、戦後間もなくの書陵部本百人一首注の発見以来の百人一首論の論証力のねばり強さに敬意をいだき続けている。日本古書籍の豊饒の世界ともども、これからも後進に伝え続けていただけたらと願っている。

福田秀一さん

人生には不思議な「縁」があると感じさせられるのは、福田さんとの間柄を考えるときである。この洗練された中世和歌研究者は、通常、安直なレッテル貼りに使われる「秀才」を真当に用いるとしたら、この人にこそ適切なのではないかと思われた。それは、あの、昭和三二年の国語と国文学に二度にわたって載った「延慶両卿訴陳状」についての論の強烈な印象に依るものなのだが、精密で行き届いた論証の美事さには、低徊するばかりのこちらとは異る、正統派の研究者たることを感じさせられたのであった。多分、違う世界に存在し続ける人と思っていたのである。

ところが、軽いノリの表現を許していただくなら、二度も福田さんの占めたポストの後継者になったのである。一度目は、和歌史研究会の事務局長（俗称）、二度目は国文学研究資料館の文献資料部教員である。片や和歌研究者の私的な同人組織、他方は、大学共同利用機関という、公的な国立研究組織で、同一には扱えない立場の違いがある。だから偶然の現象といってしまえば、それまでのことであるが、個人の私的な問題ではなく、戦後の日本古典文学研究の動向の中で、一時期を劃した和歌史研究会の「学会と研究質の改革」の成果を考え、また、日本の学術全体の中で、文化資源としての古書籍の全てを利用可能にする装置として定着させた国文学研究資料館の機能に思いをいたす時、有難い先達にめぐり逢えたという感が深い。

もとより、和歌史研で言えば、橋本不美男・藤平春男・井上宗雄の三氏のリーダーシップの大きさは第一にあげねばならないが、あの全国にわたる若手研究者の集団をまとめるための雑務をこなした功績は、福田さんに帰せしむる部分が大きいと言わなければならない。ただ、和歌史研についてては、別に述べたので、国文研の方に触れてみたい。

古典籍文献資料の調査・収集と研究情報の整理・提供が、国文研の基本事業であるが、特に前者が共同利用機関としての最大の特色となっていることは異論のないところであろう。

前近代千二百年間の日本書籍が、七十万点現存することを知らせてくれたのは『国書総目録』第八巻が刊行された昭和四十七年二月。これを論拠として、国文研では、百年間で調べるため、年七千点調査分が予算化され、そのうち五千点がマイクロ・フィルムで収集されることになった。

それを実行する方式として編み出されたのが「調査員制度」である。北海道から沖縄まで、全都道府県に調査員を、年九十人を限度として配置する。調査員には原則として、国公私立の大学の現役の国文学の教員を委嘱する。その調査員が所蔵者の許に赴いて、写本・版本に直接当って、一本一本の書誌カードを作成する。かくして、毎年簡略カードを含めると一万点弱、開館以来、三十一年で、約三十万点が調査され、十八万点のマイクロ・フィルムが収集されたのである。

このような全国にわたる組織的・体系的な調査網と、資料と書誌情報集積の仕組みは、他分野にはないし、世界的に見ても他国にはない、国文研独自のものである。

こうした特色のある方法を国家事業として持ち得たことについては、初代の市古館長の手腕によるところが大きい、と考えてよいが、現実の企画・運用に関しては、福田さんの果した役割りが大きかったものと推測される。

しかし、福田さんに関して特筆しておきたいのは次の点である。

右のような文献資料についての調査・収集についての仕組みがあり、成果をあげていることをいうと、あたかも、ゴムマリがポンポンと量産されるかのように、自動的に成果が集積されていると、見做されることがある。研究者ではなく、事務官が担当してもできるのではないか、といった外部の声が、平常時でも何度か届いたし、

雪の松島にて。片野、福田、新藤氏

近時の法人化騒動に際しては、驚くほどの圧力を伴って押寄せたのであった。

所蔵者にはその数だけ、それぞれの事情があって、こちらの希望を入れてくれるわけではない。どうしても門を開いてくれない所（二十年もの交渉の末、やっと開いた所もある）、それまでよかったのに急に拒否される所、などなど、毎年何十個所もの難交渉のある状況を越えての成果であることはなかなかわかって貰えない。私は比喩として、東京に新しい道路を作ることをあげて話すことにしている。総論賛成でも、事情の違う一戸一戸を説得してもなかなか立ち退いてはくれず、企画通りに行かないことに似ているのである。

さて、福田さんである。不調の事例の交渉過程の資料を整理して残してくれているのである。どのような申入れから始まったか、どのような返事が、どのような立場の人から来たか、新たにどのような対応をしたか、それへの反応はどうだったか、といったプロセスが、書簡の現物や、応援してくれた立場の資料まで含んでまとめられているのである。

某国某図書館や、某市図書館をめぐっての市教育委員会との交渉など、中断の後、私が再開担当した時、大いに役立った。前者の例では、国の政治姿勢の要因もあるが、日本大使が介入してくれながら、結局不調になるなど、生《な》ま生ましい文言が、努力の跡を伝えて身につまされる。後者では、広い見識を持てない人物のポストに権限が集中していて、その恣意的な言動にふり廻される様子が知られて、何ともやりきれない気持ちにさせられる。何とこの人物、私の代まで残留しており、折角新図書館長との間で合意した利用条件を妨害する挙に出たのであった。福田資料を事前に精査していなかった故の失敗であった。が、やがて、ある研究者の個人的な意向との結合であることが明るみに出て、公的な立場が少しずつ有利に展開するようになった。

少しずつではあるが、ある段階までは不調であっても、その後好転する場合もある。特に現在、積極的に協力してくれているケエスでは、このような資料は封印しておくに如《し》くはない。

しかし、失敗例の原資料が整理されて残されていることほど有難いことはない。単に技術上の問題ばかりでなく、応用の効く、人間勉強や、戦略組み立ての教科書になってくれるからである。本への強い愛情が基本になければならないが、塩をまかれても、水を打っかけられても、めげずに、時間をかけて態勢を立て直し、有利な情況にもって行く知恵は身につけねばならない。

多彩な仕事をした福田さんを語るのに、この例だけを引くのは申訳ないが、国文研の調査・収集事業への理解の単純さに腹立たしい思いをしている折なので、敢てこれに絞って記してみた。

福田さんの蔵書のうち、和本は既に十年程前に国文研に入れていただいた。流石、内容的にきちんと整った本ばかりで、感服した記憶がある。しかし、特記したいのは、数年前から、少しずつ入れていただいている、日本古典の作品、注釈、研究書等の、外国語翻訳書である。

愛着深い故か、御自分で整理をつけては断続的に段ボール箱で送られてくる。平成十六年三月現在で二千点ほどになったろうか。多くの言語の翻訳書なので、こちらも書誌カードの作成（略解題も含む）に困難を来たしているが、既に試行で作成した、カラー書影入りの、万葉と源氏物語の解題は、大阪大学の国際集会に二年にわたって、展示に供され、少なからざる反響を呼んだ。

転出後も、このように国文研に協力して下さっていることに感謝したい。

大道芸人論始末——東北大学教養部の日々

昭和四十九年四月一日は、仙台川内着任の第一日であった。辞令交付は午後になるということで、研究室の書棚の整理をしていると、電話が入った。何と図書館長からである。まだ、面識もないし、何事かと訝《いぶか》っていると、

「早稲田の図書館長さんがいらしているので、来て貰えないか」

とのこと。最速、道を隔てた向い側の老杉並木の陰の図書館に赴くと、

「やあ〳〵。連絡もしなくって」

と、ゴム長靴にジャンパーという出立《いでたち》の、加藤諄先生と柴田光彦さんの声がかかった。仙台の碑の拓本をとって廻るのだという。

加藤先生は会津八一門下。幅広く文芸・美術を楽しんでいらっしゃった方で、伊地知先生とお親しかったからか、いつの間にか、法学部五階の研究室に通って、とりとめもなくお話をうかがうようになっていた。昭和三十年代後半は、仏足石碑を各地に尋ねて、拓本を取り、集めて、論文を書いていらっしゃったように思う。だから、仙台に行く前に挨拶にうかがったことは確かだが、御都合もあったのだろうが、まさか着任の日に来られるとは思いも寄らなかった。後で柴田さんから聞くと、柴田さんが仙台中心の訪書を計画していたところ、急に「俺も行くヨ」と乗ってきたのだそうである。

お蔭で、その後の図書館利用にずい分厚遇をされるようになったし、図書館の後方の附属植物園（十万坪ある。青葉山の東面の大半を占める）の中、中世・江戸初期の「あづま街道」（西行も通った可能性がある）の分岐点に建つ「蒙古の碑」の拓本取りに、第一日から立合うことになったのであった。いや、本の方でいえば、谷文晁画筆の巻子二巻の『(東北地方写生図)』（甲寅〈寛政六カ〉冬写）を机上に拡げるのを見ることができた。館長同士だからこそ、こんな扱いがあったわけで、好運であった。仙台の条《くだり》に、「コレヨリ以北、美形ナシ」との記入があったのを憶えている。柴田さんは、その後、早稲田の図書館から跡見に移られ、大学の教壇の人となられた。国文研の色々な委員やプロジェクトに参加され、助けて下さっているのでお目にかかる機会に恵まれているが、この仙台紀行のことは時々話題になる。

教養部は、旧制二高の影が色濃く残っていた。文科系研究棟は、青葉山登り口の「扇坂」を少し登った道添いの右側、五階建ての瀟洒な建物で、三階以下は語学系教官、五階は社会系、四階が人文系教官の研究室。西から東へ、哲・史・文と配置され、哲学系は西端の事務室でまとまり、史・文は東端の事務室・談話室に固まって、両者の交流は稀薄だった。談話室（直ぐ隣が私の研究室だった）で昼食を共にする習慣があり、着任した年には、国語が文学の片野達郎氏と私、国語学の前田富祺氏（三年後阪大へ転出。後任に佐藤武義氏が来た）、漢文が長老の佐川修先生、文学、宋詞の村上哲見氏（数年後奈良女子大に転出、そして文学部に戻ってきた）、陽明学の吉田公平さん、それに語学系だが、中国語の魯迅の阿部兼也さんも例外的に四階に部屋があって、昼食会に出ていた。史学では西洋史・教会史の渡部治雄さんだけが顔を出していたように思う。大先達の西洋史西村貞二（御先祖が書肆西村屋である。中嶋隆君に紹介した）、東洋史伊藤徳男、日本史・洋学史の佐藤昌介（渡辺華山でお世話になった）、教養部長の高橋富雄の諸先生はほとんど顔を見せなかった。

昼食後にコーヒー・クラブが組織されており、毎月五百円会費で豆を購い、粉に引いてネルの袋で淹れる本格的なもので、新人は片野・村上両宗匠の手ほどきを受けて、日替りで、淹れるのを担当した。村上流はやや濃い目、片野流はマイルドで品良くというので難易度が少し高かった。この会費で毎日何人か顔ぶれの変る、非常勤の方々に振舞っても赤字になることはなかった。事務官の曽根恭子（後任は川村秀子）さんが万事支えてくれていたからでもあるが。

この昼食会は楽しかった。日替りで専門の異る話が聞けるのであるから、堪《こた》えられない。大先生が定年になられたり、転出があって後任で新しい顔ぶれになると、それがまた楽しみを加えてくれた。イタリア、エトルスキの平田隆一さん（着任の年にマルコ・ポーロ、イタリア文化賞を受けた）、明・清白話小説の小川陽一（この当時の『三言二拍』の研究は、平成十年代、国文研での日本近世小説研究者との共同研究に発展している）、朝鮮朱子学の三浦国雄、東洋史、秦漢財政史の山田勝芳の諸氏の話題の幅と深さといったらなかった。折しも、昭和五十年から始まった学生紛争期で日夜動員をかけられ続けたが、この場と、図書館地下、書庫の狩野文庫に潜《もぐ》って嵐を避けている間は、救われた思いがしたものであった。非常勤の方々も、この空気に乗ってくれることが多くなり、特に、岩手大の原田貞義さんの、万葉の編集材料の話などは次週が待ち遠しい程だったことを憶えている（私の転出の時、後任になって貰った）。

教養部の授業がつまらないという話が外で専らだということがあった時、三浦君と、教養部教官大道芸人論というので盛り上った。関心のない通行人の足を止めさせて、こちらの話に聞き入らせ、品物を買わせてしまう、というもので、聞かせることにいささか自信があったが故の物言いだった。

ところが丁度部屋に入ってきた片野さんに聞きとがめられ、「大学教授は芸人じゃありませんよ」と言われてしまった。岡崎義恵門下の正統派の片野さんにしてみれば、なさけない思いが強かったのであろう。状況説明をやめて、言葉を呑んでしまった。

片野教授のお叱りはもっともだったが、教養部無用論の蔓延への文系教官の反撥は、むしろ、内部の教員へ向けられていた。学生を黙らせるような授業や研究をやってみろ、という思いが強かった。

内容もだが大阪弁の談論術《しゃべくり》で人気のあった三浦君に対し、こちらは内容で行くしかない。仕込みは大変だったが、自信はあった。前年度の授業で、単位は出したのに、翌年また話を聴きにくる学生が、毎年いたからである。これを二回生と呼んでいた（関西の使い方とは違う）。後に記す阿部さんなどは、日本史の学生だったが、市内で非常勤で出講していた宮城学院の講座にまで潜りこんで聴きに来ていた。

「テメエラの授業なんか、学生はまともに聴いてるわけじゃねえゾ。単位で縛りやがるから、やむを得ず出席してんダ！」

ヘルにゲバ棒、小汚いタオルマスクの諸君に囲まれて、何度も脅される度に出てきた、この定番のセリフは、右の如き二回生集積の実績から、鼻先きで笑い飛ばすことができたが、もう少し知的水準の高いのもたまには混じっていて、暮夜秘かに研究室にやってきて議論をしかけてくるのだった。非を認めることは一切なかったが、客観的に見て授業の質に問題のあることは否めなかった。しかし彼等が否定したがっている既存の学問の面白さを持ち帰らせる機会になったことは書き留めておきたい。

最近、福島県立図書館の阿部千春さんは、何と私の「書誌」を作成してくれた。このこと自体恥しい限りだが、その「あとがき」に、右の教養部教官大道芸人論を教室で学生に話したと書かれてしまった。直接学生に向かってそんな話をしたことは断じてない。卒業後、個人的に話す機会があった時に、三浦君との話を洩らしたのを、そのように叙したのであろう。好意に発する文言だが、わが信条に沿わないので、記しておく。

香具師《やし》の口上は、粗悪品を、表現の文《あや》で買わせてしまうことも意味するらしい。二回生、三回生諸君の失望の記憶となっていないことを望むのみである。

プチマンジャン・松崎碩子さん

この十年程の間に、百通ものファクスを送信した人がいる。それがこのパリの松崎さんである。普通ならメールでやりとりするところだが、私が使用しないところから、こんなことになった。

平成八年二月に、コレージュ・ド・フランス日本学高等研究所 IHEJ と国文研とが学術協定を結んだ、その前年からの、双方の窓口に松崎さんと私がなったことからの現象である。

協定は、日本古代仏教と文学の、フランスにおける代表的研究者であり、その分野に関してのコレージュ・ド・フランス教授であったベルナール・フランク氏と国文研館長の佐竹昭廣先生の一九五〇年代以来の深い交友関係から締結されたものであった。松崎さんは早くから、そのフランクさんの秘書兼助手として有能ぶりを発揮していたこと、佐竹さんの記憶に深く印象づけられていたことを何度も具体例で聞いたことがある。

フランク氏が、協定成立直後に急逝され、後任が定まらなかったため、協定内容の実施のフランス側の手配は、俄に事務代行の松崎さんの肩にかかることになった。

いや、この言い方は正確ではない。コレージュ・ド・フランスの教授職は、一代限り、その研究者の業績に対して終身与えられる栄誉であって、教授会によって選出、大統領任命という格の高いポストである。従って、ある教授が亡くなっても、その分野が継承されるとは限らない。消滅してしまうことが通例なのである。

日本学高等研究所も、この例に当たるので、創設したフランク教授がいなくなった以上、図書館と共に、コレージュ・ド・フランスの建物内の存続はできなくなる可能性があったのであった。

しかし、フランク氏への評価は高く、そのまま存続が認められたのであった。教授のポストの方も、ペンディングの状態で、研究所・図書館が存続され、松崎さんがその実務の責任者になっているというのが現状なのである。運営の方針は、大学・研究所の有力研究者によって構成される評議員会で決めているようである。

協定に基づく事業で現在行なわれているのは、国文研側からは、①毎年一名がIHEJに行

主が不在の所長デスク

って四週間の授業をすること、②フランス国内の日本古書籍の書誌学的調査に、共同して当ること、③IHÉJ側からは、毎年三人が国文研に来て、短期の研究に従事すること、などである。これらの具体的な実行に当っての連絡を、冒頭に書いたファックスで行なったわけである。

この日本側の講師の最初の担当が、私。当然のことながら、松崎さんに万事お世話になった。IHÉJは、本校舎からはやゝ離れた、メトロ⑩カルディナル・リモージュの交差点から坂をやゝ登った所に在る。伝統のある漢学研究所などと同居する建物の五階を占めている。フランク先生存命のころ、二度訪れた時と結構は変っていなかった。

最上階の最先端の所長室は、一番奥の所長デスクの背が、半円型に囲まれ、天井まで明るく開いた窓になっている。知的で洗練された風姿のフランク先生の端然とした印象、よく響く声音が記憶に鮮明である。長いデスクが、窓外に見下ろせる、中世パリの土塁跡の線上に連なっていて、「私は洛中、あなたは洛外にいることになります」という、日本学者らしい先生の恒例の冗句を私も初対面の時聞いたのであったが、その部屋の反対側の脇室に秘書机が在って、松崎さんは、主が不在になった今も、そこで執務しているのである。

この所長室で、松崎さんを介して、フランスの日本学研究者と知り合うことになった。文学のパリ七大のピジョーさん、民間宗教学の高等研究院ロッテルモンド（御本人は「露太主水」という名刺をくれた）さん、史学のINALCOのエライさん、漢学・情報学のドラユさんなど皆然りである（この方々は全て国文研の客員教授となった）。

このほか、文化人類学のコビイさん、仏教学のロベールさん、パリ図書館の小杉恵子さん、ギメ美術館の尾本圭子さん、パリ七大のピジョー門下の中堅・新進の文学研究者達（私の講義に出てくれた人々であり、爾後、毎年三人ずつの国文研の短期滞在研究者となってくれた）の人脈を作ってくれたのも松崎さんだった。

和本所蔵のパリ図書館、ギメ美術館、ジャック・デュセ本の考古学美術史博物館、エドウ本のルーアン図書館など、直接一緒に行って紹介の労をとり、国文研の仕事の性格を簡潔・適格に説明して、味方にひきつけて下さったのも結局、松崎さんあってのことだった。西南戦争時の陸軍顧問で、その時の日本での祖父の蒐集品の中に田安家本があるので調べてほしいとマルセイユから持参したクレットマンさんと逢ったのもこの部屋だった。松崎さんが通訳に入ってくれると、こちらの意志が増幅されて、相手に安心感を与える、という経験を何度も持った。行き届いた配慮で益を得たのは、松野個人ではなく、国文研の交流活動だった、と深く感謝している。

松崎さんが留学したのは一九六八年、あの五月革命で騒然とした、その一〇月だったという。革命の結果、パリ大学は七〇年に、分野別の一三大学に分れるが、その分別以前の文学部仏文科に入って、文体論・中世語を学び、ラブレーの『ガルガンチュア』を初め、中世文学を専攻されたとのことである。御主人のプチマンジャン氏とはこの早い時期からお知り合いになっていたらしい。氏は中世語の専門家であるから、その影響を受けられたのであろう。他方、日本学高等研究所は、当初、極東学院に在り、大先達アグノエル氏によって運営されてきたが、六七年から、今の建物に移り、司書兼所長秘書だった森有正氏が、日本に帰ってしまった後を承けて、七四年から松崎さんがそのポストに就いて、ベルナール・フランク所長に仕えたということになる。

忘れ難いことは多いが、何といっても印象に残るのは、御自宅に夕食に招いて下さった時のことである。

当時、御夫君は、高等師範学校《エコール・ノルマル・シュペリウール》の図書館長をしていらっしゃった。校長と館長の官舎はパンテオン直ぐ下の、同校々舎内に在った。夕方早目に訪問し、名だたる英才教育校の図書館を案内していただいた。

生徒全員が寄宿生で、図書館内に各自専用のゆったりとした机が与えられている。図書は全て開架式。幼年期から、各分野毎の主要著作を手にとって見られる環境は、文句なしにすばらしい。驚いたのは、今はまた電子情報化が進んで変っているのだと思うが、テーマ別の研究論文情報がカード化されていたことで、ちなみに、日本文学研究の個所を索いてみたが、きわめて質が高い。参考司書のデスクも相談し易い場所にあって、利用度の高いことを思わせた。総じて、英才育成のための国家の配慮の歴史の部厚さに感銘を受けた。

私宅の居住域に戻って、初めてプチマンジャン氏と話を交した。フランスの中世古文献が話題。所在情報から、研究情況、トピックに至るまで、嚙み砕いて説明して下さる。勿論、碩子夫人が、食事の準備にしばしば立ちながら、更にわかり易く納得させて下さったのであった。図書館の知的な厚みのもつ空気に連続しながら、堅苦しさのない安らかな雰囲気。この後、旅心を外してパリが歩けるようになったのであった。

御自身は、écritureそのものに関心を深く持っているわけではないのに、私のために、その種の催しや機関や専門家に紹介の労をとって下さった。短期間のうちに比較的多くの書物を入手できたのも、別稿に述べたようなルーアンで中国キリシタン版に出逢えたのも、下準備に手をかけておいてくれたお蔭であった。当方の体の動くのはもう長くは望めないが、もうしばらくは楽しいお付き合いをさせて貰うつもりである。

III 折々の手帳

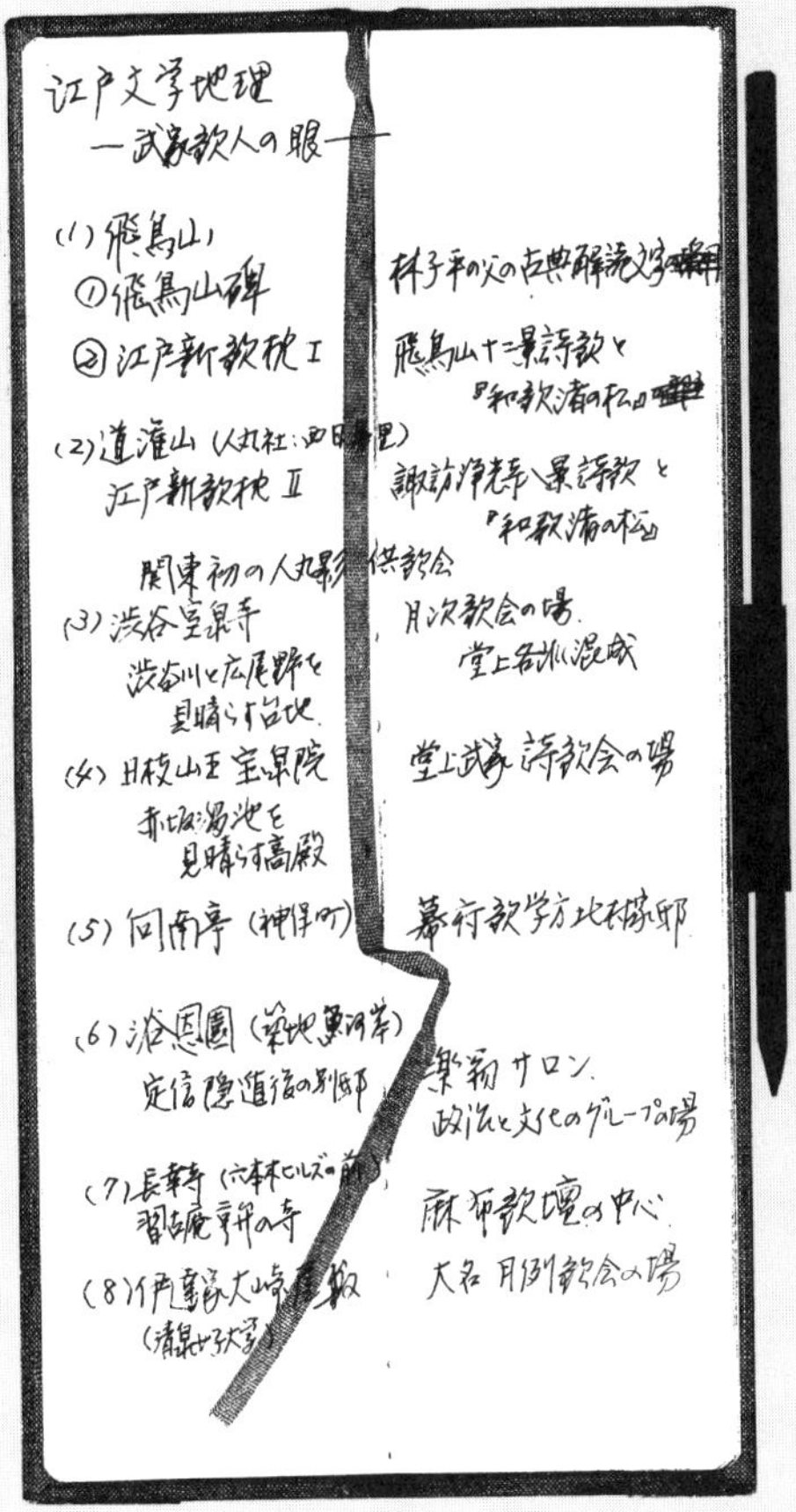
江戸文学地理
—武家歌人の眼—
(1) 飛鳥山
①飛鳥山碑
②江戸新歌枕 I
(2) 道灌山
江戸新歌枕 II
(3) 渋谷宝泉寺
(4) 日枝山王 宝泉院
(5) 向南亭 (神保町)
(6) 浴恩園
(7) 長幸寺
(8) 伊達家大崎屋敷

私には本格的な趣味はない。何か一つのものにひかれて見境いがなくなるということでは「古書籍」があるが、これは専門分野に入ってしまうから、趣味というわけいかないであろう。月に二、三度はコンサートに行くし、同じぐらい絵も見て廻るが、好みという程度であるし、ハイドシェクに追っかけの感情に近いものを持ったり、白井晟一《せいいち》の建築に魅せられて、旅程を曲げて立ち寄ったり、ということはあっても、溺れるところまでは行かない。

商家に生まれて、親戚中、稼ぎに結びつかない事業などということは誰も考えもしない世界の中で育ったわけだが、幸いなことに、とりどりに趣味らしいものを持つのは当然と許容する文化はあって、中にはその面で世間的評価もあるのがちらほらとはいる環境であった。だから、こうした仕事への理解がないわけではなかったが、本業そのものが稼ぎに結びつかないというのは、やはり特異で、法事などで一族が集まったりすると、コンマ以下、外れた存在に扱われるのであった。こうした中での趣味観がいつのまにかこちらの物差しにもなってしまっているので、前記したような書き出しをしてしまったのである。

しかし、もう少し肩の力を抜いて、わが身の間尺で、気がひかれた程度のことを書いてみたい。

営営孜孜とも全く無縁ではないが、折々に足をとめた時の手帳――。

1　物差し頌

――書誌の予祝具――

いつのころからか気にはなっていて、近年少しこの傾向が強くなっている「物」に、物差しがある。身体条件もあり、海外に出る機会が、若いころにはほとんどなくて、最近多くなったことと関係しているのかもしれない。メートル法以前の、民族毎の尺度や「物」としての様式が面白いからである。いや、現代の30センチ尺でも、お土産用の装飾尺でもなかなか面白い。この手のものなら値も張らなくて購い易いということもある。

もっとも、最初に興味を持ったのは、飛び切り高価な骨董品だった。朝鮮の象牙製の儀禮用の尺で、紅と青で染め分けてあり、繊細な線彫りの逸品だった。五寸程の小品。東京のデパートの市で、ガラスケースから出して貰い、しばし見入ったのだった。骨董好きの人にはよく知られたものだと思うが、初めて知って衝撃を受けた。

既視感があって、不思議にひかれるものがあると感じたまま、しばらく時が過ぎたが、ある時ふと記憶が蘇えって、実際に見ていたものと重なることに気がついた。正倉院御物の「紅牙撥鏤尺」がそれである。紅染の象牙で、金・緑の線彫り、鳳凰・鹿・極楽鳥が華文と交互に十図構成の儀礼尺であることが奈良博の絵ハガキが出てきて確認できた。絵柄は和風なので、奈良朝の日本の物であったと思われるが、となると、中国の先例が想定され、気にはなったが、調べもせず、そのままにしてきた。千挺前後になれば、体系的分類や史的評価がしたくなると思うが、今は、したいがせずに楽しむ所存である。

西安の市尺、ソウルの衣尺、ミュンヘンのスーパーの文具尺、ルーブルの中世金属尺レプリカなど、夕食前後の余暇の散索で、たまたま眼に触れた折に入手する程度の時が続いた。

北西フランス、ルーアンの市民図書館に、ジャック・エドゥの幕末絵入本を見に行った時(最後に中国キリシタン版キリスト一代記に出逢った話は別に記した)、昼休みに、道の向いに立っている鉄具博物館を覗いた折のことである。廃棄された教会の建物が利用されていて、鉄製の民具・工具が驚くほど多様に陳列されている。二階の、一間幅の長持大の木箱がガラスケースになっていて、物差 règle ばかり40種程が展示さ

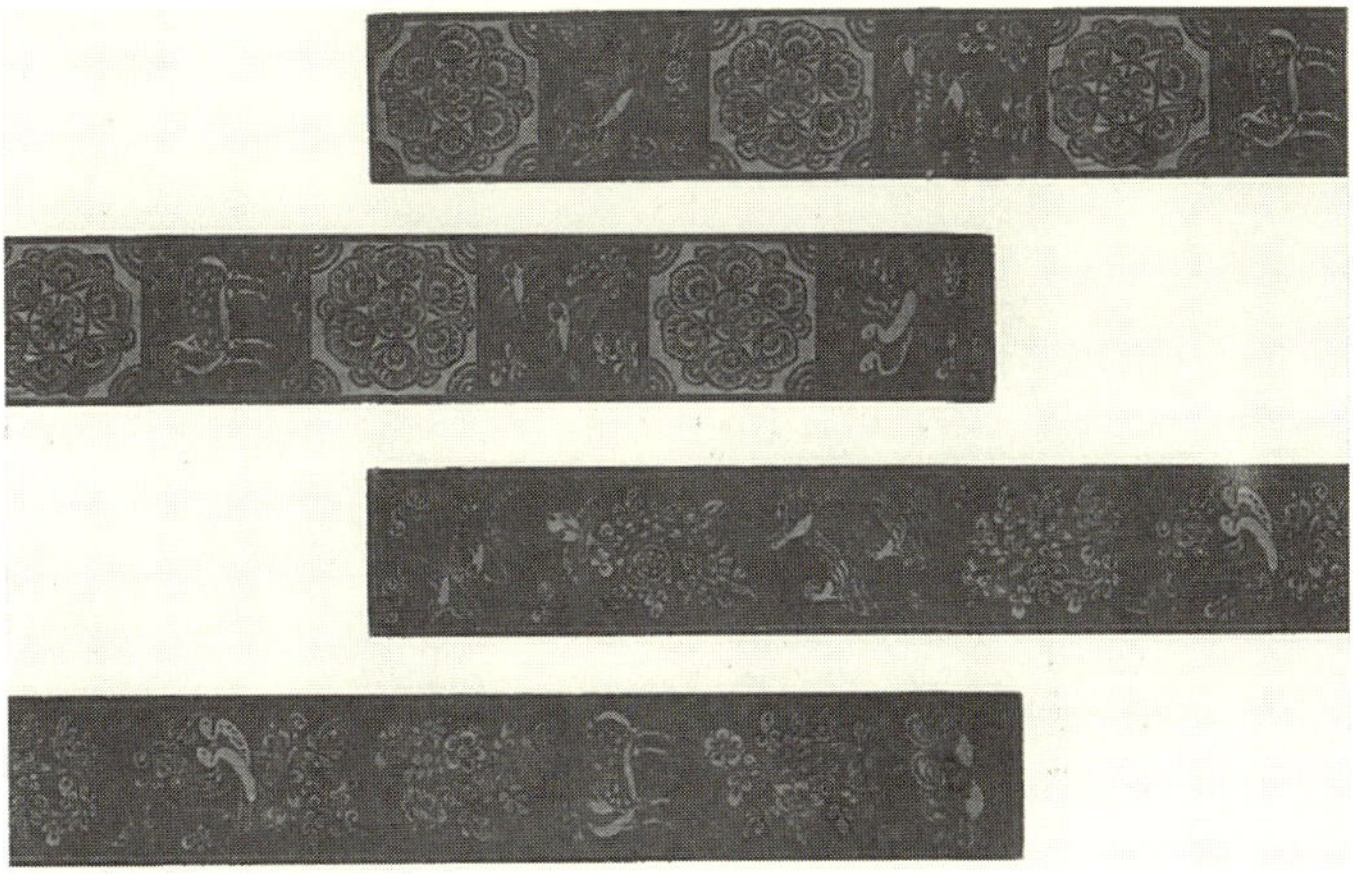

紅牙撥鏤尺　奈良博物館絵ハガキ

れていた。実に多様で面白く魅力に富んでいる。素朴な博物館で、解説書きも絵ハガキ、レプリカも求めたが、一切ない。しかし、すっかりこの細工物の擒になってしまった。

同じ月、ソウルの仁寺洞《インサドン》で、竹の装飾尺に出逢った。高雅な象牙尺とは違って、民俗儀礼用?の庶民性が初印象ではあるが、なかなかの美麗さに驚かされた。竹製だが、実用尺が表面だけ表皮で、裏は削いだ身のままであるのに対し、これは両面表皮で合わせ、絵が画かれている。最初のこの一本では、朱の地に、一面は十二支の動物六頭、他の面は燕など鳥六羽。幅二センチほどで、小ぶりで女性的な印象である。この様式のものは絵柄は龍・草花など同趣のものである。同じ竹製でも、やや幅広のものは、実用性を兼ねた、平べったい印象を与えるものがある。

旧皇宮内の国立民族博物館では、実に多彩な物差しを見ることができる。当初は、実は銅活字を見に行ったのであったが、物差は竹製ばかりでなく、木製、金属製等様々で、生活の色々な場面に浸透していたことが知られる。儀礼装飾尺という点では、朝鮮の豊富さは世界に群を抜いているように思う。実用尺でも、先年国文研に客員教員で来てくれていた全南大学校教授の金貞礼さん(東北大の私の演習で、しっかり喰いついてきた留学生だった)が贈ってくれた、大工道具としてのそれは、日本のL字形の曲尺《まがりがね》ではなく、T字形木製であった。まだまだ知らないものに出逢いそうな気がしている。大工道具では台湾で現在も使われている風水尺も面白い。また、金泥塗りの太陽と双龍の彫物を貼った朱塗り木製尺も、目盛りの間に「囍」字を彫った物を入手したが、建築の際、土地への予祝を込めた計測をする儀式に用いるらしい。

レプリカでは、ルーブル美術館で購入した、共に金属の華文薄片のものと棒状のものが面白い。前者は一五四九年の刻印があるから、ヴァロワ・オルレアン朝のアンリII世時代のもの。形態がそれぞれに特徴があるが、前記のルーアンの鉄製の多様さには如かない。日本では、史料編纂所が平成四年に配り物にした、太閤検地に薩摩領で石田三成が用いたという、三分の二縮

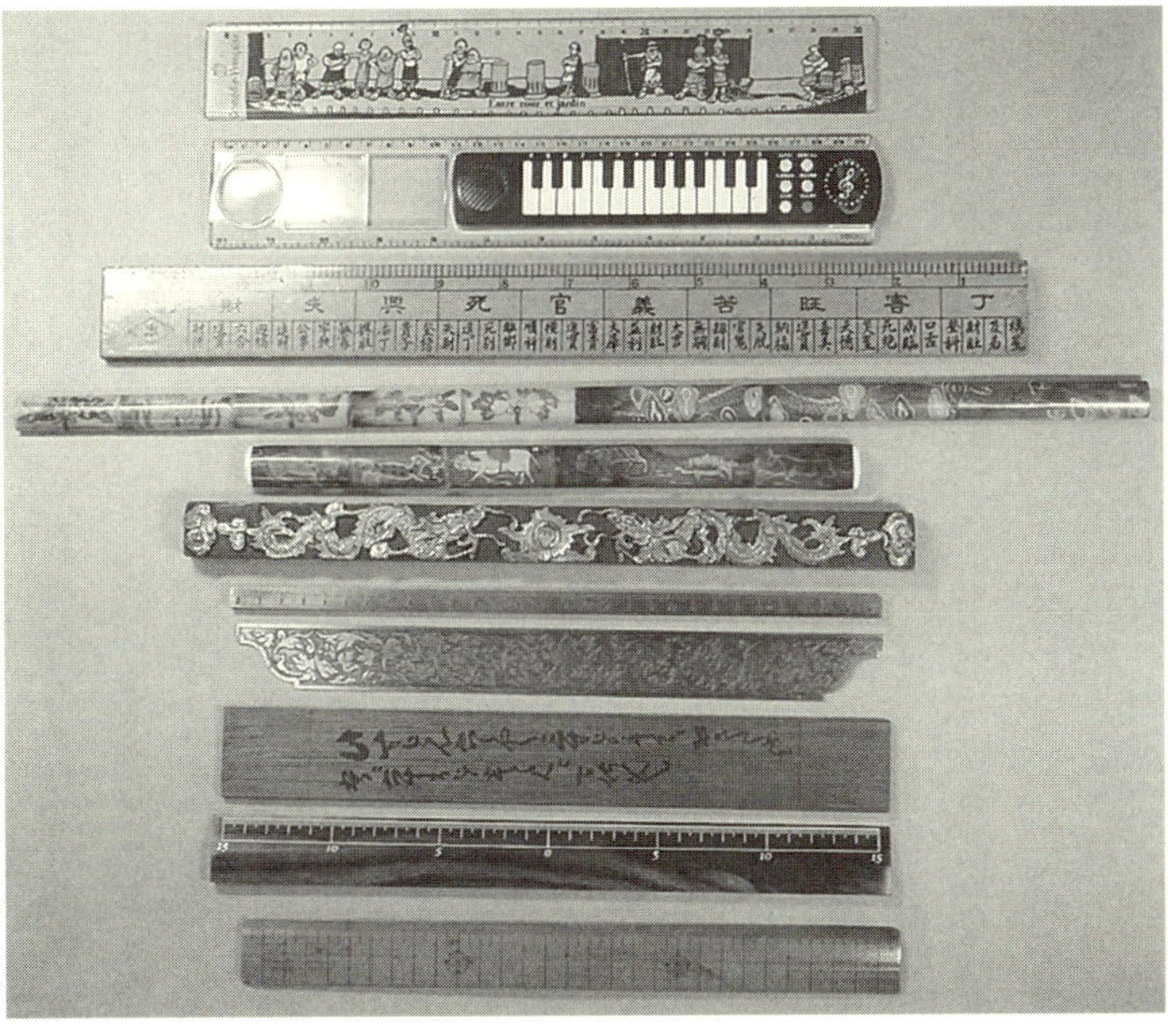

上から、①コメディ・フランセーズ土産尺②メロディ定規③風水尺（台湾）④⑤朝鮮儀礼尺⑥台湾儀礼尺⑦⑧金属レプリカ尺（仏）⑨太閤検地尺レプリカ⑩黒柿尺⑪松野儀礼尺

尺の物差しが秀逸である。

お土産品では、美術館等が色々と工夫したものを出し始めていて楽しい。パリ、コメディ・フランセーズの大舞台登場人物を配置したもの、名古屋徳川美術館の「福君江戸下向行列図」、ダブリンのセント・パトリック・カテドラルの名所図などが思い浮かぶが、何といっても際物は、「メロディ定規」であろう。鍵盤がついていて演奏ができ、その録音再生機能もついているという代物である。自室で根を詰めた仕事に一息つく時、いいのかもしれない。今のところ感心していないが、何かの折、楽しむことになるのかもしれぬ。

実用品では、歴史手帳（吉川弘文館）の見返し紙裏の蓋に印刷してある13㎝目盛りに、物差しを携帯せずにいた時、何度か救われた経験があるので記しておきたい。また洋裁の布地用の柔らかいひも尺（あの、カッコイイデザイナーが首廻りに掛けているあれである）、和紙には優しさが必要なので常備品。巻子本の長い寸法に対応するにも便利である。金属の巻尺は硬くて危険なのである。最近、ミリ単位にも数字の表示がしてある「ミリ・ルーラー」が出現した。「世界初！」は大袈裟だが、老眼には存外に助かる。今、最も美しい実用尺はどれか。島根の黒柿製のそれではないかと思っているが如何か。

自分の持物で最も古い物は、物差しである。昭和一六年四月に購入した。この時、神田区立和泉国民学校に入学したわけだが、これが学校での叱られ初めの第一号になったので、記憶鮮明である。第一週の最初の図工の時間、早速物差しを使うことになったらしい。学用品は全て家で揃えて貰っているから、取り出して机上に置いておいた。廻ってきた担任の先生に取り上げられ、「学校指定のものを持参するように通知しているのに守らない者がいる」とその物差しで頭をピシャリと打たれた。クラスでは三人いたのだが、それを受けたのは私だけだった。下校後、祖父に報告し、代金を貰い、ダメ三人で落合って大和橋を渡った所にある大きな間口のハカリ（秤）屋さんに行った。夕陽を一杯に受けた店だった。中に入ると一転して薄暗く、眼が馴れると、棒状の物差しを草花のようにさし込んだ円筒形の桶がそこここに見え、分銅が果物のように盛られた篭があちこちにあるのが見分けられ、そして、先客三、四人の女児童がいることに気づいた。皆ダメ児童だったわけである。「みんな和泉の子だね」。店の小父さんの声は柔和で、叱責のストレスが軽くなったような気がした。「通知」がどんな形でなされたかを確かめるつもりも無くなっていた。

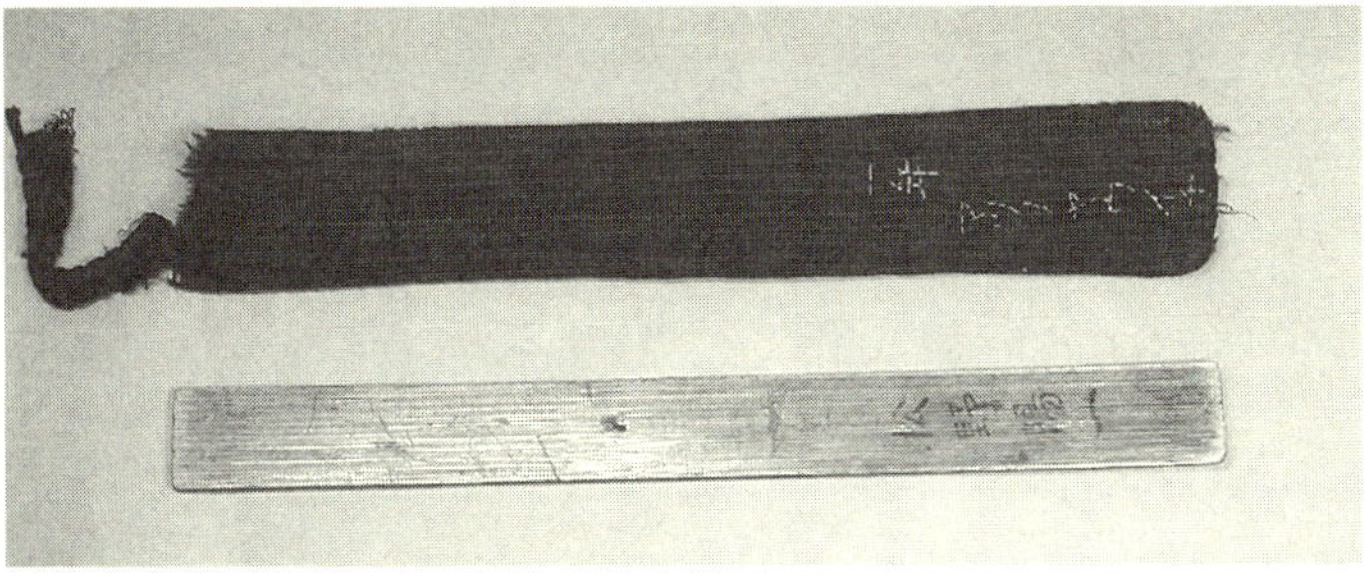

わが儀礼尺　昭和16年購入

私の家族、両親と弟妹は、品川の曽祖母の隠居所だった家にいた。母が長く介護した曽祖母は、昭和一五年一月に亡くなり、父はそこから神田の店に出勤していたから、わが家としては最も平安な年であったといえるが、一六年四月、学齢に達した私は神田で入学することになり、家を離れて祖父母と生活することになった。父は七月に出征、母達も合流する事になったが、やはり家父長祖父の家に入ったことになる。この年「統制」に入って家業の足袋問屋は閉めることになり、一二月には開戦となった。

指定竹尺に戻る。一般の竹尺は、目盛が片側の縁に刻まれ、反対側には溝が掘られている。それに対しこれは、一センチ毎に刻みが他縁まで通っていて、溝は無い。

祖父の所へ持って行くと、墨を磨って名を書いてくれた。「竹は脂があるから、直《じ》かに書いても弾かれて駄目だ。白墨を塗ってその上に書くのだ」と教えてくれた。今に残る唯一の書跡である。翌日、宮城県の花山村から奉公に来ていたハルさんが、曽祖母の盲縞の法衣の端切れで、鞘袋を作ってくれた。白糸で「一年　マツノヤウイチ」と縫取りを入れてくれた。

実は、この物差しも袋も現役である。今でも書誌調査に行く時、第一冊だけはこれで法量を計る。六二年間、疎開もし、全国各地も廻り、海外でも和本の寸法を測ってきた。両端磨滅、両縁も直線を引き得ない。しかし、私の儀礼尺としてはもうしばらく役を果してくれそうである。

2 美福門院加賀と隆信

――芹沢銈介『極楽から来た』の挿絵――

泥棒に入られた。きまりの悪い話で、階下に家人の居た時間、二階の窓から侵入し、小物を二、三点と袋だけを持っていった。「居空《あ》き」というらしい。最速来てくれた私服の二人の刑事さんからそう教えられた。「この部屋しか入っていない。ここから入って、こう逃げた」。入念に指紋の調査などをした後、精悍な面構、挙措の中年の専門家達は手短に解説をしてくれた。手口に、型、癖があるそうで、所轄地域に類例があるらしい。そして、失礼ながら、その筋風にも見える二人は、あっという間に姿を消してしまった。後から来た交番勤務の若い巡査と応接して気をとられているうちにである。部屋に上って制帽をぬいだお巡りさんは短髪でウブ毛の頬が赤く、少年の俤が残っている。柔道をやっているとのことで体はたくましいが、所作、口調はむしろたどたどしいといってよい。先程のプロと同職種とは思えぬ印象で、次第に孫と対話している感じさえしてきたのであった。「調書」はこちらが一人称で、「私は……」と証言する書式になっている。職業柄、私の証言を他人が一人称で書くのには抵抗感があり、わが文体ではないわいと思ったが、一方で面白がっている自分もいる。また、孫に聞き書きをさせているようなものか、と彼の公務に協力して、最後に「自分の文章」をゆっくりと音読、こそばゆい老人は捺印をしたのであった。「それにしても顔を合さなくてよかったかもしれません。ひどい目に逢う方もありますから」、制帽をつけ直して警察官らしい挙手の礼をすると、若々しい空気を残して玄関を出て行った。

「犬でも飼ったら?」大きいともて余すから、柴犬あたりでどうか、というのが、結婚で先年家を離れた息男の電話の言である。犬屋さんよりブリーダーが良いからインターネットで捜して教えてくれるという。翌日にはもう情報の山で、電車の便の良い西大島という所のA dog Breeder に行くことになった(自分ではパソコンも車もダメである。写真付きの犬種、解説から、地図までプリント・アウトされてびっくり)。京王線がそのまま乗り入れる都営新宿線で、川向うの大島銀座に、実物を見に出かけたというわけである。

普通の柴犬でも大きく、力強くて扱いきれそうにないということがわかった時、豆柴という一廻り小さいのがいるという。柴犬は本来猪狩に使う狩猟犬だが、豆柴は信州で伝えられた狩鳥用の小型犬なのだそうだ。化粧品屋に見切りをつけてこの道に入ったという夫婦の解説に信用できそうなものを感じたのと、本人に逢って一目で気に入ったこともあって、速決で購うことになってしまった。簡易組立ての犬舎その他一式を途中で仕入れ、車で世田谷まで送ってくれるという。かくして、立春の日、我家は生れて十ケ月の養女を迎えることになった。

さて、命名である。庭先きの仮小舎の辺を見ていると、しばらくは昂奮して、はね廻っていたが、やゝ経って見遣ると、満天星《どうだん》の植込みの陰、芝生に体を延ばして伏せっている。

――伏柴の加賀――の名が浮かんだ。

かねてより思ひしことぞふし柴のこるばかりなる歎きせんとは　（千載集　恋三　待賢門院加賀）

『今鏡』によると、この歌で彼女は「伏柴」と呼ばれ、花園左大臣有仁が「をりふしには訪れて」というエピソードが残るが、同じ加賀なら、俊成研究者としては、俊成妻となった定家母の美福門院加賀だな、と「伏し柴の歎き」は捨てることにした。待賢門院女房から美福門院女房へ。勝手なものである。

美福門院加賀は藤原親忠女。大原三寂の為経（寂超）妻で隆信を産んだ後、俊成と結ばれて、八条院三条、高松院大納言、上西門院五条、八条院按察、成家、健御前、竜寿御前、定家、愛寿御前の二男七女を儲けた女性である。通説では、為経出家後、顕広（俊成）に嫁したというが、出家前に既に通じていたのではないかと推測する谷山茂説に共感している。

久安六年崇徳院第二度百首（久安百首）の顕広（俊成）の個人別百首の恋歌十首で、

恋ひしとも言はばおろかに成りぬべし心を見する言の葉もがな

の一首が、伝本によって出入りがあり、後に俊成が（歌題によって編集した）部類本久安百首ではこの歌が定着している（代りに「深くしも思はぬほどの思ひだに煙の底となるなるものを」が捨てられている）という推敲の事情をこの親忠女加賀との関係に及ぼすのは、主観的で恣意的に過ぎる推測だが、魅力的であるには違いない。ちなみに俊成との第一子八条院三条の生れたのは久安四年、俊成三十五歳の年、久安百首推敲中の折であった。

俊成の代表作といえば、自身では

夕されば野辺の秋風身にしみて鶉鳴くなり深草の里　（久安百首）

を挙げ、世評では

面影に花の姿を先立てて幾重越え来ぬ峯の白雲　（続詞花集）

であったという（無名抄）。定家百人一首では

世の中よ道こそなけれ思ひ入る山の奥にも鹿ぞ鳴くなる　（述懐百首）

が掲出されているが、私の好みは断然

恋せずは人は心のなからましもののあはれもこれよりぞ知る　（歌仙落書　実定家三首）

である。

個人的な恋の懊悩を客体視して、普遍的な心情「物のあはれ」に及ぼして行く、というより、恐らく日ごろ、文芸理念としての「物のあはれ」について思索し続けていて、それが極めて個人的な恋の鬱勃たる情動を鎮めるための理由になっている、というあたりが真当なモチーフの解になるのであろうが、「恋もしないで人間がわかるか?」という口吻を感じさせてしまうのがこの歌の魅力であろう。世間の指弾があってもこう言ってのける人と感じとっておく。

さて、俊成は九十一歳までの長寿を保ち、その八十歳の年（建久四年）の二月に加賀に先立たれた。四十五、六年に及んだ伴侶、九人の子女を生み育てたこの女性への愛情の濃密さは格別である。平安貴族男性一般の例に洩れず、中年までに子を成した女性は六条院宣旨、九条三位、為忠女の三人が確認されている（他に母不詳の五人の男子がある）が、加賀と出逢ってからは、専ら（殆んどが正確だが）この人に愛情を注いだようだ。

俊成の第二自撰家集『俊成家集』の巻末三十二首の歌群は、彼女の死への哀傷歌で占められている。

建久四年二月十三日、年ごろのとも子共の母隠れて後、月日はかなく過ぎゆきて、六月つごもりがたにもなりにけりと、夕暮れの空もことに昔の事ひとり思ひ続けて、ものに書きつく

という詞書に始まり、同九年の忌日に及ぶ哀切の深さは一通りでない。「年ごろのとも子共の母」「夕暮れの空もことに昔の事ひとり思ひ続けて」と自記するところに注目したい。

くやしくぞ久しく人に馴れにける別れも深くかなしかりけり

おのづからしばし忘るる夢もあればおどろかれてぞさらにかなしき

いつまでかこのよの空をながめつつ夕べの雲をあはれともみん

「久しく馴れた」人と意識されるからこそ「くやし」が表現として活きてくる哀しみ（第一首）。まだ生きて傍に在ることを実感している夢、それ故にこそ目覚めた時の現実の残酷

さ（第二首）。一入胸に沁む夕空の雲、老いの孤愁を感じつつ、あくことなく思い続ける愛妻との日々（第三首、詞書）……。

そして、「法性寺の墓所にて」の詞書のついた三首が続き、そのうちの二首に

思ひかね草の原とて分けきても心をくだく苔の下かな

草の原分くる涙はくだくれど苔の下には答へざりけり

と、「草の原」の語が二度も用いられていることに注目したい。これが「墓所」を指す歌語であることは言うまでもないが、源氏物語、花宴巻の、光源氏に迫られた朧月夜内侍の歌の措辞、

うき身世にやがて消えなばたづねても草の原をば問はじとや思ふ

に拠っていることが肝要な点であろう。その場限りのものではなく、命終の先きまで持続する愛の保障を求める用い方に拠っているわけだが、歌に続けて「といふさま、艶になまめきたり」とあるように、生気の盛りの女の表現としては、観念的なものではなく、媚態を感じさせる、選ばれた歌句なのであった。翌日、交換した扇を見ての光源氏の女を想起する表現に、「『草の原をば』といひしさまのみ、心にかかり給へば」ともあり、「艶」を内包した生身の身体感覚の詞句であるところに特質があろう。それらをひっくるめたものとして俊成に享受され、右の二首の哀傷歌になっているものと思われる。深い情愛の時間に結ばれ、遂に墓所に到って何ケ月、何年も語りかけ続けることば。これが右の三十二首歌群なのであった。

この同じ年の秋に始まった六百番歌合に加判を依頼され、初冬題「枯野」の良経歌

見し秋を何に残さん草の原ひとつに変る野辺のけしきに

に、右方人が「『草の原』聞きつかず」と難じたのに対し、「すこぶるうたたあるにや」（この歌語を知らないなんてドウニモヒドイジャナイカ）と注した上で、

紫式部歌よみの程よりも物書く筆は殊勝の上、「花の宴」の巻は殊に艶ある物也。

と判詞を記しつける。その上で、あまりにも著名な

源氏見ざる歌よみは遺恨の事也

と書くのである。無論、直接には、和歌の文芸質、方法についての文言である。しかし、俊成にこの時、こう言わしめたのは、「花の宴」の巻の「艶」の世界と重なっている「年ごろのとも」加賀への思いであったことは推測に難くない。

源氏物語は、この夫妻の俊成の詩嚢にだけ在ったわけではない。加賀の長子隆信の家集には、

はゝの、紫式部が料に一品経せられしに、陀羅尼品をとりて、

夢のうちもまもる契ひのしるしあらば長き眠りを覚ませとぞおもふ

の一首が見える。加賀が主催した源氏講一品経和歌会に、隆信が和歌を寄せているのである。源氏講は、この後、中世に盛んとなるが、現在知られている用例の中では、最も早いことが注目される。

前述の「艶」が、摂取に際しての文芸質の肯定的要素であるのに対し、こちらは、作品の罪障意識が中心、魂の救済を目的とした催しである。現象面では個別のものであるが、この夫妻の間にあった源氏物語の享受の共有したものの深さに思いを馳せたいと思う。

さて、この隆信の、母加賀への思いは、実父為経よりも、俊成とより強く結ばれて、多くの弟妹が生まれ、厚味のある愛情に溢れた家庭が築かれてしまったために、孤り切り離された寂しさの中に生きねばならなかった、屈折して複雑なものがある。やはり隆信集に、

　　母に侍りし人、心はかたみにおろかならずながら、中将成家、定

芹沢銈介『極楽から来た　挿絵集』

家など、その妹達も数多うち続き出できて、後はわが身一つ、父変りたる身にて、いと心細ながら、それにつけてもいよいよ心ざしは浅からず思ひ交して過ぎ侍りしに……

とある通りであったのだろう。

佐藤春夫の新聞小説『極楽から来た』（朝日夕刊、昭和三五年六月〜一二月）は法然を主人公にした作品で、平安末期の宮廷社会を背景描写として、多くの人物像を登場させている中に、加賀・隆信も見ることができるが、加賀を不行状、不身持な女とする、かなりでたらめな叙述があるのに対し、芹沢銈介の型絵染の挿画が秀逸である。挿絵は後に昭和三六年七月『極楽から

来た挿絵集』として限定一五〇部が刊行された（吾八版）。架蔵本は、このうち三五部とされる「家蔵本」であり、「一部筆彩本」である。

この挿絵本の方がより効果的であるのは、見開きの右ページに「俊成の妻　加賀の子ら」、左ページに「母を恋ふ隆信」が配置対照されているからで、楽しげに戯れる俊成の子達（九人ではなく五人だが）に対し、隆信は赤とんぼの群れるスキを背に、孤りションボリ立っている。この悲愁感は何とも言えぬ程よい。佐藤春夫の文章にはこのような描写は出ていないので、芹沢は、隆信集から読みとって作画したものと思われる。絵入本の文と画の関係は対応しない場合が間間あるが、この場合は、独自の勉強によって形象した傑作と評してよいであろう。

なお、この限定本は一五部だけが全葉筆彩。一部筆彩の方は、同じ絵に筆彩が在るのではなく、本によって区々《まちまち》の彩色がされている。

本書は、同じ芹沢銈介の『絵本どんきほうて』（昭和一一合羽刷、昭和五一型絵染版の二種がある）と並んで、日本近代限定本の白眉といってよいであろう（『法然上人絵伝』はじっくり見たことがない）。

三二・五×二八・四センチの大形袋綴本で、料紙は越中八尾和紙といい、刷は極上、挿絵は一七三図に及ぶし、題材も平安末期の専門知識の範囲内のことであるから、今のところ一寸他に代え難い、憩いの時に浸ることができる。当分、寵愛第一の座を占め続けることになるであろう。

さて、わが家の加賀殿、すっかり住み馴れ、美形で、知情意の発育もほどほどなのだが、ややヒトが良く、初見の人にも愛想をふり撒く仕末。どうも本然の番犬の役割りは完全に発揮しそうにない。しかし、留守居をさせる時など、首をやや傾しげて、全身に寂寞感を現わしつつ佇む姿は芹沢本の隆信像に通っていて、もはや断ち難い絆が生れてしまった。このまま「年ごろのとも」の日を過すことになるのであろう。

3　詞花集の和泉式部歌

詞花集を読んで行くとき、古来風躰抄の「詞華集はうたざまはよくみえ侍るを、あまりにをかしきさまのふりにて、ざれうたざまのうたのおほくみえ侍るなり」という評は基本を握んでいることを納得させられるのであるが、他方この「ざれうたざま」の強調によって顕輔が盛りこもうとした多様性を見損う恐れを感じもするのである。

詞花集では曾禰好忠の十七首、和泉式部の十六首が他を断然離しての多数入集の扱いを受けているが、好忠はこのうち十四首までが四季歌で、夏の巻軸歌、秋の巻頭歌、冬の巻頭・巻軸歌を占める一方、和泉式部は四季歌は僅か三首で、別一首、恋下五首、雑上六首、雑下一首と、恋・雑に集中して入集していることが知られる。明らかに役割りの分担が意識されていて、好忠は先の「ざれうたざま」の印象づけに奉仕したことになるかと思われるが、和泉式部は歌もさることながら、「多情の女」の人物像を強く印象づけようとする撰歌と詞書とが用意されていると考えられる。彼女は拾遺集以降の勅撰集の常連となる（特に後拾遺集恋部には二十一首入るが、直接の対詠か内省的独詠である）が、これほど鮮明な像を結ぶ例は他集にはない。

① 藤原保昌朝臣にぐして丹後国へまかりけるに、しのびて物いひける男の許にいひつかはしける
我のみや思ひおこせむあぢきなく人は行方も知らぬ物ゆゑ（恋下一二四〇）

② 保昌朝臣にわすられて侍りけるころ、兼房朝臣のとひて侍りければよめる
人しれず物おもふことはならひにき花に別れぬ春しなければ（雑上三一二）

③ たがひにつつむことある男の、たやすくあはずとうらみければよめる
おのが身のおのが心にかなはぬを思はば物は思ひしりなむ（雑上三一〇）

①は二度目の夫保昌の赴任地丹後に同行するに際して京に残る「しのびて物いひける男（ひそかに交際していた男）」への歌。——これからは私だけがあなたを思いやることになるのでしょうね。つまらない。私の行き先なんか知りもしないのだから——。この前後の歌群は

男女が離別の状態になっても肉体感覚ではまだ密着して乖離していない状況の歌が並んでいる。せめて心だけでも執着していたいのに、の歌意。道長の家司として実務能力に長けていた夫はこの時六十台、妻は四十歳前後。京の暮らしの中では離京した者の存在など直ぐ意識の外になることを熟知している故の心残りも重なっている。なおこの歌集には、周知の歌だが、これより十数年前の、最初の夫橘道貞と離縁直後に陸奥守として赴任することになった折に京に残った彼女の惜別の歌（別一七三）も載っている。

②は右の保昌にも離縁された後に、若い（恐らく二十代の）兼房からの慰撫の歌への返歌で、――独りきりの物思いには馴れているわ、花との別れのない春なんて無いのだから――と春愁に事寄せての返答である。交際の期待のあからさまな青年の文面を軽くいなした態の歌であろう。さりげないが、作品の質よりも実人生への興味を誘うような詞書である。

③は互いに「つつむことがある」男への歌である。「つつむ」は二人の間にも、第三者に対しても、感情や関係を表に出さないことをいうが、ここではそれぞれがそれぞれの妻夫に分らぬように交際している二人の関係をいう。――自分の身が思い通りにならないことを考えて私の立場を思いやったら、私の態度もわかるはずでしょう――苦心をしてこちらも逢う機会を作っているのに、逢えないとこちらばかりを責めて。お互いさまじゃありませんか。

①が自分の身勝手さは別に置いて相手だけとの心くらべを問題にしていたのに、③ではまことと比べで押しまくってくる男に、客観的条件の平等を持ち出して抗っているのである。

秘めごとも彼女の作では具体的な叙事の描写が詞書に現れてくる。

④　しのびける男の、鳴りけるきぬをかしがましとておしのけければよめる
　音せぬは苦しきものを身に近くなるとていとふ人もありけり　（雑上三二六）

⑤　忍びける男の、いかが思ひけむ、五月五日の朝に明けて後かへりて、今日顕れぬるなむ嬉しきといひたりける返事によめる
　あやめ草かりにも来らむもの故にねやのつまどや人のみつらむ　（雑上三二一）

共に「忍びける（人目を忍ぶ関係の）」男への歌。④は、離れて音信のないのは辛いものなのに、身近で肌馴れ、音がたつのを嫌がる人もあるのでしたよ、の歌意。衣摺れが「かしがまし（うるさい）」とはこの場合、単に感覚的なことよりも、他を憚る心理が男の方により強く働く関係にあったのであろう。⑤はその逆で、いつもと違って人目につき易い夜が明けてから帰っていった男が、ぬけぬけと「今日二人の事が他人に知られたのが嬉しい」などといって寄越したのに対する返歌。あなたは、本気ではなく仮初めにしか来ないのに、人は私を閨の妻と見たことでしょう、迷惑なこと、といったあたりか。④⑤共に忍び通すことを互いに諒解事項としていながら逸脱してゆく機微をモチーフとした作であるが、どうやら単純に他人に知られたくないという程度の「忍ぶ」ではないらしい。①③に通底する毒を含んでいたのではないか。

無名抄には顕輔が恋歌の「おもて歌（代表的な秀歌）」とした大江公資に去られた折の相模

の歌があげられ、それに劣らぬ作として次の歌が推賞され、詞花集恋下巻軸にも据えられている。

　わすらるる人めばかりを歎きにて恋しきことのなからましかば

せめてあの人に忘れられたことを人目に恥しく思うだけが歎きで、執着する思いがなければまだましなのにの歌意だが、この「人目」も顕輔はその毒を読み取っていたのかもしれない。

千載集に俊成が撰入した和泉式部歌、

　待つとてもかばかりこそはあらましか思ひもかけぬ秋の夕暮

のような、感情が相手に向って奔出する激しさや深さの方向には乏しいが、多彩な苦悩の条件をこの恋の歌人に詠ましめているのである。拾遺・後拾遺以来の衆道の歌の取りこみなど恋歌に限っても編纂上の工夫はこれに留まらないが、その一端を瞥見《べっけん》した。この傾向をしも俊成は「ざれうたざま」の範疇と見做していたであろうか。

4　ラクリモーザの響いた梁《はり》

――白井晟一「石水館」――

静岡市の東南の郊外、登呂遺跡の記念公園の一角に芹沢銈介美術館はある。芹沢銈介の形絵染の大衆性を超えた深さに感銘を受けていることは、前項に叙した通りだが、折にふれてここに足を運ぶのは、白井晟一設計の建物にひかれるからである。

韓国産の赤御影石（白井が紅雲石と名付けた）の積み石は、晴れの陽差しの中での陰影よし、曇り日の微妙な表情の豊かさ、そして雨に濡れた肌合いの美しさと、季節、時間に応じての落ちついた魅力をみせてくれる。独特の温《ぬく》もりを感じさせるこの外壁は、渋谷の松涛美術館の正面の据石にも両腕を拡げるように用いられていて、印象の強いアクセントになっているが、こちらは、本格的な規模の建造物全体の外面に積まれ、正面外墻にも端正に用いられているので、建物の高さが抑えられていることもあって、横の線の均整を感じさせる構造とも相俟って、典雅で暖かみのある印象を与えてくれる。

そして、全館楢材で統一された天井。部屋毎に格子組、梁の様々な組み合せの変化はあるが、銑削りという素朴で、木質を生かした温かい肌合いが、動線に沿って身心を包んでくれる、白井建築に共通する身体感覚が最も良く発現しているのがこの美術館だといえるように思われる。

「石水館」の名の如く、正面方形の内庭を全面池として、豊かに噴水を上げる水を湛え、囲焼する三面の部屋は、いずれも大きく窓を開いて光をとる構造になっている。魅力的な邸宅風の造りだが、この大きな光量こそ、芹沢の繊細な色彩布紙芸には、障害となる建造物でもあるのである。

芹沢銈介美術館　内庭池　三輪晃久氏撮影

同館　楢材の天井の梁

芹沢と白井、このそれぞれに傑出した異質の創作家の組み合せは、率直に言って、今のところ、不幸な相殺関係の如くに見える。

開館間もなくの頃には、内庭正面の広間D室の室内噴水に水が流れ、マントルピースの配置が楢材の格天井と調和して、右翼の玄関口から、（A→B→C→D室と）次第に高まって行く移動線の到達点としての魅力を感じさせていた。

恐らく芹沢作品の褪色を防ぐために、池に面した窓は、常に部厚いカーテンで掩われ、マントルピースも展示効果のために布を天井から垂れかけられ、ギリシャ風石柱の下の室内噴水は永らく水が涸れたままになっている。無論、どの部屋からも見えるはずの、池の水面の光景は見ることができない。奥の突き出しの、八本放射の高い梁天井の八角堂型ホールだけが、細く小さい明り窓の原型が生かされているに過ぎない。

即ち、白井の思想の生かされた使われ方はしていないかの如くである。何故、こんなことになってしまったのか。

建設に関する事情は一切知らないので、軽々の推測はしないが、この二人の充分な了解、合意がなかったのではないかと思えてしまう。常識的には、芹沢の名を冠する美術館である以上、その意向が第一に尊重さるべきだし、その作品性への配慮が感じられ、建物が一体感を以て、芹沢の世界を印象づけることが望まれよう。それならば、白井の方に問題があったのか。いや、これは、そう単純化できないことのように思う。

芹沢は、昭和初期からの民芸運動の有力な工芸家の一人であった。卑俗な類型性に堕することなく、型絵染の技法的な限界を拡げ続けて、この運動の旗手に名を連ねた。個性は認められながらも、日本民芸協調の様式の範疇で評価されるのが一般であったと思われる。従って、倉敷の大原民芸館の芹沢銈介館の如き在り方が、最も芹沢風を活かしたものとして定着してきたのではなかったろうか。私の理解もその範囲を超えることはなかった。

着物、帯、屛風、のれん、本の装丁、挿絵、その他もろもろの小物に至るまで、それぞれに、また全体としても、常に「小さく繊細」という枠が意識され、その特徴が効果的に展示されているのが良しと思いこんでいた。

ところが、パリのグラン・パレでの芹沢展の街頭広告（「風」字がサンボルに使われていた）で予感していた（この展示は見られなかった）のだが、仙台の宮城県美術館の大展示室で、高い天井の空間一杯に渡し拡げた染布を見た時、初めて芹沢の世界のスケールの大きさに気づき、その眼で見ると前記小品群のそれぞれも、枠を超える要素を備えていることを思い知らされた。この、閉じていない普遍性をどこかで把えていたのが白井ではなかったかと思うのである。

白井にはもともと、西欧的な骨太の思想性と感性（彼自身は、ユーラシア的創造のアニマと言っている）とがある。それでいて、和風の個人住宅などの設計には、日本の伝統的美意識を生かしつつも、好い加減な折衷ではなく、近代的自我の持主が住まうための思想性が貫徹している。

芹沢の芸を民芸の世界に閉じこめることなく、民族性を内包する個人様式を備えた作品として、普遍的な場で示そうとしたのが、この美術館設計思想の根底にあったのではなかろうか。

公共建築であるが故の様々な問題、白井にコンダクターとしての腕を振るわせるために、幾つもの難題を克服して条件を整えたそれぞれの立場の人々の努力も『石水館　建築を謳う』（かなえ書房　昭和五六年）は語ってくれて、感銘を受けるが、一方、それまで西欧的建築に縁のなかった、石積みの石工や、楢材銑削の木工や様々な工人が、「プリミティヴにして繊細な仕事」という白井の主張に意気を感じて工期の全般にわたってその部分の仕事に打ち込み続けたという話には更に感じいってしまう。「苦労をくぐっていない者のひと削りは人の心を動かさない。苦労をくぐってなお、淡々と仕事をする。人が認めようと認めまいと関係ないではないか」という白井の言に応えた作業。そして、竣工式の時、呼んだのは名士達だけではなく、主賓はこれら作業に心魂をこめた工人達であったことを知る時、指揮者の人間的な大きさを感じずにはいられない。その宵、灯燭したD室に流れた、モーツァルトのレクヰエムの中で、人々のそれぞれに感じた達成感、その一人であった白井晟一の芹沢の作品への思いがどんなものであったのか、あれこれと思いを馳せるのである。いや、レクヰエムはこの日ばかりではない。梁が組上がってから、竣工までの連日、ラクリモーザは流し続けられ、白井の持ち込んだ福音香が薫き続けられたという。梁にはたっぷりと音と香が染みこんでいるのである。後白河院期の研究者としては「梁塵」の名が連想された。

折々の展示で、動線の最後の左翼三室には、大抵芹沢の蒐集品が並べられて楽しむことができるが、その脇室の特別室のソファからの坪庭の眺めが好もしい。天井の手斧削整の楢材の梁が、正に「プリミティヴにして繊細な仕事」を示してくれており、視界の左側の奥まで本屋の、そして正面には、角ホールの、外壁の紅雲石の石組みを見ることができるからである。ここで大抵時の許す限り過すことにしている。

白井の作品は、長崎の親和銀行本店『懐霄館』、銀座の東京支店、麻布台のノアビル、日立の茨城キリスト教大学キアラ館、浅草の善昭寺、渋谷の松涛美術館と、それぞれに魅力的であるが、私にはここが一番。身体感覚としての安らぎを憶えるのである。

芹沢銈介の蒐集品には、朝鮮本を含んだ古書籍があり、国文研の書誌学的調査、マイクロフィルム収集もさせてもらったので、沼本館長や学芸員の方とも知り合いになった。多彩な収蔵品から、様々な展示企画が生み出され、ここの工夫にいつも感心させられているが、白井とのことは話題にしたことはない。こちら以上に、条件は熟知しているに決まっているからである。黙って観客となり、お手並みを拝見することにしている。

しかし、夢想することはある。夜の「石水館」に立ってみたい。今や誰の耳にも届かないラクリモーザが、梁から響き出して、私を包んでくれるのではないか。それにしても白井は最後の作品と意識していたのであろうか。

5　聖堂の壁に消えゆく夕日影
――ピジョーさん直伝の中世散歩――

ル・マン le mans は、フランスでは（でも、カ）自動車の同義語だそうである（Hachette版案内）。三菱やマツダの集団がここで活躍したことは承知していたので、クルマと結びついた土地としての認識はあったが、それ以外のことは何も知るところはなかった。ところが、この四月末、アレキサンドリアの学会のパネルの講師として出向く直前なので、残念ながら一緒に行けないが、と言って、宿まで逢いに来てくれたピジョー Pigeot さんが、案内書を手渡しながら教えてくれたのが、中世の教会と街としてのル・マンであった。

パリから電車で約小一時間、中世の教会と街並みが遺っていて、独り歩きができそうな所を教えて貰うのが、この数年来の例になっている。東部のトロワ Troyes、セーヌ河下流、北西部のルーアン Rouen、西部のシャルトル Chartres と、いずれも訪書作業の休日に、始発駅（エスト駅、サン・ラザール駅、モンパルナス駅）で切符を買って、急行もしくは普通列車に乗り、約一時間で現地に着く。駅の売店で地図を買い、腰掛けで拡げながら、行き先き、行程を考えて歩き出すのである。教会は通常目立つように印記されている。道筋は大凡《おおよそ》の見当をつけるだけで歩き出し、なるべく古い街の路次をたどって行く。大抵小さい中心街なので、迷っても大したことはないと思い決めて、むしろそれを楽しむこととした。

「ル・マンの駅は街外れで、つまらないところ。かなり長い道のりの間、現代の風景の中を歩かなければならない」「日本と同じで、鉄道を通す時、街の中心部を忌避したらしい」

山上の教会を中心に、丘全体が中世の街であること、聖堂の天井を最近、修復で剥がしたら、下から、天空を舞う楽器を持った天女像や、音符が出現したこと、ヴィトロ（ステンド・グラス）がすばらしいことなどなどが解説された。思ってもみなかった場所だったが、ピジョーさんの推薦で間違いはないし、早速、翌々日の予定に組みこむこととした。

同席した、お弟子さんの、連歌のテラダ・スミエさんと、週末にＩＮＡＬＣＯで行なう私の講演についての短い打ち合せの後、また、古い街の話題になった。

——それぞれに独自の魅力を持った街だし、聖堂だったが、トロワでは路地 la rue Larivey の楽しさの他に、近代美術館に、画集でも見ていないマルケの作品が何点もあったことですっかり気に入ってしまった。地方の小さな美術館は人影が少く、落着いて見られるのが有難い。フォーヴィスム運動の先端を切りながら、温雅な色調の市井風景を描きこんで行く画風への転調が、病床に馴れ親しんでいた休学高校生の私には親近感を与えてくれ、それ以来の好みであったのだが、こんな形で出逢えたのが嬉しかったのである。そういえば、一九五〇年代の新潮社版現代世界文学全集では、表紙に印象派からフォーヴ、立体派のフランス絵画が掲げられており、どういう訳かショーロホフの『静かなるドン』三冊はマルケだった。局部に魅力的なフレーズがあっても全体としては音量ばかり大きいソ連時代の交響曲のようで、当時の私には、肌合いの悪い大河小説だった——月報に「面白くないソヴィエト文学」という題の文章（この文章自体は真当なものだった）が入る珍妙さだった。こういうのを平衡感覚があるというのだろうか。その一方で体制内文学者との交友関係を誇示する文章が載ったり、現代版『戦争と平和』として讃美する論もあった時代だった。むしろ、客体化できる今からが、本当の批評がでてよいように思う。いずれにせよ、第二冊を除いてミスマッチのマルケが三点も見られて、その点だけはよかったと思った記憶がある。大分脱線してしまった。

ルーアンでは、ノートルダム聖堂が、モネの、時間の推移による壁の陽影の変化の画（十二枚！）で知られているので、京極派の、壁に消えゆく夕陽影の連想で第一の目標だったが、夕方二度目に訪れると、丁度赤い陽差しに染まっており、折しも買物帰りの老婦人が小車を押しながら、こちらを外客と見定めてか、「ルーアンの色を見てお行き！」と声をかけてきたのが印象に残っている。壁を指さしながら芝居気たっぷりに、「Soleil!」。顎を上げ顔を真直ぐ前に向けたまま、誇らしげに叫んだ声音が思い起こされる。マルモッタン美術館の、モネの夕景のようなトロトロと融けるような光壁ではなく、無論、日本の土壁の肌の残光でもなく、くっきりとした彫りの溝に暗影が増して黄昏に移って行くのであった。

フロベール博物館とセラミック博物館には触れない。むしろ、市民図書館（ここは翌々年、コレージュ・ド・フランス日本学高等研究所の松崎碩子さんと再訪して、エドウ旧蔵の幕末絵本を調査した折、中国キリシタン版のジュリアーニ『天主降生出像経〈キリスト一代記〉』を発見した）の前に在る、一五世紀の教会の建物を利用した"Musée le secq des Tournells"という鉄器ferronnerie博物館が面白かった。この二階の長持風展示ケースに、私の趣味の「物差し」が四〇種程並べられていたからである。他のどこでも見たことのないものばかりで、いささか興奮した（111ページ参照）。

シャルトルは、起伏に富んだ街全体が面白かったし、川辺に沿って点々と屋根付きの洗濯場が生き残っているのも物珍しかったが、第二次大戦の戦禍が随所に残っていて、著名なシャルトル聖堂のヴィトロも、シャルトル・ブルーの深さは流石だったが、曇り硝子が嵌まったものが多く見られ、破壊されてアーチの片側だけ保存されている城門なども痛ましかった。といった風で、古寺巡礼と何世紀かの重層した歴史をもち、且つ今も生活の場として生きている旧市街の曲りくねった石疊を辿る楽しさを味得させて下さったピジョーさんの薦めであるから、今回も喜んで一日の旅に出かけたのであった。

ル・マンは、今までの街よりやや遠く、モンパルナッス駅から、TGVで約一時間。シャルトルのもう少し先きである。家が連なり続ける日本の新幹線の車窓風景よりは、畠が主で、教会の尖塔が見えると小さい集落、それが過ぎるとまた畠、というのどやかな景を楽しんで、駅につくと、例によって、売店で、Blay-Foldex のオレンジ色の地図を買いこむ。――ジュリアン聖堂が特に目につく画き方になっていないし、高低差も判らないベッタリと平面的な記載だからなかなか判断がつかない。やっと聖堂の目星をつけ、駅前正面のレクレルク将軍通り、フランソワ・ミッテラン通りと辿って行けばよいらしい、との見当で、歩き出すようにした。少しの登り勾配だが、まずは平坦で、今風の落着かない街を通りぬけて約二〇分、ジャコバン広場という所で視界が開けると、眼前に小高い丘と、その上、天空に腰を据えて聳え立つ大きな聖堂が眼に入った。まごうことなき目的のジュリアン聖堂である。

金刀比羅宮《こんぴらさん》ほどではないが、あの半分ぐらいの階段（大袈裟！）を登りつめると、角に身の丈大の古代石碑があって、そこを曲ると、重量感のある正面入口だった。中は、前記ピジョー解説の通りなので省略。しかし、復元音楽天女像は寺院空間にふさわしい素晴らしさだった。

小半刻を過して、扉を押して出ると、まぶしい晴天。直ぐ左手の小路の両側は、時代のついた古壁と窓の小屋が眠るように連なっている。二、三軒先きの左手、藤房のだらりと垂れる大きめの門構えの居館は、扉が鎖してあるので、見過しそうな所だったが、何と街の

muséeだった。掲示に眼をこらすと、休館日でもなく、時間外でもなかったが、人影は無く、陽差しのやや強い前庭には、手入れをほとんどしていない喬木の樹陰が、真昼少し前の小さな影を作っている。合図の手段もないので、また歩き出す。間もなく景観が開けて、花の植込みのある広場に出ると、流石にちらほらと人影はあったが、聖堂と同じ高さの、丘の上はもうそこまで。足元の大きく深い切り通しの上にかかる橋の向うは、また、だらだらの下り坂の両側に、古びた家屋が櫛比《しっぴ》している。

「あら、日本の方?」

開放しの戸口から姿を見せたのは、長めの黒髪に少し白いものが混じった、華やかな顔立ちの女性で、白い、二メートルもある大きな犬も従いて出てきた。ほっそりとしたノーブルな顔付き。

「ロシアン・ファウンドというの」

色のついた、毛足の長い、「アフガン・ハウンド」というのがいるが、こちらは純白。優雅な挙措で、ゆったりと美しい。日本では高価で手が出せなかったが、恋い焦がれていてやっと手に入れたという。

ここは画廊、自作の画も売っているという。一寸趣味の合わない画風だが、気さくな人柄で、自由な生き方をしているらしいことが気に入って、話しこんでしまった。J美大を出て、卒業制作が入賞し、副賞の賞金でこちらへ来て、自由な空気に触れたら、閉鎖的な母国の世

ロシアン・ハウンド

界に戻る気がしなくなって、居ついてしまったのだという。こちらの現実だって甘くはないだろうし、才に惧ぶむものも感じたが、久しぶりに好感のもてる矜持《きょうじ》の持主に昼食に誘って、地《じ》のもんを出すという小じんまりとした食堂に案内をしてもらった。大きなお姫様は留守番である。寂しげな風情までが気品を感じさせるのに胸をいためた。――わが家の加賀殿の面影が重なったからである。

「異郷に生きること」をめぐっての会話が弾んだ食後、ゆっくり坂を上り下りする散策。見上げると坂上の両側の家に橋の如くにまたがった窓つきの部屋が掛かり、その下に空がのぞいて見える、といった景を面白がりつつ、先程のmuséeに通りかかると、今度は開いていて立寄る。眠ったような館の、階を登り降りして展示室を廻っ

ル・マンの街並み

たが、一部改装工事中（動きもあるのだ！）といった情況もあってか、眼の止まる展示品もなかったものの、折々空いている窓に拡がる眺望の、現代の遠景、前代の近景の対照の妙はなかなかよかった。西洋の建物の窓枠の、景を引き立てる効用というものを更めて感じたのであった。

ピジョーさんは、パリ第七大学の日本文学科の主任教授として多くの研究者を育てられ——近世大衆文学のアン・サカイ、連歌・歌語のテラダ・スミエ、新古今・定家論のヴュイヤール・バロン、そして最も若い、葦手絵などのクレール・ブリッセなどなど実に多彩である——、昨年、定年で名誉教授 Professeur émerite となられた。研究者としても数々の成果を重ねられ、近時の、物の名の〈列挙〉の修辞に視点を置いた『物尽し』（平凡社ジャポノロジー叢書、平成九）——これは国文研に客員としてこられた時の「道行きの文の研究」を核にして、日本文学の修辞の特色の一つである、物の名の列挙の修辞の表現効果の質を探った好論である。流石、ソルボンヌのギリシャ・ローマ古典学科の出であるだけに、西洋諸言語の中での同様な修辞効果を採用しつつも、決して比較文学の方法は用いず、日本文学の表現の問題に絞りこんで大きな成果をあげた。また、今年の前半には“Femmes galantes, femmes ortistes dans le Japon ancien”（ガリマール書店）なる「遊女の文学・芸能」の史的位置づけと特色をまとめられた。とかく、女性史、社会史の見地から扱われてしまうテーマだが、一一〜一三世紀の日本の文学・芸能の問題として、資料をきっちり読みこんだ上で立論している辺りが見事である。私の守備範囲でいえば、六百番歌合の「寄遊女恋」題一二首の、歌、難陳、判詞全てが翻訳・注解されて、参考資料として掲出されている。これは、日本でも、歌の口語訳と略注がある（新日本古典文学大系）が、資料の読解をきちんと提示した上で論を立てる正攻法の態度は、虚の言説の盛行が顕著な、昨今の国文学界の情況に反省を迫る厳しさを備えている。日本の研究者による遊女研究の成果をフランス研究者に紹介する部分もかなり含んでいるので、更めて日本語訳をする気にならないと御本人は言うのだが、こうした真当な研究はぜひ訳書がほしいと思う。

ピジョーさんは、若い頃京都大学に学ばれ、中世絵入物語、小説類について佐竹昭廣先生の指導を受けられた。その後も折節にその影響を受けた、佐竹門に連なる才媛である。ベルナール・フランク氏の没後の、公的な立場からの指導力の発揮の期待の声が強かったが、それを避けて自由な状態を望み、活き活きとして学究生活を送られている。

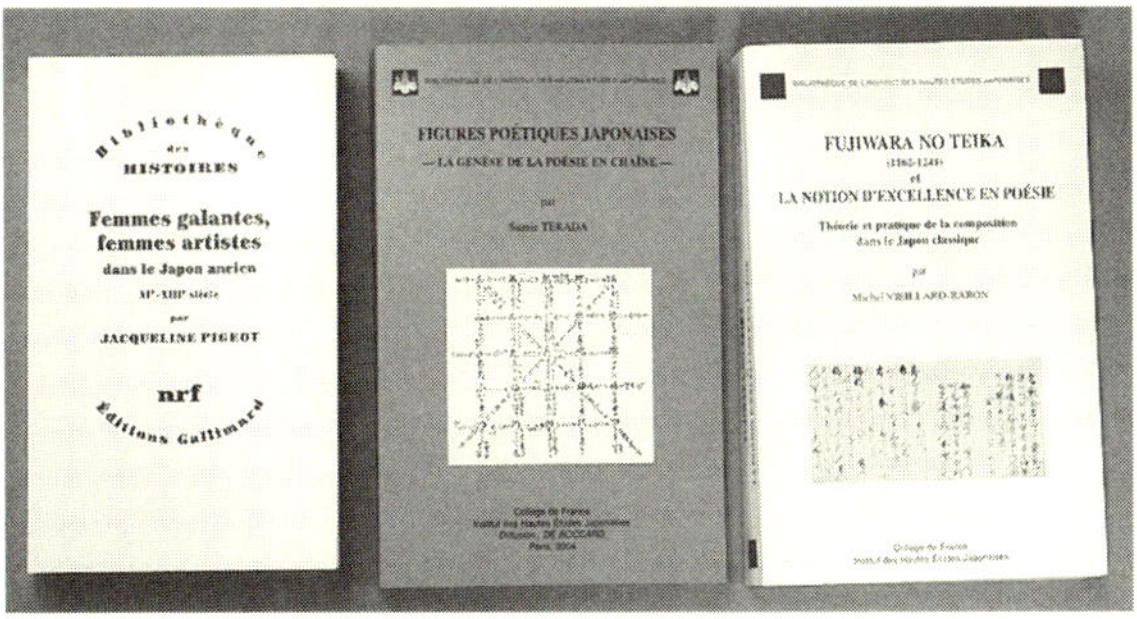

ピジョー先生、テラダ、バロン氏の著書

今後、どんな御本が登場するのか、楽しみである。

御自身はあまり口にされないが、父君は第二次大戦で、戦功のあったピジョー将軍。その故か、頑健で、外海で泳ぐのが好き、と、丹後、玄界灘、高知……と列挙するのを耳にして、驚嘆したことがある。一方、佐竹先生と招じられた御自宅の晩餐では、御母堂直伝のノルマンディ郷土料理中心の見事な腕前を被露して下さった。——あの晩は、民俗学のコビイさん（この後、長野の民家を買い取り、パリの研究施設に移築された）の、あの大きな眼を悪戯っぽくグリグリと廻しながら、魚の頭を食するジャポネの野蛮さの楽しい長広舌（無論、豚の頭の悪食も同類と反論した）があったり、国立図書館の小杉恵子さんの静かだが熱っぽい挿話があったりで楽しかったが、何といっても、佐竹さんの快活なテンポの話題の流れに沿って、歓を尽した会となった。帰途、セーヌ川を渡る前に地下鉄を降りてしまい、暗闇の街路を佐竹さんと迷い迷い宿まで歩くことになって、記憶に強く残る宵となった。

国文研では、三年前から、一人の講師に二週間隔で五回話して貰う連続講演会という企画を催しているが、今秋は健康回復した佐竹さんに「万葉集を読む」という題で話していただいた。折しも『万葉集再読』（平凡社）の刊行と重なって、聴講希望が殺到したのだが、鮮やかな白髪のピジョーさん、エライユさん、松崎さん、テラダさん、クレールさんとフランス勢が揃ったのには驚いた。京大勢も少なくなかったが、これだけ海を越えて吸引する力は何だろう。

「これからは、表現の細かな襞までわかる母国語の文章を読むことが多くなると思う」と、会後の席でピジョーさんは言った。フランス回帰で日本文学から離れるというわけではない。今までも日本以外の文学を捨てていたわけではないからである。自然体の言を好もしく聞いた。ある年のB・Nの小杉さんに提供して貰った部屋で、数点の和書を閲覧したことがあったが、その隣の仕切りで、続けられていた、佐竹さんとピジョーさんの一対一の「講義」のやりとりが印象鮮明である。内容はわからない。恐らく、ピジョーさんの注釈原稿を前にして、佐竹さんが逐語注釈をしているのである。正に蘊畜を傾けた、贅沢な講義で、つくづく感じ入った次第であった。若い時から、こうした指導を受けて眼を開いた研究者が、容易に日本文学から離れることはあるまい、というのが私の観察である。先の言はその通りとして、まだまだ、日本文学研究に貴重な発言をして下さるものと思っている。

6　わが十代の神保町（昭和二十年代後半）

『死の影の下に』以下、中村真一郎氏の初期長編五部作が机上に在る。過日、同氏が後半生に江戸漢詩文の世界に関心を寄せ、創作のために収集した漢詩文資料八百五十点を国文学研究資料館が購入した後、夫人の佐岐えりぬ氏が挨拶に来館された際、私宅の書棚から持参して話題に供したまま、置いてあるのである。

中村氏旧蔵の日本漢詩文資料は、著作の頼山陽、蠣崎波響、木村蒹葭堂とその交友圏から推測されるように、江戸後期が中心であり、特に寛政期以降の別集（個人詩集）が厚い。また、明治期も二百五十点に及んでいるので、三年前から幕末・明治を連続の相で把える部門を創設した国文研にとってはまことに有難いコレクションとなった。近時、分類目録の作成も終り、一般の閲覧も可能となって、公開を記念する展示会が予定されている。同時に、佐岐氏から寄贈された創作ノート『詩人の庭』（集英社版の同名のものと内容は異なり、五章構成の江戸漢詩人伝史を目指した克明な書き込み、貼り紙で膨らんだ手作りノートである）と、雑誌「新潮」に連載された「木村蒹葭堂のサロン」の自筆原稿も展示されるはずである。

元々このコレクションと国文研との縁は、第二代館長小山弘志先生と中村真一郎氏が一高での友人であったことに端緒があり、生前既に寄託の話のあったところであるが、その後の経緯は省略に従う。いずれにせよ散佚せずにまとまって利用のできる形に収まったことは中村文学研究のためにも慶賀すべきことであった。

しかし、私には少しく別の感慨がある。小山先生、佐岐氏にお目にかけた初期長編五部作は、物としての本そのものが、あまり明るいとは言えなかった青年期への入口で、読書生活が始まった頃の記憶に繋っているからである。「中村真一郎」は神田・日本橋で育ち、文学に馴れ付き初めた少年にとって知的先達として特別の存在なのであった。

第一作『死の影の下に』は、河出書房の橙色表紙の市民文庫本で読んだので、掌の上の初版昭和二十二年真善美社版は古書肆で後日手に入れたものに違いない（確か、品川の大井町三叉坂下の古書店だった）。私は、昭和二十五年三月末に疎開先から神田に戻り、都立の九段高校に入ったので、第二冊『シオンの娘等』の再版（昭和二十六年一月）、第三冊『愛神と死神と』（昭和二十五年六月）を同時に神保町の春興堂で購った記憶がある。第四冊『魂の夜の中を』（昭和二十六年六月）、第五冊『長い旅の終り』（昭和二十七年十一月）も発売時に春興堂。この本屋は、肺結核で留年して上の学年から降りてきた山崎正之氏に連れて行って貰った店、表の都電通りを小宮山書店の所で折れて、すゞらん通りに向う左側の中程、今「リオ」という喫茶店になっている場所にあった。店主は該博な知識で、文学少年のパイロット役を勤めてくれた人であった。ネルヴァルの『火の娘』（中村真一郎訳。青木書店、昭和十六年）はその示唆で矢口書店で入手したが、『クレーヴの奥方』、オルダス・ハックスレーの『恋愛対位法』、ジョイス『ダブリン市民』、『リルケ選集I〜IV』（新潮社、昭和二十九年四〜十二月）などなど、翻訳小説はここで買っている。昭和二十八年三月から刊行の始まった、新潮社のプルースト『失われた時を求めて』十三冊の第五冊までは白黒の、以下八冊は朱と黒の曲線の春興堂の紙カバーが今でも掛かっている。この最終刊「見出された時II」は昭和三十年十月の刊行、既に早稲田に入っていたが、その後間もなく閉店して、郊外に移っていったのではなかったか。

春興堂のことばかり書いたが、この頃の真一郎体験を叙すには、もう少し拡げて「私の神

中村真一郎初期五部作

ガザに盲ひて　春興堂ブックカバー１　同２

保町」に触れておかなければならない。

私は高校二年の年度末、昭和二十七年正月休みにリウマチ熱からの心内膜炎で臨死状態に陥入り、奇跡的に回復後も重度の大動脈弁閉鎖不全症で、爾後、病身の人生を送ることになった（近時、手術を受けたが、なお、現在も身障者一級の認定を受けている）。この時、年度末を挟んで六ヶ月の入院生活を送ったので、一度に二年分落第、二十八年から更めて第二学年を始めるということになったのである。だから、健康だった前半二年とは異って、リハビリ休学期を含めての後半三年間は、神保町は同じ場であり続けながらも、局部的にはかなり濃密な関わりを持つことになった。

神田岩本町から都電通学（新宿―両国間12番の電車である）で九段上の学校まで行っていたわけであるから、健康な前二年は殆んど毎日、帰宅は九段坂か中坂を歩いて降りて、今川小路（今の専修大学前）の松雲堂辺りから、舐めるように神保町の本屋街を一軒ずつ覗いて歩いて、駿河台下か小川町から電車に乗って帰るという日々が在ったわけである。「舐めるように」は無論毎日ではなく、好みの何軒かということも多かったし、やがて映画館――洋画専門だった神田日活、大映系の東洋キネマ、新東宝系銀映座、少し離れた淡路町のシネマ・パレス、後からできた小川町の角座――にも繁く立寄るようになった。昭和二十六年に観た百四十本の半分は神田であった。いや、本屋に戻ろう。空襲に焼け残った街の統一感の一方で、今よりも、全体に雑然とした印象で、神田日活の前辺り（今は「タキイ種苗」の建物になってしまっている）には露店も残っていて、戦前版の文庫本、『ドリアングレイの画像』、『神々の死』など、胸躍る思いで手にした記憶が蘇える。知に飢えていた「疎開」から解放され、劣等遊民の真似事に溺れられる場を与えられた有難さを嚙みしめる毎日であった。秋口からは家業の足袋問屋の手伝いが忙しくなった（まだ、『青べか物語』の世界だった浦安や大川を渡った江東地区の小売屋さんに商品を届けるといった程度のことだったが）ものの、まだまだ呑気なものであった。

古書店は、まだ買うということは少なかったが、戦前の実物を勉強できることが何よりも嬉しく、私にとっては図書館の役割を果してくれたと思う。少年期の、しかも物資不足の時代に、世界一の古書街で学べた幸せは、何にも換え難い。最も頻繁に寄った（買ったのではない）のはフランス文学の田村書店、近時お世話になる国文系の店は後半のことになる。

新刊書は東京堂、やがて前記春興堂。東京堂は二階建のころで、三省堂より見通しがよく気に入っていた。やや軋んだ音を立てる幅広の階段を登るとすゞらん通りに面した窓が明るく開き、回転棚の洋書があって、窓際の狭い空間に椅子が四脚。憩んで頁を拡げていると、友人と顔を合せるということが頻々あって、学校とは違う感じで話のできることが心楽しかった。

A. Huxley “EYELESS IN GAZA” 1950 CHATTO & WINDUS は学校指定の副読本以外で初めて自分で購った洋書でこの椅子で開いた記憶が鮮明である。無論、中村真一郎の手引きによるもので、時系列をバラバラにした、いわば乱丁の日記を読むようなものであるから、全体像を読みとるのは困難であったが、文章そのものは辿り辿り読める――後で新潮社現代世界文学全集（昭和三十年二月）で本多顕彰訳『ガザに盲いて』が出たのを見てみると、とんでもない思い上りであったことを思い知らされたが――つもりになっていたものであった。泳ぐ能力の自覚もなく、いきなり水に飛びこんでしまう心弾みのあった時期をなつかしく思う。

本が手に入ると、暫時憩みに入ったのは、春興堂ウラのラドリオか、神保町交差点近くのエムプレス。前者は今もほとんど変らずに、ウィンナ・コーヒーを暗い空間で喫ませてくれる。後者は西の一筋目の路地を入った所で、当時は木造二階建の名曲喫茶。正面階段下から左へ拡がる空間に座を占めた。ＳＰからＬＰに移行の時期で、小林秀雄のモーツアルト論を振り廻す友人に悩まされながら、姿が無いとホッとして、ラヴェル、フォーレを頼んでは獲物の吟味をしたものであった。その後建て更えられてビルの地下に潜り、二、三年前、閉店の記事を新聞で見た。

「あと命は一週間」の宣告を母が聞いたのは立春の頃、真東にニコライ堂のドームが目近に見える、お茶の水の杏雲堂医院であった。進駐軍から都合をつけて貰ったペニシリンの大量投与で、四月に及んでやっと解熱、どうやら体が動かせるようになった頃、メーデー事件で皇居前広場から追われた友人が、見舞い客になりすまして逃込んできたのが印象に残っている。相手の口調が興奮してゆく程に醒めて行く自分に気づかされるのであった。世の動きとは関わりなく生きる、緩慢に自分のペースで動くことを余儀なくされる日々が始まったのである。秋からのリハビリでは、神保町は格好の場を提供してくれることになったし、復学後も、学校生活に合わせることがほとんど不可能になったので、一層この街との縁が深くなっていったのであった。

中村真一郎『長い旅の終り』が完結し新潮版『失われた時を求めて』の刊行開始が、この復学前後のことであり、春興堂との関係は、もう友人達との関わりなしに全く自分の世界だけのものとなったのである。

主よ、もう秋です。すぎさった夏はまことに偉大でした。日時計の上に今日はあなたの濃いむらさきの影をなげ、そして曠野にさわやかな風をおくってください。

リルケ『形象詩集』「秋立つ日」（大山定一訳）

常緑樹に囲まれた広い甃を前に、詞堂の階段には冬のやわらかい陽射が遍満している。数刻坐りこんでいてもほとんど人影を見ることなく読書に専念できる。当時の湯島聖堂の大成殿や文廟裏の樹々の下は、落ちこぼれの少年には格好の市隠空間であった。

思いがけず詩章の印刷面を翳が掩った。見上げると、米軍の高級将校の軍服姿の巨人と品の良い老婦人の顔が笑っている。

——ココハ shrine カ temple カ?

——……否、Confucious-Mausoleum デアル。

この程度の問答の記憶が残るが、そのほかにはほとんど邪魔されたことはなかった。杏雲堂にはまだ二週間毎に通っていたので、聖橋を挟んでのニコライ堂と湯島聖堂は「老人少年」の穴場であり続けてくれたのである。

この頃から国文の書目が目に入るようになった。ただし王朝物ばかりで江戸には関心が向かなかった。子供の時分から細棹を握る生活環境で、浜町の明治座は疎開直前まで遊び場だったし、大和屋以外の踊りはかったるいなどと、大人の口真似の小生意気な印象批評をする悪ガキ体験もした程なので、身近すぎたのである。それに前記の如く、戦前版文庫本への嗜好が重なって、『中世歌論集』『歌合集』『六百番歌合』の岩波文庫三点は鍾愛の玩物となった。就中、六百番歌合は、形態の遊戯性・サロン性と言い、即時的な批評と表現意識の関係と言い、海彼の文学に曳かれるのと略、等質の魅力を内包しているように見えたのであった(やがて学部の卒業論文のテーマとなった)。堀辰雄シューレの王朝文学に対する好尚に通じるものがあったと回想する一方、その姿勢との決定的な乖離を招来する原点にもなったといってよい。

肉体条件の脆弱劣化は、当然、生きる選択肢が少なくなったことを意味した。家業を継がずに済む、付帯して下町に縛られずに済むことは大いに助かったが、といって秘かな矜持が形を成しているわけではない。生物体の「負の適応」といった具合いで、文学の世界に繋っていったのである。それも、海外留学などとても望めぬとすれば――、日本古典はかくして次第に大きな位置を占めていった。

当時の中村真一郎の文業の評価といえば決まって、私小説の伝統でやせ細った日本文学に、本然的なロマネスクの豊かさを取り戻そうとして西欧小説の方法意識の移植を進めようとする意図は、実験の域にとどまっている、五部作も形式が先行して実体が伴っていない、というものであった。

――ソンナコタア百モ承知。

下町を書かず、実験に撤してくれることこそ、願わしいことなのであった。城栄が、固陋な環境の中で近代的自我を確立して行くために苦闘するリアリズム小説の主人公であってはならないのであった。立原道造にして然り。母の実家は日本橋橘町の大問屋だったが、その兄(つまり、私の伯父)竹内正四郎は久松小学校の同級生。その言では「ハコヤのタチハラさん」であった。町内知人風に言わないこと、下町を書かないことがこの時期の私には重要な共感素なのであった。

だから、この後に直ぐ接続する『夜半楽』(昭和二十九年)、『冷たい天使』(昭和三十年)を実験の集約・純化と評する向きもあるが、透明性の点で、私にとっては五部作の意味の重さをもたないのである。

＊　　＊　　＊

二〇〇三年五月末から二週間、国文研で「中村真一郎　江戸漢詩文コレクション展」を催し、冒頭に記した江戸漢詩集のお披露目をした。佐岐さんや、軽井沢高原文庫の協力でスチール写真や関連原稿も展示され、地味ながら、やや華やいだ催しとなった。

特筆しておきたいのは、堀川貴司、ロバート・キャンベルのお二人が、江戸から明治への日本漢詩の流れを、魅力的な10分類によって示してくれた点で、二人の渾身の、それでいて文芸の香気に満ちた解説が付されて、出色の文芸書展示となった。10分類のコーナーは、①二人の隠遁詩人、②格調派登場、③京の詩壇、④江戸の新風、⑤遠路と出会い、⑥アンソロジーの交響、⑦頼山陽とその周辺、⑧都市の爛熟、⑨「国史」への志向、⑩明治の漢詩人

であった。この新鮮な切口を見て、最も驚くのは、恐らく中村真一郎氏だったのではないだろうか。そして、しばらく時を置いて、腑に落ちる思いをしたはずである。

二人の力業を評価したい。堀川さんは当館助教授（今年転出した）、キャンベルさんは元当館に居て、東大に移った人である。

先人の見方に敬意を表しつつ、それになずまずに継承する。国文研の資料継承の在り方の典型をかく示し得たことを喜びたい。

なお、江戸漢詩に関する四種の自筆原稿と創作ノート、色紙類について鈴木一正司書の克明な解題も作成された。総じて、中村真一郎書誌にとって、基盤的な労作となったといってよかろう。

展示最終月の六月六日、富岡幸一郎、堀川、キャンベルの三人による講演会が持たれた。私にとっては、十代半ばの文学的出発に先導者となってくれた「方法論探索」作家についての催しを、官途の最終幕に持てたことの感慨を一人強く意識させられたのである。生命あることの不思議さ——幸せというべきなのであろう。

七月二六日の午後、南軽井沢の高原文庫の裏庭で、中村真一郎文学碑の除幕式があった。前夜の篠つく雨の名残りはあったが、午後からは、晴れ間は見えないものの、初夏らしい気配となった。裏庭は五百坪程、高樹の疎林で、下草は刈られ、芝生状、高原らしい雰囲気の左隅に、故人の友人の磯崎新氏設計の碑が建った。透明強化ガラスという珍しいもので、緑陰に透けて溶けこんでしまうような佇まい。友人の心情が隅々までゆき渡っている好感のもてる碑となった。磯崎氏の挨拶では、「欠けてしまう岩石より強い。鳥のぶつかるのが心配だ」とのこと。

自筆ノートの青インク色を生かした、インディゴブルーの詩句が、縦二メートル、横一・

中村真一郎文学碑　設計：磯崎新氏。高原文庫

二メートルの碑面の上半部に浮いて見える。

　　夏野の樹

　　　光を浴びて　野中の樹

　　緑に燃えて　金の絵　散らし

　　……

　加藤周一氏の「中村の、アヴァンギャルドとしての評価はこれから――」という元気な声音が良かった。

　裏庭右手の奥に、グランドピアノを載せた仮設舞台がしつらえられていて、ドビュッシーが奏され、夏野の樹が唱われ、佐岐さんの朗読と続いた。百人程も集まっていたろうか。国文研の小山弘志元館長、近代文学館の中村稔氏と丸椅子に腰を乗せながら小半刻を過した。

　　風渡りゆく　野中の樹

山崎正之にあと一年の生命があったら、きっとここに椅子を並べて語り合っていたろうに。

五十年前に先に逝くはずだった私がひとり残って、軽井沢で追憶の刻を持とうとは——。

7　池塘春草　［窪田空穂賞受賞のころ］

先日の国文学会の懇親会の席で、繰り返し「学問とは戦うことです」とつぶやかれる岡一男先生の傍にして、戦意乏しい褌かつぎは、ひたすら身をちぢめるばかりでありました。が早稲田に身を置いたが故に味わい得た今回の励ましと御好意に感じ入るあまり、いささか上擦った感想を筆にすることにします。

昭和三十年の春、新入生歓迎会での、岡一男、稲垣達郎両先生のお話は、今も記憶に鮮明な感銘深いものでありました。「学界には謬説が横行している。学を志すものは、すべからく、真理のために破邪顕正の剣を執らなければならない」というのが岡先生。無論、当時学界の事情などは知るはずもありませんから、具体的に理解したわけではありませんでしたが、学問以外の要素によって真理が掣肘されることへの怒りと、学統を守りぬかねばならぬという烈々たる闘志とは、都会の高校を出たばかりの小生意気な傍観者の襟を正させるものでありました。次いで立たれた稲垣先生のは、「岡先生のいわれたことも確かに一面の真理であるが、学問には一方で、一生かかっても、文学史の一ページの、更に一行だけでも書きかえられるかどうかわからないという面のあることも承知しておいてほしい」というものでありました。これ又、学問の厳しさを語って余すところのない簡潔なもので、爾後、年を追って重味を増していったことばであることはいうまでもありません。研究者の態度についての、このパトスとロゴスにかかわる当初の啓示は、度び重ねる悔悟の毎に帰ってゆく原点となっています。その岡先生の、国文学会々長としての最後のお仕事が私への授賞だということで、一入感慨深いものがありました。

私は、一人の偉大な個性に私淑するという形で学問形成をするという道はとらずに来ました。こちらに心の準備や能力の無かった為もありますが、旧来の師弟関係というものには身を置けないものを感じ続けていたからであります。折しも、修士論文を書いている時、専攻する古典和歌の若手研究者の間に、大学の垣根を取り払って自由に資料を提供し合い、協同研究しようという気運が高まり和歌史研究会という研究グループができました。同趣のグループが次々に他のジャンルに及んでいったのは周知のところですが、この気運を推進し、会の活動の中心となって活躍したのは、早稲田からは、藤平春男、井上宗雄のお二人でした。理論においても、行動力でも、卓抜したこのお二人の存在なしには、今のような会の自由な雰囲気も積極的な共同活動もなかったでしょう。そして、こうした性格の会なしには、北から南まで写本を見てあるくこともなかったでしょうし、この作業を重ねることなしには、今の方法への固執もなかったでしょう。今回の対象の一つにしていただいた校注千載集の解題は分担執筆ですが、本文・頭注・付録等は当時白百合にいた東大の久保田淳氏との完全な共同作業で、出来映えよりも仕事のあり方そのものに喜びを感じたものでありました。業績主義の克服などということはさほど簡単にはゆきますまいが、かような方法も、かなり有効であろうという自負はもっております。少くとも基礎的な仕事などではもっと風通しをよくしてゆくかわりに、本質的な問題では、個人なり、学校毎の学風で勝負してゆくという、あたり前の姿が実現する為に力を尽してゆきたいと願っております。

8　仙台〔輪王寺〕

仙台市北山の古刹である。北山は伊達政宗の地割りの時、恐らく北辺防備の配慮によって寺院が列置された、東西に延びる丘陵地である。ここから南が平坦な市街地。近代に入っても第二次大戦までは仙台の北限、同寺はその西端に在って、戦後拡大していった郊外の住宅地へは、同寺横の切通しを抜けて出て行くのが幹線の一つとなっていた。その更に先きの、山中水源地であったことから「水の森」という名を持った地に私は居を占めており、勤務先の東北大学の在る川内からは近道の道筋であったので、この切通しはよく利用したし、輪王寺には立ち寄る折も多かった。好もしい寺社の多い仙台でも、寺域の深さと、禅寺らしい小ざっぱりとした清潔感とが足を向けた大きな理由だったと思うが、今にして回想すると、「人」との関わりが、強かったことに気付くのである。

ここは、私を東北大学に招いて下さった片野達郎氏が、得度・修業をされたお寺である。氏は東北大学の学生時代、現方丈の日置道閑師と参禅修業を共にされ、雲水姿で墨染の衣を翻えして通学されたという話を時々うかがった。その出自の故に、氏には『輪王系譜と仙台輪王寺略記』（昭和59）、『金剛山輪王寺五百五拾年史』（平成6）、『輪王禅苑を歩く』（平成15）の著書がある。私の知識は全てこの三著に拠っている。

昭和四十九年、着任して月の更った五月、片野氏に連れられて、峯岸義秋先生宅に挨拶に行った。お住居は、輪王寺門前、一筋東の路地を入った所であった。お邪魔していた間中、北山の杜を渡る時鳥の声がしきりに聞え、東京を離れたことを感じさせられていたことを憶えている。先生は、東北大を定年で離れて数年、ゆったりとした退休生活に入っていたころに当っていた。先生は『歌合の研究』で知られた方。私が学部の卒業論文で「六百番歌合」を選び、その中の成立論の部分が初めて活字になったのだが、この処女論文（昭和34）が、峯岸説批判の形をとったことで、先生との御縁ができたのであった。この六百番歌合は、先生にとっても、昭和十一年に岩波文庫に大島雅太郎氏本を入れた、思い入れの深い作品だったわけで、その後、研究が殆んどなかったことから、格別の関心を私に向けて下さったのだと思う。その後、千載和歌集の校注本を久保田淳氏と共編で出した時、

俊成も喜べ今宵萩と月

の句を下さった。挨拶句なので類型性は否めないところだが、駈け出しの若輩としては、大

変嬉しかった。

その少し前、東北大学で中世文学会が催された時、京都の高乘勲氏が御架蔵の千載集を展示に出品されていた。三日目の歌枕探訪のバスの中で、先生は高乘氏を紹介して下さり、高乘氏また、その展示品を「持ち帰って調べなさい」と手渡されるという幸運に恵まれることになった。高乘氏は徒然草の研究で、また、その諸本の収集や、太平記の最古写本（紙背が秋の夜長物語の最古写本である珍品）の所蔵者たることを以て知られた方であったが、初対面の未熟な若者にかほどの好意を示して下さったのは、峯岸先生への信頼感がそうさせてくれたというに他ならない。

両先生の深い友情は、昭和二年に揃って高文検の合格者だったことに発するという。学歴がなく、教員資格試験を突破することで人生を切り開き、その最高の旧制高校教員検定試験が、高文検だったのである。他からはうかがい知れぬ共感がお二人にはあったのであろう。

お二人が故人になって時を経た昨平成十四年、高乘勲氏手択本の全てが、国文学研究資料館に収蔵されることになった。右の経緯があるだけに、私の館長在任期に受入れることができたことに感慨を憶えた。

峯岸先生の葬儀は、輪王寺本堂で執行された。葬儀委員長の扇畑忠雄先生の弔詞は感銘の深いものであった。二高・教養部を通して同僚であられた先生の文章は、アララギ系の重鎮歌人らしい、簡潔な文体の情愛に溢れたものであった。学歴社会の中での闘志に満ちた学問形成に触れかけた時、突如、大きな地震が襲い、巨大な梁が軋み鳴った。会衆がざわめき立ったが、先生は行文を離れ、一段と声を高調させて、その戦いの人生への賞讃を語り続けたのであった。しんと静まる会衆、あれ程感銘の深い弔辞を他で聴いたことがない。人為的な不条理に対する御自身の怒りも重なったかの如くで、忘れ難い。

この境内で心の寄せられたのは、今村均大将の墓である。高潔で、最後まで部下と辛苦を共にする意志を実行した情愛の深さは、暗い話の多い昭和陸軍史の救いである。墓誌の簡潔なのもよい。池畔から廻って、駐車場に抜ける前に立寄って、心を洗うよすがとなってくれたのであった。

9 登米 ［北上川畔のまち］

宮城県登米《とめ》郡登米《とよま》町。『奥の細道』では「戸伊摩」（随行日記では「戸いま、戸今」）と表記されている。石巻から北上川沿いに一関に出る途次、芭蕉と曽良はここで一泊している。宿が借りられず、検断（宿駅の問屋場の役人）の蓮沼庄左衛門という者に頼んで泊めて貰ったという。北上川中流域の物資の集散地で、藩政時代は、寺池居館に拠った、伊達一門の登米伊達氏（白石氏）の邑地（伊達藩では支藩とは呼ばず、要害という。二〇要害の一。二万一千石）の城下町であった。明治の廃藩置県後は、小県の行政区画の集散推移の過程で、一時、水沢県庁が置かれ、仙台県を経て、宮城県に編入された。その県庁・警察署の庁舎、小学校などの洋風木造建築や武家屋敷、仏閣などが現存し、小規模ながら、静穏な幕末明治の雰囲気の残る、好感の持てる街である。

しかしながら、何といってもこの街の値打ちは、河畔の土手から見晴らす、水量豊かな北上川の流れの景観である。右岸（西岸）に広がる街並を背に、土手上の草叢に腰を降ろすと、ゆったりと流れる水面が真近に拡がる。岸辺の水草が小止みなくゆれ続く。左手上流の視界は大橋で遮られ、対岸の土手の先には、たたなずく青垣山、なだらかな山の連なりは、右手、石巻河口に向う流れの湾曲に沿って、広い視界の奥まで延びて遠景に融けこんでいる。どの季節・時間に来ても、気持ちを落着かせてくれる景に包まれるのであった。

いつの季節でもといったが、とりわけ、桜の時期にひかれた。仙台の桜は四月十日前後、それが、ここでは廿日過ぎになる。この季節、車で向うと、手前の隣接地、涌谷《わくや》の城趾は桜祭で人が出、賑わっている。ところが、山田孝雄先生の筆になる家持の万葉黄金産出の長歌の巨大な石碑を過ぎて、登米に入ると、神社・寺院・武家屋敷の古木の万朶の桜は満ち溢れているのに、ほとんど人影が無い。前記の小学校（重要文化財）の校庭の桜樹には青年会の提灯がめぐらされ、さくら祭の準備はしてあるが、一向に華やいだ感は無い。やや誇張して言えば、猫が道の真中であくびをしているのである。寺々を廻っては、様々な桜の、特に枝垂の古木の艶姿を、心ゆくまで楽しんだのであった。そして、河畔に立つと、対岸の土手沿いの桜並木は、下流まで延々と連なって、下町趣味風に言えば、幕がパッと落されると舞台一面が花で、華やいだ細棹八梃の合奏が聞えてくるような思いがしたものであった。この時期の登米は忘れられず、仙台を離れてからも、何度か通った。ただし、電車ではなかなか時間がかかり、東北本線瀬峯から、昔は私鉄（仙北鉄道）で登米まで行けたのであるが、廃線になったため、今は宮城交通のバスで行くほかなく、東北大の同僚で行ったことのある人に出逢わなかったのも無理からぬ、便の悪さがまた、好もしさになっていたように思う。

登米の話をできる人に出逢ったのは、東京に戻ってから。それは何と、前館長の佐竹昭廣先生であった。

土手下には二軒の川魚料理屋があって、そのうち、二階の開放的な客間のある方に入って、鰻に談が及んだ時、店主は、「養殖だが、一週間も北上川に漬けておくと北上川の鰻になるのだ」と説いたのが、高点をつけられる味ではなかったが、妙に頭に残っている。ところが、佐竹先生も同じセリフを耳にしたことを話されたのにびっくり。どうやら、同じころ、

登米の桜の北上川。右手が下流石巻方向

先生の方が少し前に学生と旅をしたらしい。北上夜曲の話も出て、北上川に歌想とは異るが、好印象を持たれていることを知って親近感を抱いたことであった。

この街には、藩政時代から謡いが盛んで能舞台があることや、玄昌石が東京駅の屋根の葺石になっていること、同じ石が大正期にノート代りの石板として全国的に普及したこと、宮城県沖地震で、小学校々舎が使用不能になった時、前記の明治初期の洋風建築の校舎の方は無事で、復旧まで使用されたこと、その小学校正門前の瓦煎餅の美味なること、江戸以来の松笠風鈴のこと、東北大寄託の登米伊達家文書のことなど、書くべき事は多いが、学生紛争期に、気持ちを癒してくれた北上川の流れの記憶を記すにとどめる。

やや牧歌的なイメージの川の姿の叙述に終始したが、この川、実は細倉鉱山の鉱害による汚染、黄濁した水色に長年悩まされてきた。それが、画期的な対策の成功によって清流に戻ったのが昭和五七年、この清澄な水流の状態を維持するのに、年々、そしてこれからも、毎年五億の経費がかかると聞く。また、山間部から平野部に入る一関の遊水池を始め、全流域を監視するための設備にも尨大な維持費が必要であり、それに関わる人の手当また、少からざるものがあるようである。こうした努力に支えられているからこその登米の景観なのであるが、とかく、観光施設を作って人集めをするのを是とする今日、その局外に在ることの良さを残していってほしいと願うばかりである。

Ⅳ　玩物喪志記

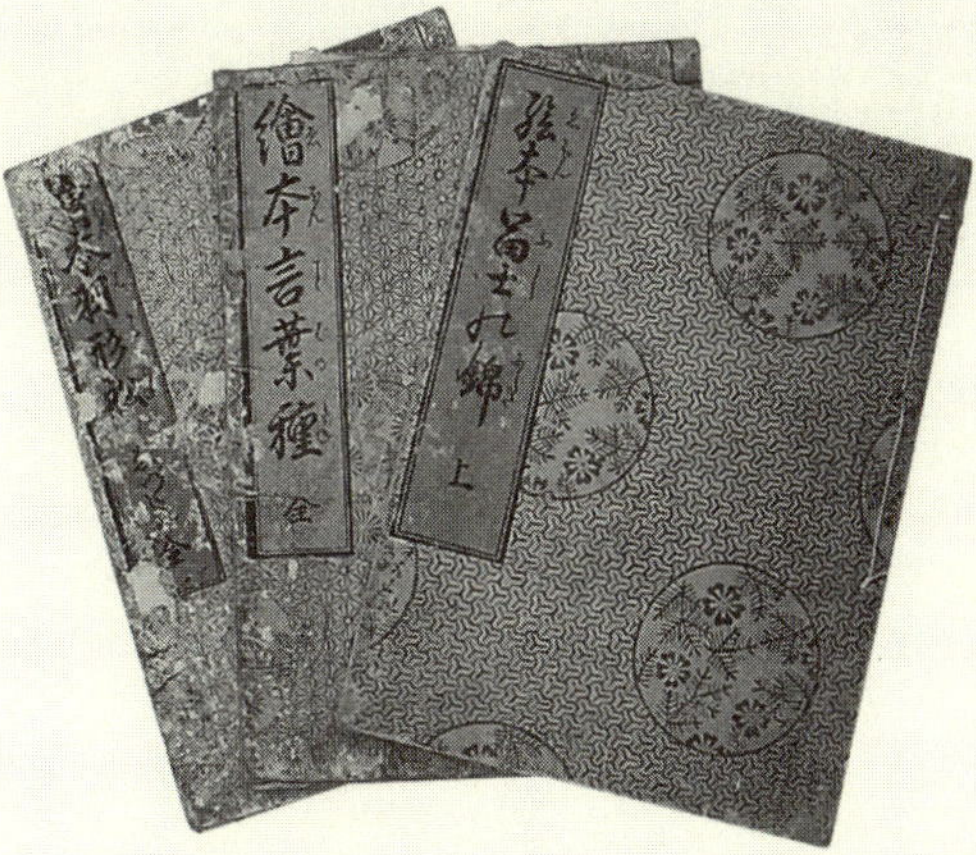

書物は楽しい。読むのが面白くて、戦時中の疎開先で、地主さんやお医者さんなど本のありそうな家に押しかけて、上巻だけの端本から、主婦のためのバック・ナンバーまで読みに読んだ「ヘンナ子供」体験もあるのだが、当時から、中味だけではなく、「物」としての本の魅力、存在感のようなものに引かれていたことは間違いない。それはそれで話はいくらでも拡がってしまうから、日本の古書籍に限定して（少し脱線するが）話をすすめてみたい。

古書籍を見たり、調べたり、集めたりが公務だから、当然、金銭を出しての購入もその一環として在る。質の良い、高額な本は館で購うための努力だけに集中するから、問題はない。しかし、個人購入の可能な価格で、何らかの個性的価値のある本に出逢うと、公私の別が当然問題になってくる。書陵部の橋本不美男さんは、直接本人から聞いた話ではないが、迷いが生ずるといけないから、一切、「私」の購入はしないと決めていたという。

私も館のためを第一とすることは当然のことで、公的な購入の仕組みに委ね、館員の過剰なまでの旺盛な集書意欲に、可能な限り、外部資金を導入して、満たすべく努力を重ねてきたつもりである。しかし、古書は、何時どんな条件で出現するとも限らない。公的な手続きを待っていては、永久に姿を消す恐れのある場合や、表に出せない、複雑な事情が介在する場合もなしとしない。果断に公費によらずに押えておく場合が生ずるのである。ただ、ここに書くのは、こんな持って廻った言い方をするに及ばない、単純な事情と、趣味的には多少面白いが、資料性の高くはない本に限られる。そして、今一つ。私は、写本の一部の分野について調べるという点では、少しばかり修業めいたことをしてきたつもりである。しかし、版本はほとんど無知に近かったといってよい。ところが国文研に来てみると、版本は知らない、では仕事が勤まらない。基本的な勉強をするために、単に図書館、文庫に見に行って学ぶのではなく、多少のものは自分で購って読んで見るという方法をとった。いわば、授業料を払うつもりで、入手の努力を続けたのである。前より少し見えてきてみると、価値の低いものにずい分馬鹿な出費をしてきている。が、私の場合、授業料は、効率とは関係なく、失敗を重ねて納得するためのものなので、特に悔んでいるわけでもない。それにしても、こうした片々たる資料にも、関心の向け方では価値を見出す立場もあるわけで、やはり、資料を私的に抱えこむままは許されないであろう。これらは、館を辞する際には寄贈して行くつもりなので、今は仮りの預り主の如き立場で、一時の所有者顔を許して貰いたいと思っている。

高がこの程度の本のことであるから、大袈裟な物言いはしたくないが、ほんの小品であっても見惚れて時を失うこと屢々《しばしば》である。文学研究の方の志もあやしいものであるが、玩物喪志を稱する所以である。

1　装飾料紙本　［詠歌大概（中院本）］

平成三年夏の終り、T女子医大病院で、心臓の大動脈弁の置換手術を受けた。十代末からの四十年来の宿痾で、通常の四倍程に膨張しており、この年齢《とし》を過ぎると困難、と宣告されての決断であった。六時間半にも及ぶ施術の末、蘇生させていただいた。体外での処置後、埋め戻すのであるから、空骸の時間がある。「蘇生」——直後のことではなく、数日を経てからの、床上の身体感覚といってもよい感じ方であった。しかし、溢れ出てくる生命感を意識する「新生」といった感じではない。薄明の中、もどかしいばかりに、個別の既知のあれこれが、脈絡がつきそうでつかない状態で、立ち現われるのである。手術中人工心肺を用いたから、その接続の前後に、あるいは、脳に酸素の供給が無かった時間が在ったのではないか、と思った程緩慢な回復ぶりであった。それでも何かの刺戟で復原度が進む。その進んだ実感を「蘇生」と自ら呼んだのであった。基本的な論理性回復のリハビリは、熟知した内容の自分の旧い論文を読

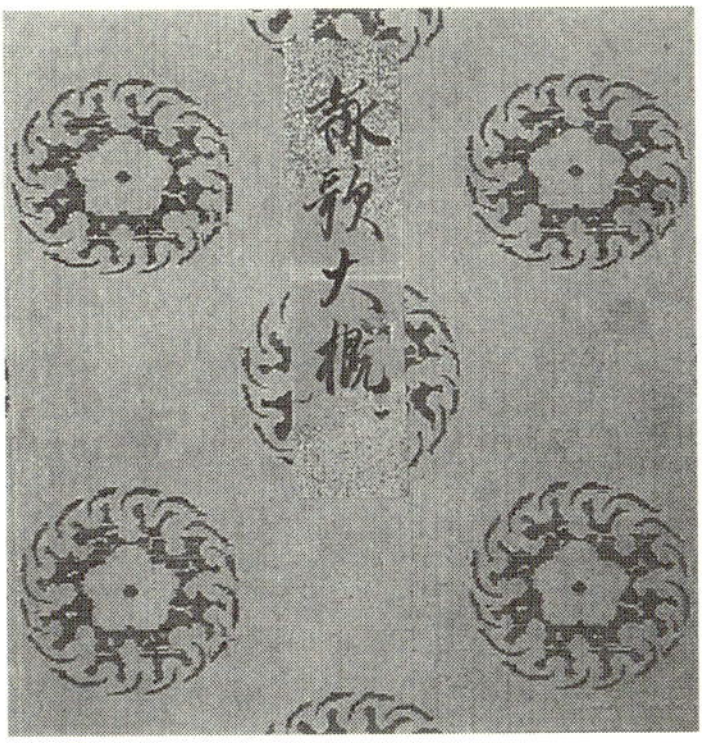

緞子表紙、外題は中院通村

むこと。そして「刺戟」は写本・版本に触れることであった。

退院の二日前、I書店の古書目録が届いた。枡型本の詠歌大概に目が止まった。同書は写本だけでも伝本は百を越すから、通常なら一瞥で通り過ぎるところ。しかし、料紙の装飾文様の気品、本としての風趣に引かれるものがあった。中院通村の外題、本文が通純《トウ》、貞享三年の通茂の加証奥書と中院家三代がかかわるという点にも好もしさを感じたのである。帰宅後、電話を入れて店主と話すと、商売気を離れた中味の話になって薦めてくれ、とうとう和本では初めて禁を破って、趣味的な本を入手することになってしまった。

届いたのを見ると重厚な木質の箱入である。木目を磨き出した桑製で、中央に行書体の金の漆文字で「詠歌大概」と書名が記されている。松平定信様の書風である。本は枡型本、列帖装。表紙は、少し褪色をしているが薄茶の地に素絹で七宝、藍糸で梅の大輪を織り

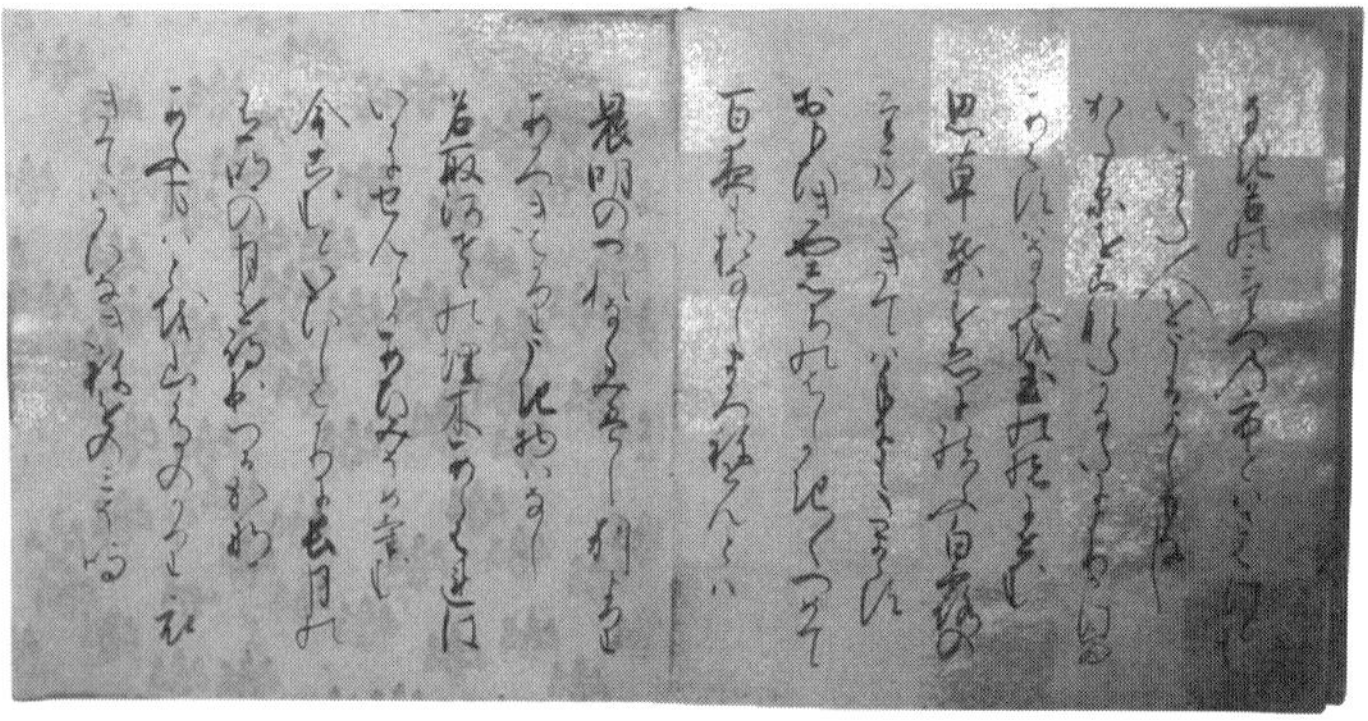

藍型染紙の地　　金銀市松文様の地

出した緞子を用い、中央に金泥の雲霞文様に金銀砂子を撒いた絹張りの短冊の題簽。通村の筆（通茂識語に拠る）で、肉太の「詠歌大概」の外題が記されている。見返しは絹布張りで、金銀箔、金銀砂子、野毛で雲霞文様が描かれている。本文料紙は二括り列帖装で鳥の子紙。鱗文様、卍撃ぎ文様、桐葉撃ぎ文様の藍型染紙四葉の他は各紙個別の金銀箔、金銀砂子、野毛を撒いた装飾紙となっている。表紙の地味な印象とは打って変った、絢爛たる眩耀修飾紙本である。第一、二括り共に五紙九丁、それぞれ第一紙、第十紙半丁は、表紙裏である。

伝来は詳らかではないが、貞享三年冬の中院通茂の「依所望」の文言を有つ加証奥書から見て、この時点で大名クラスの上流武家の所蔵であり、その後も江戸末までは、そのクラスの家に伝えられてきたものと思われる。

こうした典籍の製作に当っては、筆者通純の主導するところであったろうが、製作技術者と、材料の選択から装飾の全体構想、細部の配置に致るまで、綿密な打合せがなされたに違いない。何度も繰り返し見ていると、文意との対応まであるように感ぜられて、見る度の発見、少しとしない。これだけ凝った造りになると、注文者（所蔵者）の趣味、教養との関係もあるはずで、その辺りまで推測を及ぼすのも楽しい。物としての本が、高い水準の内容を支える器として、造る側、享受する側に共有される高度な文化基盤が存在していたことを証しているのである。定家歌学はこうした形で尊ばれる必然性があったのであろう。

この本は、もう一つ、別の貢献をしてくれた。四年前から再開、本格化した、韓国国立中央図書館の旧朝鮮総督府本の調査で出逢った千載和歌集との関係を考える材料としてのことである。枡型本二冊、緞子表紙、見返しも美麗な装飾斐紙である。本文料紙は、型染紙が基本で、金箔、金砂子等の地文様装飾紙で、書写年時も貞享元禄頃、繊細さに差はあるが、架蔵詠歌大概と形態的な共通点が多い。奥書等はなく、恐らく八代集本の一部だったものと推測される。ほぼ同時期、同一の書籍圏の製作と考えておく。

2 雛本《ミニチュア》 [雛本古筆絵鑑]

古筆や絵の手鑑が江戸初期に流行したことはよく知られているが、本書はその雛形本ミニチュアである。国書総目録には同一書名が掲示され、「宝暦書籍目録による」とあるが、一般的な書名であり、これを指すとは限らない。ただ、文中に芭蕉の名が見えるから、当然それ以後に製作されたもの。正徳・享保頃の作であろうか。恐らく、富裕層の子女向きのものかとも推測されるが、内容、玄人好みに凝っており、高度な

趣味人のものであって、幼童向きのものではない。

法量一一・三cm×八・〇cmの折本で、雲英刷の台紙一九丁。栄懐子という人物の序が付されている。「絵」「筆跡」全て縮尺して刷り、様々な形の「切」「短冊」「扇形」等を捺している。色彩はなく、全て墨印である。ただし、貼紙の地色は、縹、黄、緑、枯葉色、銹朱と多様な染紙であり、形状とも相俟って変化の妙が演出されている。

3　犬棒本　【厭願口譚（恵空）】

午前から夕方に及ぶ長い打合せがあった。平成十年頃には、国立大学の付置研究所と大学共同利用機関を併せた所長会議というのがあったが、当番で、議案整理の下準備のために本郷に呼ばれていたのである。昼休みの気分転換に古書店を覗いてみた。普段入らない、山の本のM書店に寄ってみると、壁際に積み上げてある雑誌の間に、和本が少々混ざっているのに気がついた。端本ばかりだったが、その中に一点、小冊ながら粒の立った版面の仮名仏書が混じっている。左肩題簽に『厭願口譚』とあり、端作りには「向旭山恵空老人説」とある。書名は未知のものだが、作者恵

雛本巻頭

空となれば、『徒然草参考』の著者、『節用集大全』の編者と同一人かもしれないと、五千円という価格にも気を良くして、入手して帰ってきた。

国書総目録など目録類にも見当らないので『恵空編節用集大全研究』の解説に、恵空の諸著作の解題を書いていらっしゃる中田祝夫氏に全文の複写を撮って送って教えを乞うと、新出本であり、恵空の寺、和歌山市の浄福寺の中西玄匡師が資料を集めているからコピーを送ってあげてほしいという返信をいただいた。

他方、珍書を入手した時、国文研内で見せる相手は、和本の場合は、落合博志君だが、これを示すと、「あ、僕も持っています」と見せてくれたのが、『浄土要語』であった。こちらは自著四部作に書名は知られていたものだが、所在は不明のものであった。「僕も持っています」の答えに何度出逢ったことか、舌打ちしたくなる程、何でも持っている男なのである。それも大半は、向うの方が状態が良いかレヴェルの高い本だ。いつか鼻を明かしてやるぞと思いながら、連敗続き、頼もしい部下を持った幸運に感謝すべきなのだが、何とも口惜しい。

さて、両書のコピーを揃えて浄福寺に送ったところ、直ぐに謝状をいただいた。今迄に、恵空二十五部（現存刊本十七部）、兄の正恵十部（現存四部）、不明七部（全て正恵作か）、が確認されており、やがて整理刊行される御意向のようである。

こんな形で喜んで貰ったのは初めてなので嬉しいことであった。ところで、『厭願口譚』、晩年の病身の中での学問観、信仰観のうかがえる書であるが、気まじめな書きぶりが却って、

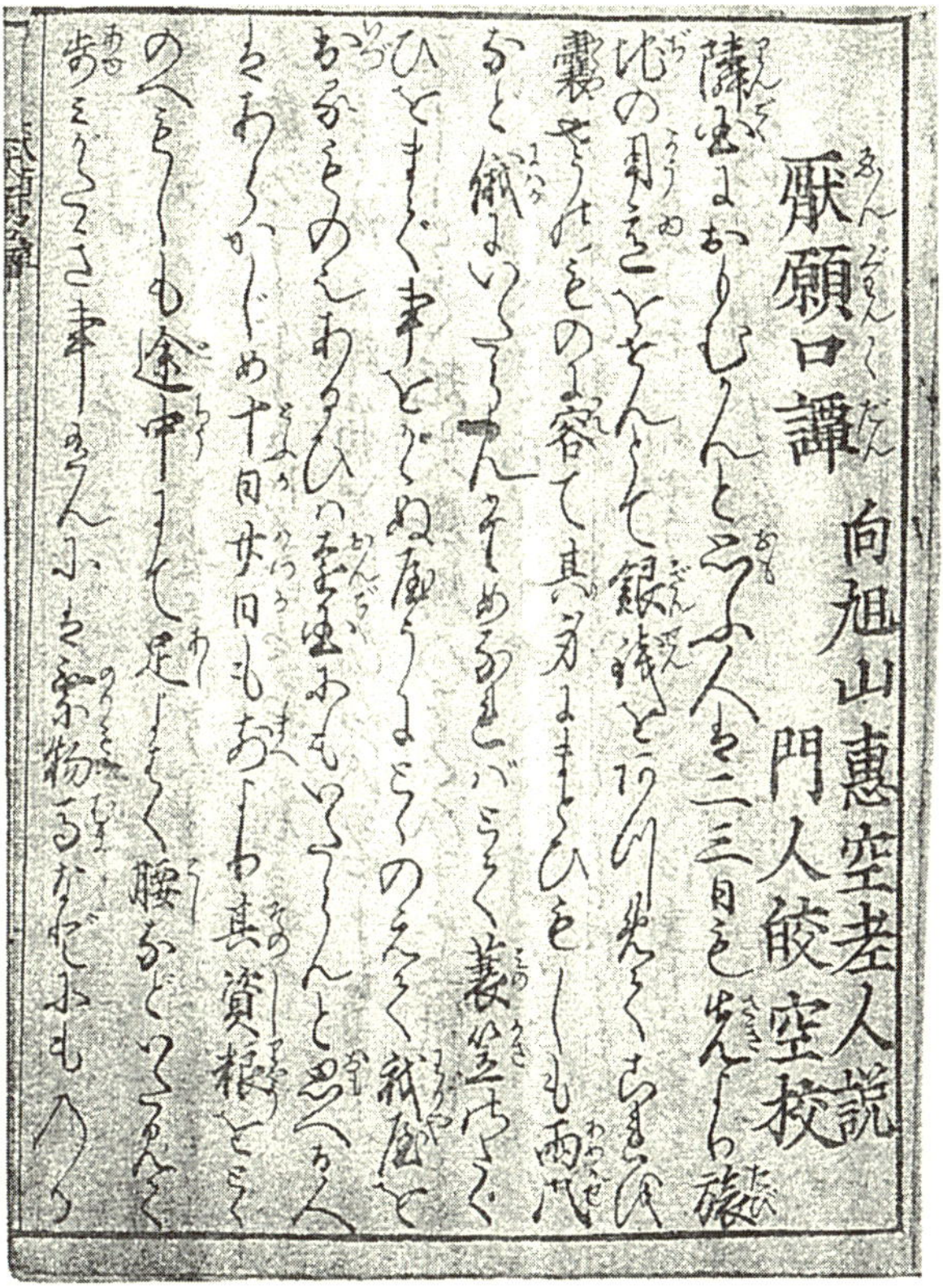
厭願口譚《あんぐゑんくだん》　向旭山恵空老人説
門人皎空校

こんな入手事情とも相俟って親近感さえ憶え始め、お蔭で積んだままになっていた『徒然草参考』（延宝六年西村版）まで拾い読みを始めることになってしまった。随筆風なので味わい易い。四十九歳の生涯に三十余種の著作を檀信徒の助力で刊行したという、十七世紀の上方で、大衆性を持った説法僧として評価すべき存在と、認識したことであった。

犬も歩けば棒に当る。昼休みは散歩に限る（その後の出逢いはないが）。

4　資源塵芥《ゴミ》的稀覯絵入本

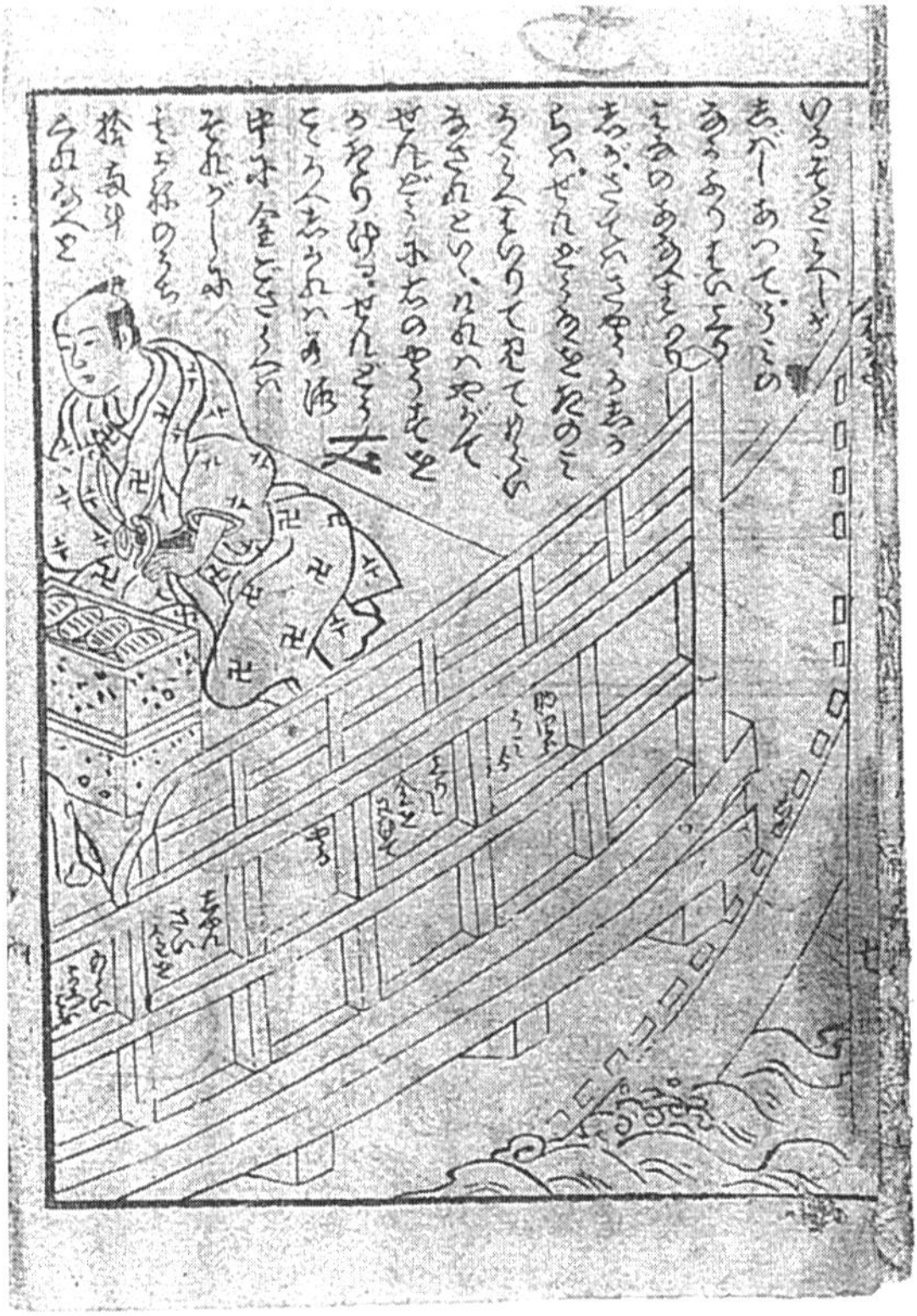

①絵本羽形船

これぞ資源塵芥である。原表紙こそ残れ、本文料紙は三丁半、七面分しかない。古書店目録がよく使う「国書未載」であるばかりでなく、国文研の捜書工具《ツール》のどこにも引っ掛って来ない書目なのである。

行成表紙、中本、朱短冊題簽となると、典型的な上方絵本のように見えるが、説

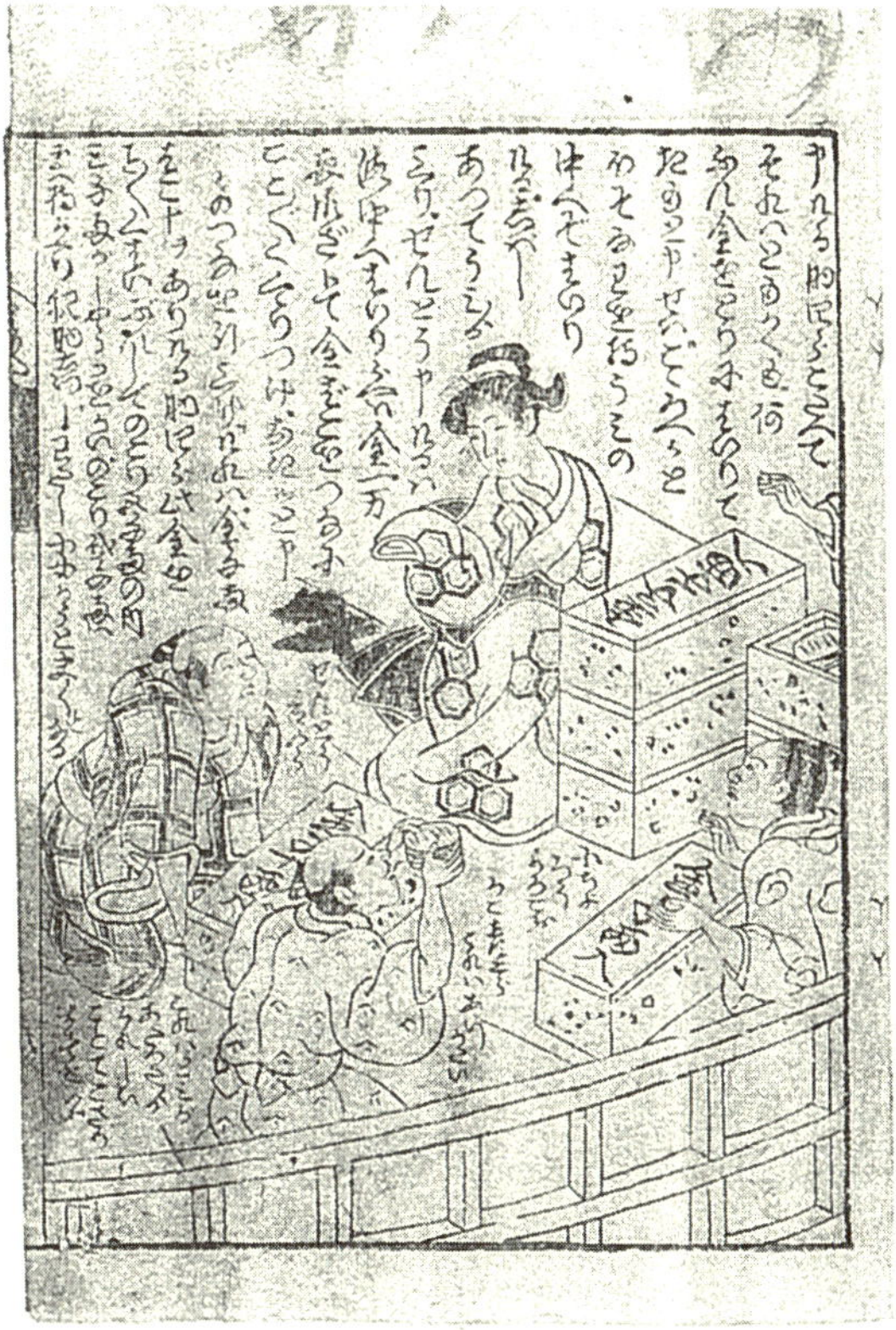

明的地の文が画中に延々と入るなど、後期江戸草紙本の特徴を示すなど、少々興をそそられる新出資料なのである。

外題は「繪本羽形舩（ルビ　ゑほんはかたぶね）ゑづくし　全」。挿絵に小倉城天主閣が入り、博多小女郎の文言があることから見れば「博多船」の意であろう。本文料紙の現状は、見返しに三丁ウが貼られ、次いで第四丁（オウ）、七、八丁が綴じられている。

絵は、明和前後か。人物画は上方風かと思う。文は小字散らし書き説明文の他に、各丁太

字で俗謡の一節が

むかうに見ゆるはこくらのてんし　（三ウ）

しもの女ろうしゅのいうたことききけば　（四オ）

あすはおたちかおなごりおしや　（四ウ）

わたしやおまへにそいたいこゝろ　（七オ）

おもふてかよへば千里が　（七ウ）

と入っている。

七ウ八オ見開きの船の絵と説明的地の文、また、博多小女郎、助四郎、手代佐平次などの人名、長崎の地名、多量の金子などから推測すれば、近松門左衛門「博多小女郎波枕」を源流とするヴァリアントの一つと見なされるかと思われる。

②絵本富士の錦

行成表紙、中本、朱短冊題簽に外題は『絵本富士《ゑほんふし》の錦上（下）』とある二冊本で、祐信風の絵の後印本である。下冊巻末に「美濃屋平兵衛板」とある。上方絵本かと思われるが、序が欠けており、詳細はわからない。国書総目録には書名が掲出され、「二冊、西川左京、明和書籍目録による」とあるが、他に所在情報はない。同じ明和書籍目録によると、この左京には、『絵本つがひ鶴』二冊本があったようである。祐信流絵本といっておいていいのであろう。

　上冊は、板心の柱題は無いが、丁附は三～十で、十丁オまで十五面の絵の頭部に散らし書きで地口が、

　弓の師匠と哥の撰集には　いるを悦《よろこ》び
　名月とつかひ銭《ぜに》は　いるをおしむ（五丁ウ）

の如く在る。即ち、第一、二丁と十丁ウを欠き、恐らく序も欠けている。

　下冊は、板心柱題に「さけ」とあり、丁付は三～八丁で九丁は丁附はないが、三ウから連続酒の場面の絵と酒歌の数え歌がオ面に記されるが、ウはない。九オ左下末尾に「美濃屋平兵衛板」とあるから、九ウは最初から無いのであろう。三オも満開の

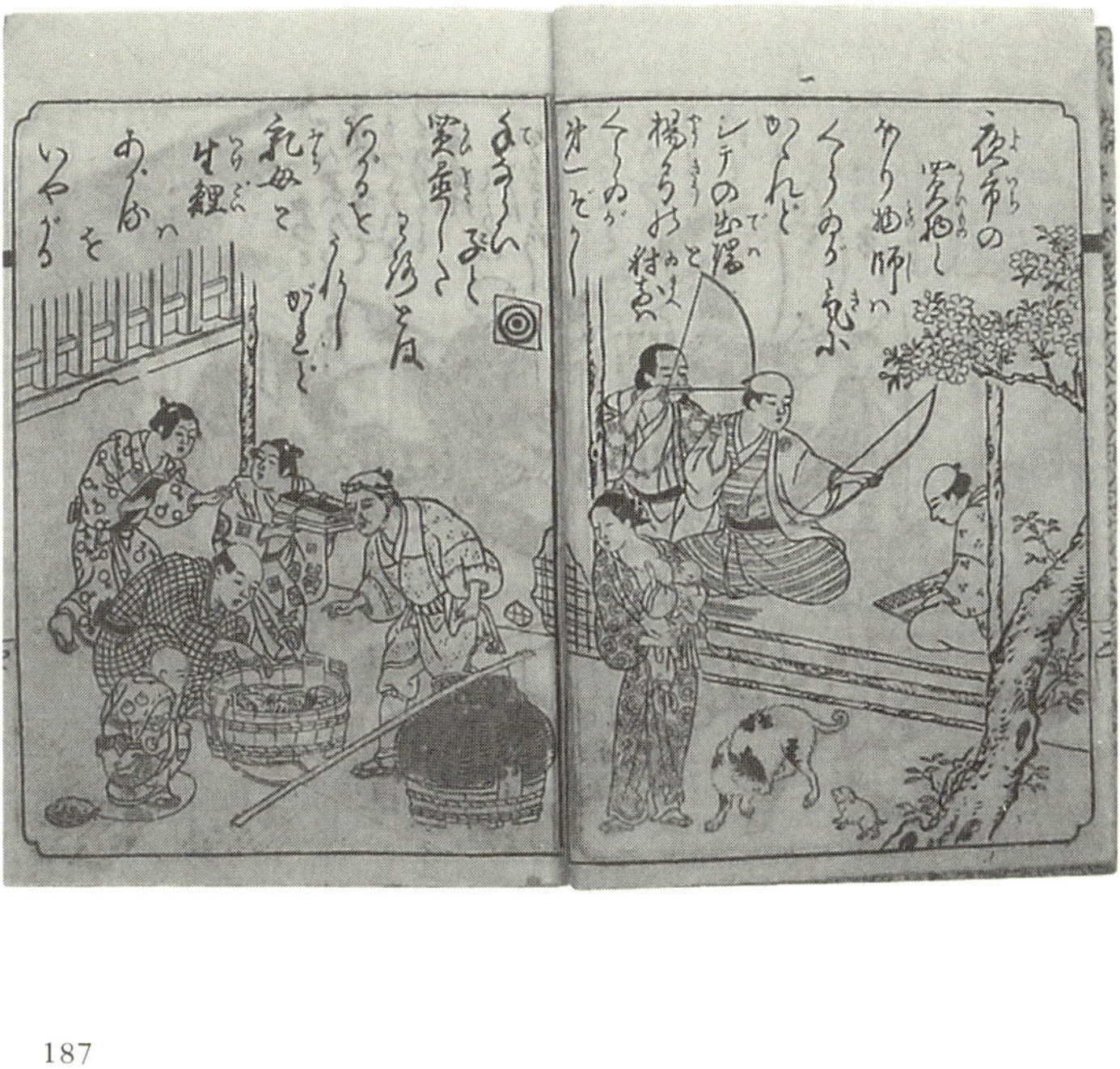

桜を描き、三ウ以下のような酒歌の記入はないから、最初から一、二丁は無かったのであろう。祐信流絵本の欠丁、飛び丁は常態である。とすると上冊も、一、二丁は無かったのかもしれない。

数え歌は、

一斗ものむ人だにあるにさかづきを

とる事ならぬ下戸のはかなさ

一生をあやまる酒のあやまりを

しらでこのめる人のはかなさ

と一面に二首ずつ十番まで狂歌を記す。上下冊の様式趣向を異にする理由は序が出てこないと判然としない。

③念佛歌仙

念仏系の釈数三十六番歌仙歌合であ

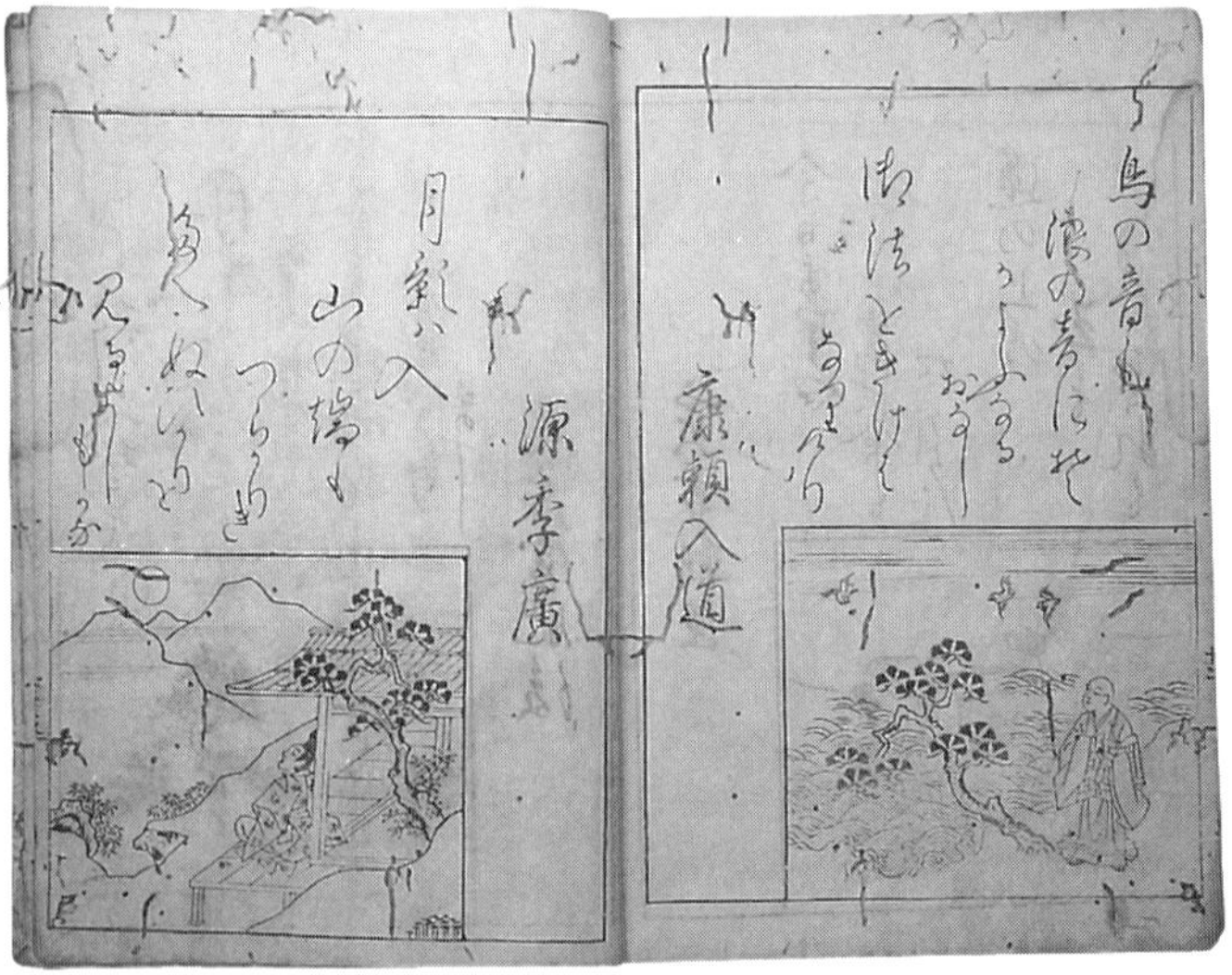

念佛歌仙

る。国書総目録に「『念佛歌仙絵』（沢了）西山派著述目録による」とあるのと同一書と思われるが、今のところ、他に伝本あるを聞かない。

貞享乙丑（二年）十月十八日の花洞処士の跋に見える「釋琢了」が作者。五丁一〇面に上る長文の仮名序があり、和歌が仏教と本質的に重なることを言い、次いで、左九番一八人一八首、右は二番、七番の四首の欠脱があり、七番分一四首が、歌人毎の絵入で配列されている。左は、善光寺阿弥陀如来、石清水八幡宮など仏神と聖徳太子、空也など歴史的存在が、右は、花山院以下、天皇・大臣等身分順に女房に至るまで並んでいる。

法量二六・六㎝×一九・二㎝の大形本で料紙は二二丁（前記の如く二丁分欠）。絵には彩色は無く墨印三二面。料紙は楮紙、全体に虫損が甚しい。

5　江戸の武家歌人の短冊と資料

①中期

霞関集（石野広通撰）**歌人**

幕臣と諸藩の江戸藩邸在勤の武家で構成される堂上派江戸歌壇の文学史的・文化史的役割りについては、かなり研究論文として書いてきた。江戸和歌というと古学派（国学派）だけ叙して能事終れり、ではだめなのだ、両派を相対化、総合化して考えるべきだ、というのが私の主張であった。堂上派の文化史的機能としては、江戸歌壇と藩の国元歌壇の連動を基軸として、公家の伝えてきた古典文化財が、日本全体の藩の隅々まで伝播して行く装置となったことの認識を持つべきだと考えるのである。大名家本の悉皆調査（継続中である）から、江戸藩邸伝来本、国元伝来本の腑分けを通じて、実証的に見えてきたものをこのように叙してきたのである。

岩波の新日本古典文学大系『近世歌文集上』の解題に参考文献を付して平易に記述したつもりなので、ここでは、彼等の活動振りを示す作品の伝本類もそこに譲り、近世中期の江戸撰集『霞関集』収録の主要歌人の短冊を少しばかり紹介して、筆跡を味わうこととしたい。

撰者冷泉流の石野広通の短冊は流通するところ極めて少ない。自撰家集『五百四十首』は版本だが版下は広通自筆、比較に便宜がある。

対立する二条派烏丸、日野流では、連阿がもう少し在ってもよさそうだが、少なく、亨弁は一枚も出逢っていない。

(短冊)
石野広通

立春

けさよりやかすむ北野のかみ屋河
なみの春たつ色ものどけし

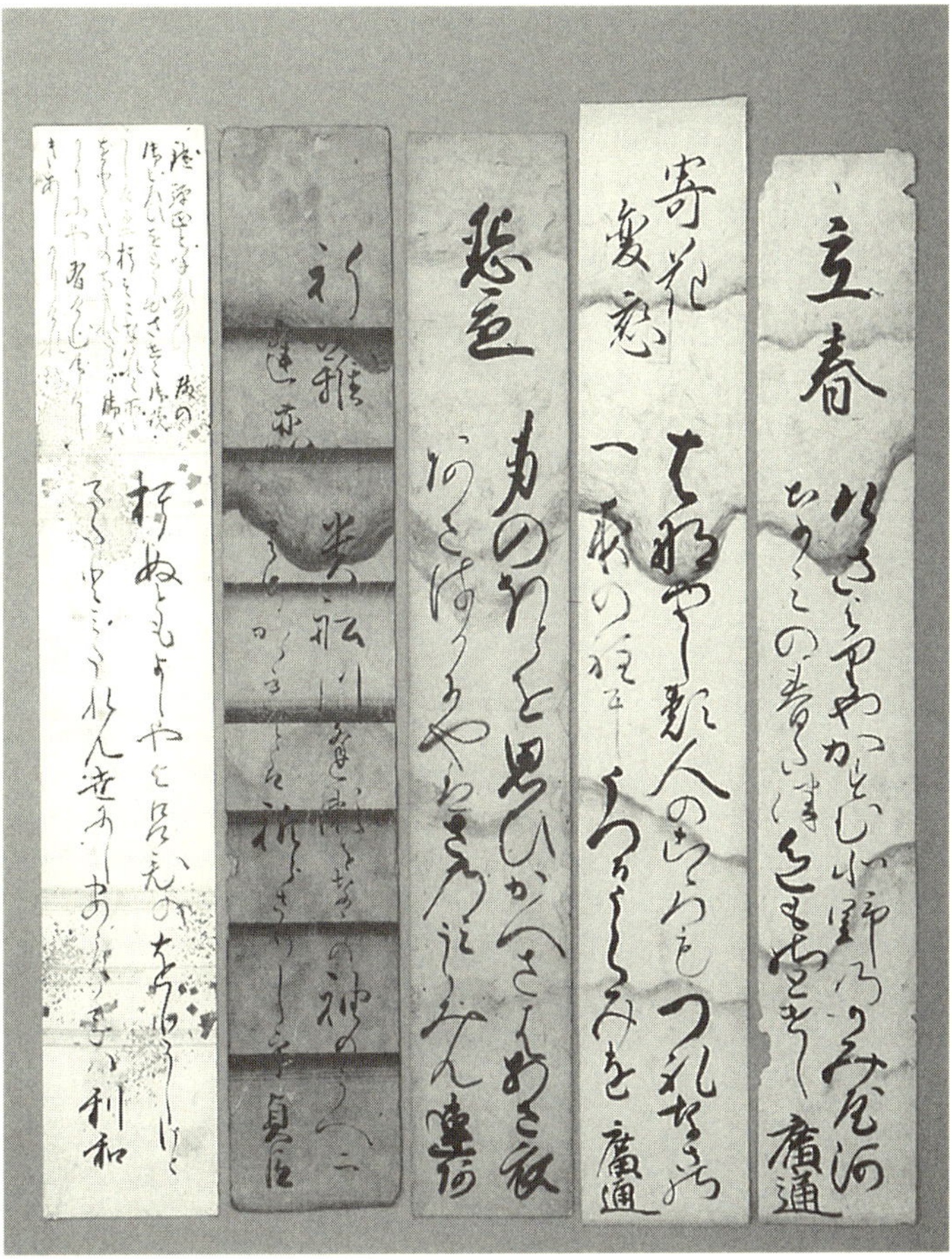

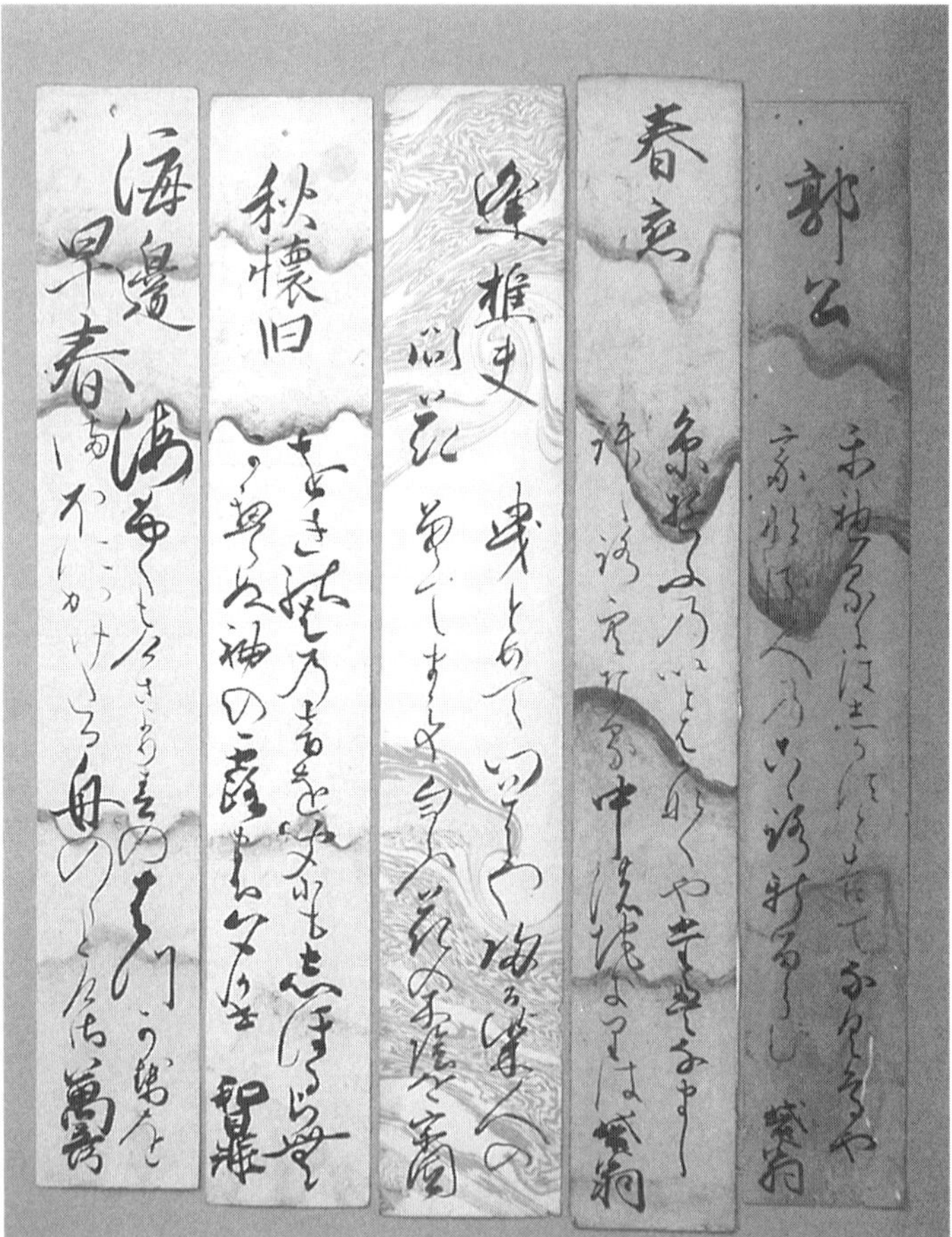

寄花変恋

はなやしる人のこゝろもつれなさの

一夜の程にうつるうらみを

連阿

怨恋

身のほどを思ひかへさばあさ衣

あさはかにやはさのみうらみん

横瀬貞臣

祈難逢恋

貴船川逢瀬をなみの袖のうへに

たちかゝれとは祈らざりしを

巨勢利和

鑓弾正と呼れ給ひし殿の御よろひをとう出させて御覧じけるに、朽そこなはれて、所々をどしいとのちぎれたるが、御心がゝりにや有けむ、御けしきあしかりければ

朽ぬともよしやよろひのをどしいと

またとみだれん世にしあらねば

横田袋翁

郭公
かへるにはしかずと告てなく鳥や
家なる人のこゝろしるらむ
春恋
萩原宗固
糸ゆふのいとはかなくやたえなまし
こゝろ空なる中のちきりは
逢樵夫問花
曳とめて問にや帰る柴人の
そでまで匂ふ花の木陰を
成嶋和鼎
秋懐旧
をきのはの音を聞にもしほるらむ
かへらぬ袖の露の夕かせ
佐々木万彦
海辺早春
海ふくもけさより春のはつかぜを

まほにかけたる舟ののどけさ

有力者、貞臣、袋翁、宗固、和鼎、利和など、一枚ずつ拾っておいた。万彦は広通の実子。これもあまり見ない。霞関集巻末識語に出てくるように、刊行助力者というより、事実上の刊行責任者であった。

②後期

松平定信の周辺　堀田正敦　歌学方北村季文

江戸後期の和歌を見るには、江戸派だけを追っていては駄目で、特に楽翁松平定信文化圏の集団活動に眼を向けるべきだ、と常々言い続けてきた。寛政の改革を担った政治集団でもある。堀田正敦ら定信派若手大名グループが、同時に質量共に優れた文化活動グループであること、また、このサロンには、林述斉、谷文晁、北村季文ら、学術・絵画・文学の専門家（それぞれに門流の層が厚い）が存在すること、総じて洗練され、かつ、学術・芸術の諸ジャンルを越えた総合的性格を持った資料が尨大に存在するところから、基本資料の整備だけでもかなり時間のかかる大仕事になることが予想されたのであった。

私も、「幕府歌学方北村季文について――楽翁文人圏の人々(1)――」（東北大学教養部紀要39　昭和58）や『向南集』（古典文庫487　昭和62）など、和歌資料の面からの見取図は描いたことがあるが、無論、入口の段階でしかない。近時、ようやく本格的な関心をもつ若手研究者(高野奈未さんなど)がでて来始めているが、理解の拡がることを願っている。ここでは関連する資料を北村季文を中心にほんの少しあげておきたい。

㋐寛政三年江戸城内八月十五夜詩歌会

永らく関心が向けられなかったので、和歌大辞典の記述なども一本の伝本に拠る心もとないものであるが、近時は、静岡県立中央図書館葵文庫本など六本が確認され、本文校訂が進められるようになった。だから、架蔵本をあげるまでもないのだが、柴野栗山の大型印(六・七cm方印)の捺される、成立期の写本なので上げておく。内題(扉題)は「良夜詩歌」。二四cm×一七・一cmの袋綴、楮紙一冊本。四二丁。本文はかなり自由に七〜一〇行。巻頭詩は定信、巻軸歌は堀田正敦。この二人の主導による催であることが判る。このグループの大名達のほか、北村家からは季文の岳父季春が出詠しているので、季春の短冊も掲出しておく(204ページ)。

春雨夜静　かねの音も軒の雫のたま〳〵に

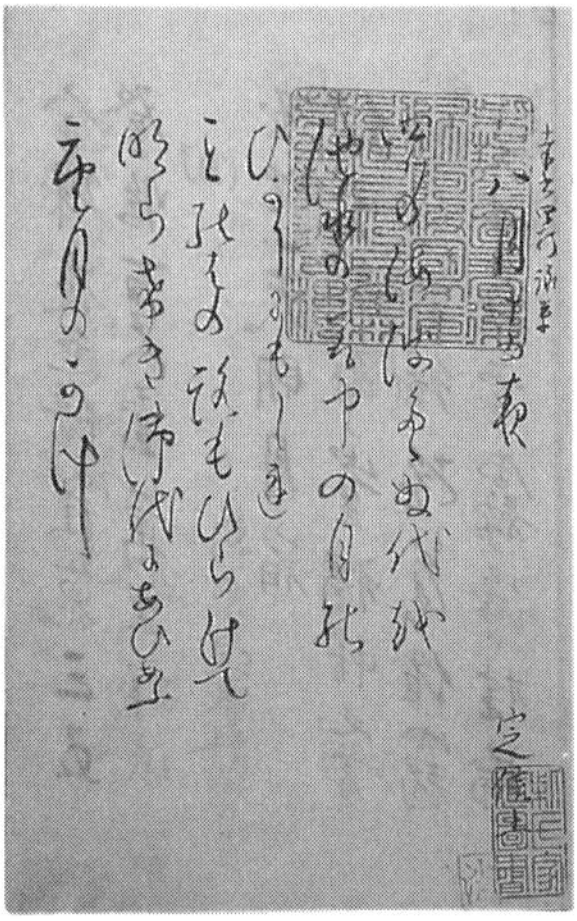

柴野栗山印

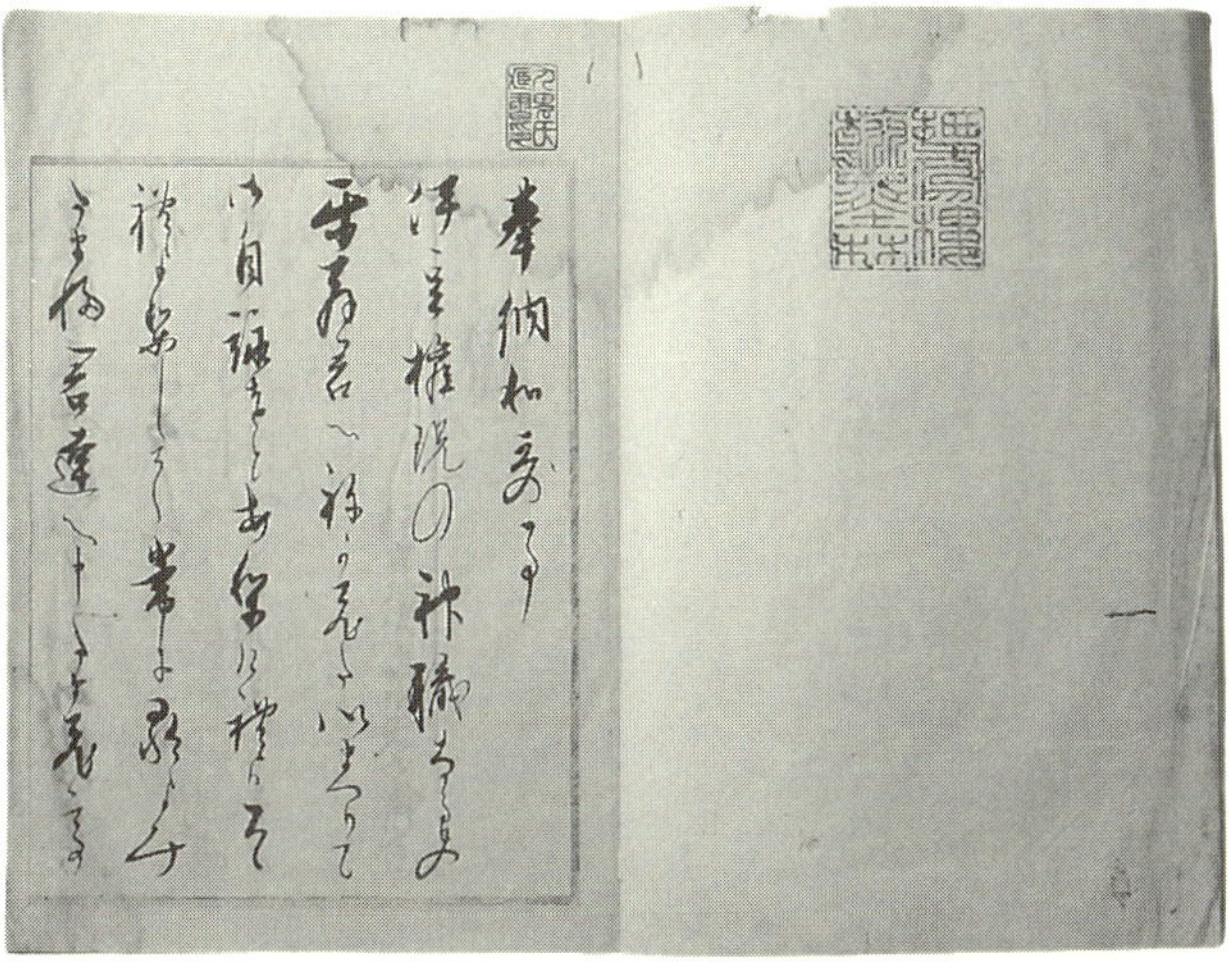

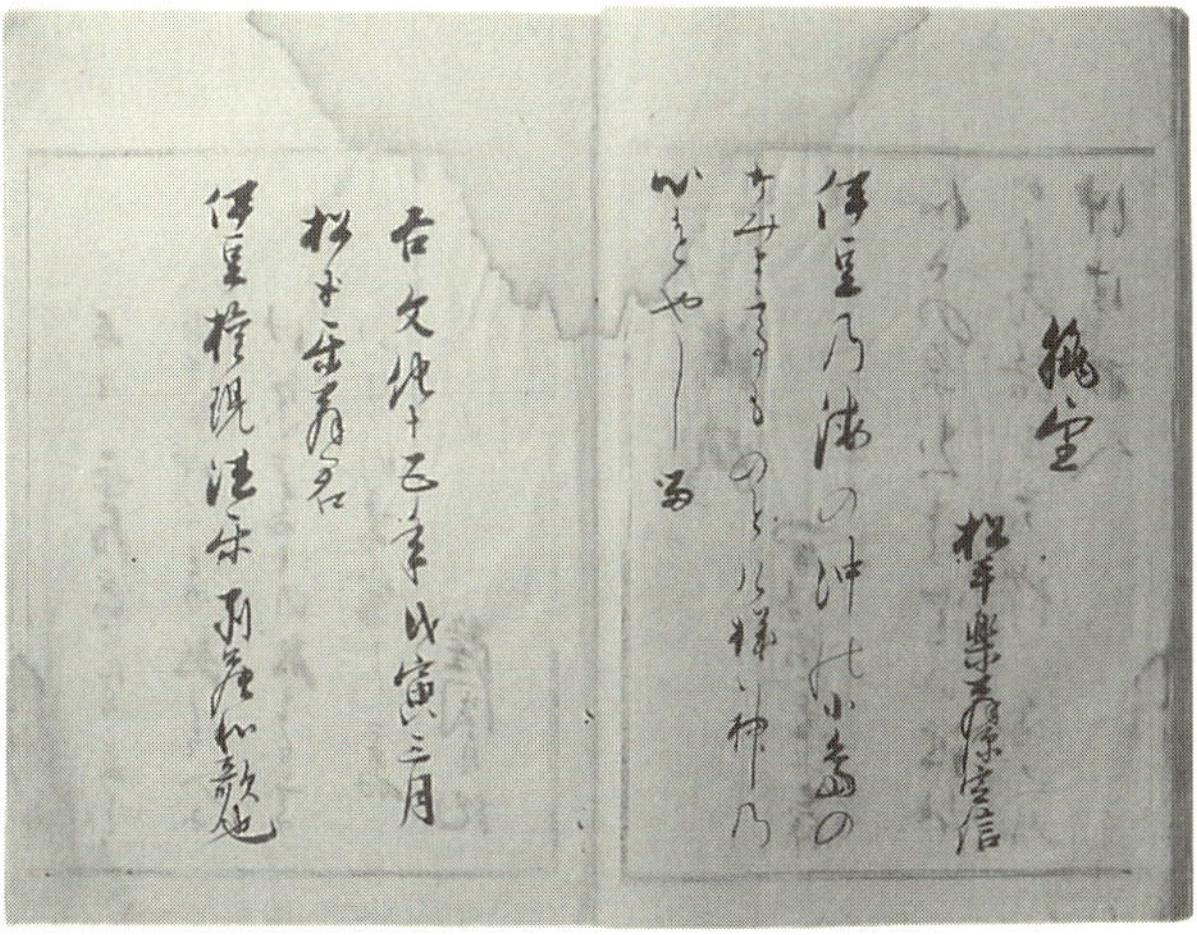

九鬼隆国筆『伊豆権現法楽和歌』

ふりしづめたるよはの春雨

題意を品良く穏雅にまとめた、玄人芸の作である。

江戸城内での晴儀詩歌会は、近世二百六十年を通じて、唯一の催しであった。

㋑伊豆権現法楽列侯和歌

文化一五年三月、楽翁の主催で三〇人の大名の寄せた歌を、伊豆権現社に奉納した法楽和歌である。これも巻軸は堀田正敦である。伊豆山神社には各人自筆の短冊三十枚が現存し、これには他の伝本にない北村季文の序が添えられている。架蔵本は、出詠者の一人、九鬼隆国の自筆本で、「予も楽翁君よりよめとありければ、その数にぞ入にけり。また、その数をもてのこらず書写し畢ぬ。隆国自記」の識語があり、巻頭に「棲鳳楼/翰墨林」の大型蔵書印（4.5㎝方印）を捺している。

水損甚しい保存の悪い本だが、打曇り鳥の子紙の表紙、特注の漉紙の原本の俤はうかがうことができる。定信圏の雅趣のある書物である。

㋒堀河後度百首題三吟百首

定信は、単独で堀河初度（太郎）百首題の百首を詠んでいるが、親しい歌仲間の堀田正敦と北村季文との三人では、正統的性格の組題（組織・大系が考慮されている歌題群）である「太郎題」に対し、遊びの要素の濃い「後度（次郎題）」で百首を詠んでいる。伝本はかなりあるが、本書の面白いのは、正敦と季文が先行して詠んだ歌が清書され、定信の欄が空白になっている所へ、定信が草案の段階のものを書入れ、推敲しているという点である。即ち、定信の部分は直筆、候補作が最後まで二首残った場合など、朱点が入って最終稿が決まるという状況まで知られることである。最終の清書本の前の定信草稿本といってよいであろう。

表紙は、定信家特注の表紙で、花かつみに浮草文（青）。同家の書は全てこれを用い（三草集・花月草紙など。集古十種も黄色だが同じ文様である）ている。見返しに、定信側近の田内親輔の

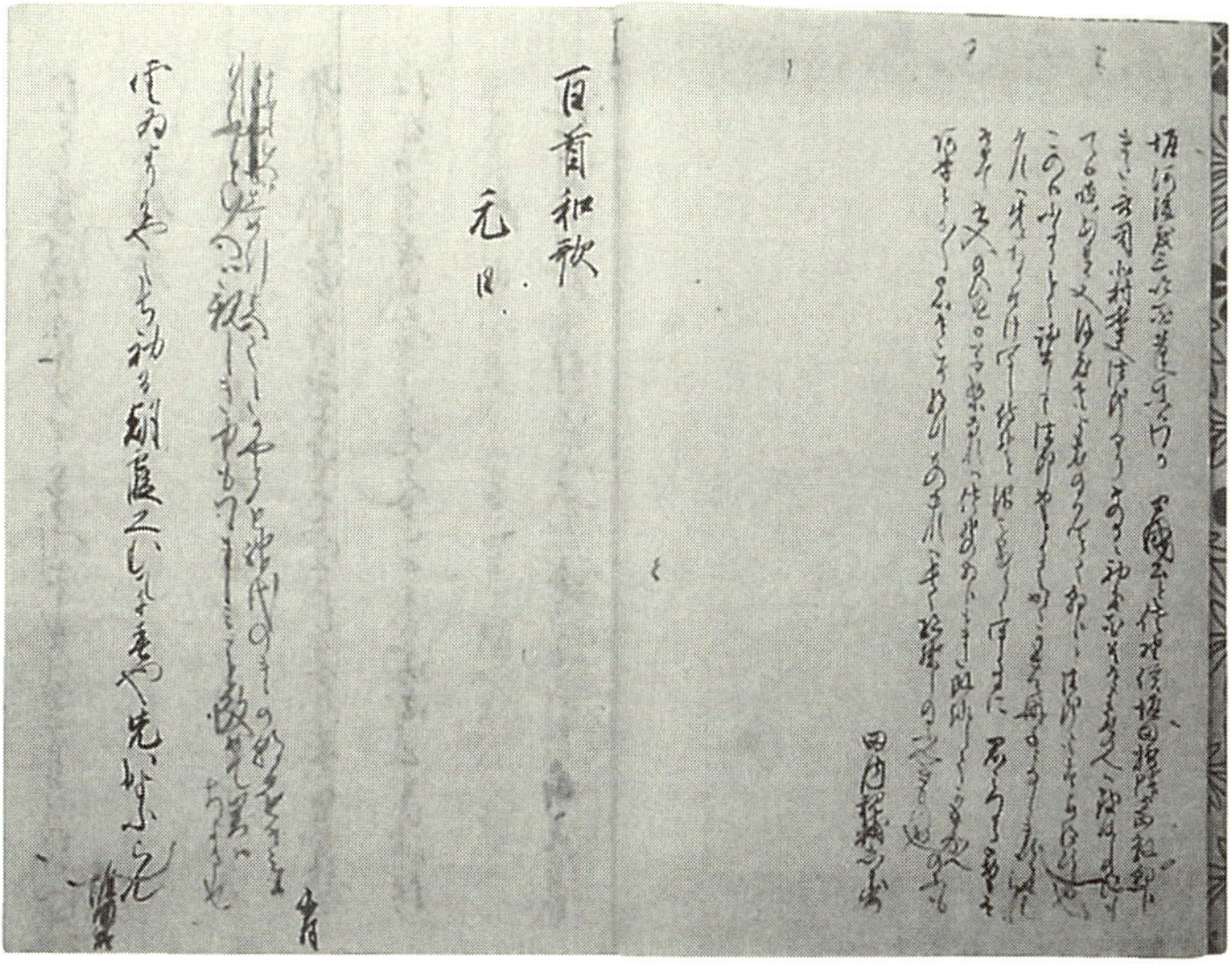

三吟百首。薄墨二首は楽翁草稿

識語があり、本書の成立事情が叙されている。正敦・季文の分は、彼が書したあと、定信自筆の推敲たること、正敦も後から改稿した場合があることなどが判明する。法量は二七・三cm×一九・六cm、楮紙、袋綴で、二九丁。奥書はない。

本文の生成に関わるので草稿本は大好きだが、本書は特に三人の親近感が横溢していて楽しい。

㋓虫歌合（木下長嘯子）

幕府歌学方の職掌は、将軍家の慶弔に際しての公的和歌の制作、柳営歌壇の指導者としての詠作や歌学の指導など、イギリス王室における桂冠詩人 poet Laureate に共通する性

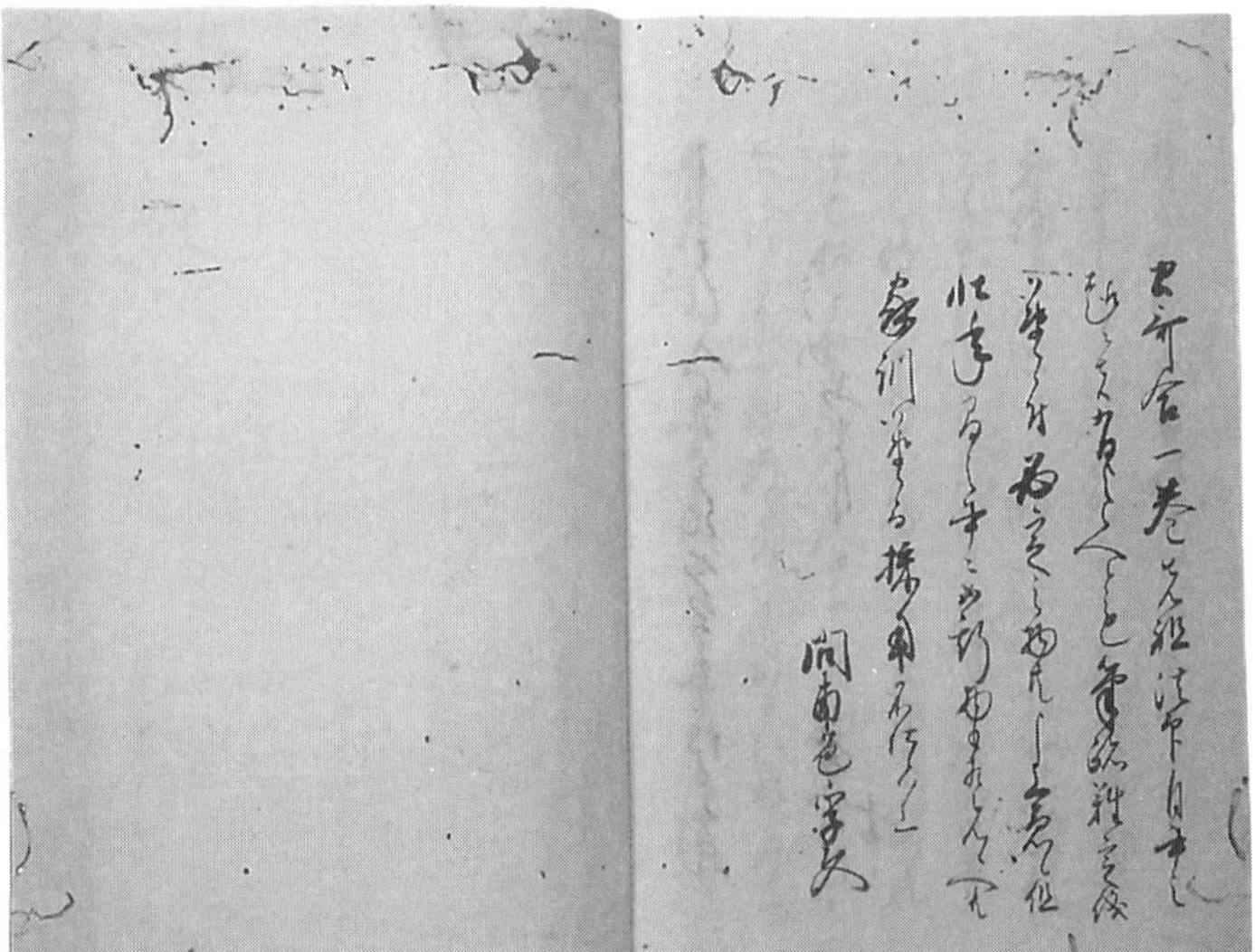

北村家本『虫歌合』季文識語

格をもっているが、その仕事の一環として本文価値の高い典籍等の書写校勘も行なっている。北村家の場合は、歌学方初代の季吟自筆本が一つの権威をもって家本として伝承され代々に書写され、伝播されたことが、現在諸文庫に収蔵されている書目によって知られるが、本書もその一つに当る。

長嘯子の虫歌合は早くから人気があり、写本の伝本も三十本を下らず、また、刊本も元和古活字版など、本文上の問題は特にないが、北村家の家本を問題とする視点からこれをあげておく。

季文の識語は少々面白く、以下のようになっている。

　虫哥合一巻　先祖法印自筆之趣ニ者有之候へとも、筆跡難定儀御座候付、必定之物共、上意候。但、壮年間之書々、如乱物も相見候へ共、家訓御座候而採用不仕、以上

向南邑季文

即ち、家本の伝承書写に際しては、歌学者として本文に疑義を感じても一切私意を以て変更しない、というのであり、物語二百番歌合など、北村家本の本文を扱う際にも参考になる。

㋔水月詠藻（伊達家本）

堀田正敦の家集である。水月は正敦の号。仙台藩主伊達宗村の八男で、天明六（一七八六）年二九歳で堀田家の養子となる。老中定信の片腕として幕政に参加、化政期の楽翁文雅圏の

中心となった。兄の伊達重村（掬月）、土井利徳（嘯月）と共に歌才に恵まれて活躍したが、特に楽翁（花月）圏での北村季文との三人での親密な共同文業は顕著で、前記の堀河次郎百首題三吟百首や幕朝年中行事歌合などのほか、この家集（楽翁序、正敦、季文跋）を始め、浴恩園に集った大名歌人達の歌集、文集には、彼等が互に序、跋を加えた例が多い。ちなみに季文一門の撰集『向南集』には、楽翁九七首、正敦一三八首、季文四一四首が入集している。

本書は、「伊達伯観瀾閣図書印」が捺されているように、正敦出自の伊達家本。「文化十四といふ年のうの花くたす雨の霽間に、向南窓の塵を拂ひ清めてしるす　季文」という識語があって、季文が自宅向南亭で筆録したことが知られるが、自筆資料と比校すると、同筆ではないので、伊達家中の祐筆の書写本と思われる。袋綴三冊本、二六・八cm×一八・七cmの大型美麗本で、上巻四季六六丁、中巻恋、雑五六丁、下巻雑躰三六丁、一面九行のゆったりとし

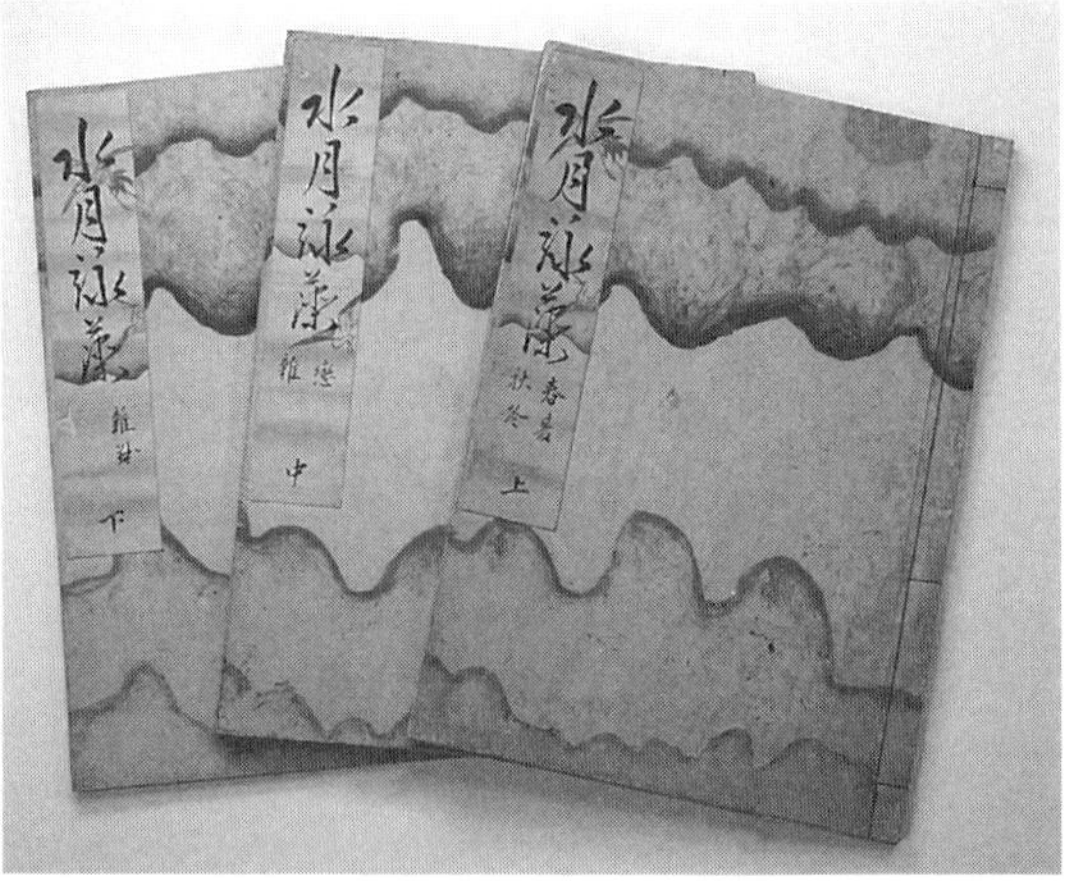

伊達家本、堀田正敦家集

た紙面、表紙もすっきりとした打曇り斐紙、左肩の題簽も布目斐紙短冊に丁子と墨で雲霞文様と鶴を描いた、大名家本らしい仕立てとなっている。

㋕季文短冊

季文の和歌は、家集は見当らず、向南集、同集付載歌会歌、国会図書館本向南家集付載季文先生遺稿などにまとまった歌群の存在が知られるが、それだけに、短冊十一枚も基本資料として重要である。息湖南は父季文に先んじて没した。

（短冊）

北村季春

春雨夜静

かねの音も軒の雫のたま〳〵に

ふりしづめたるよはの春雨

北村季文

霞

あさ霞たなびく山に春を置て

きのふも今日も引心かな

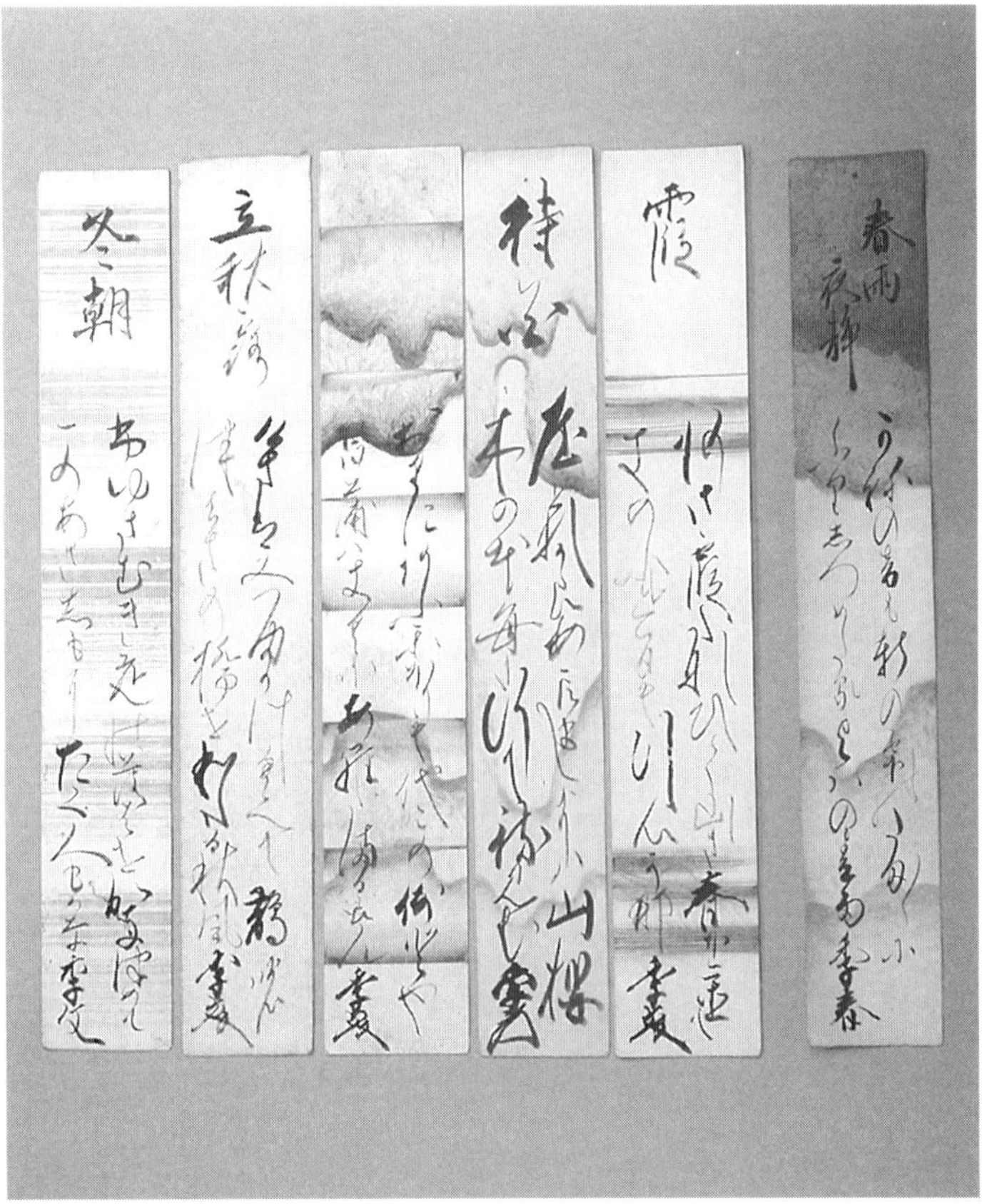

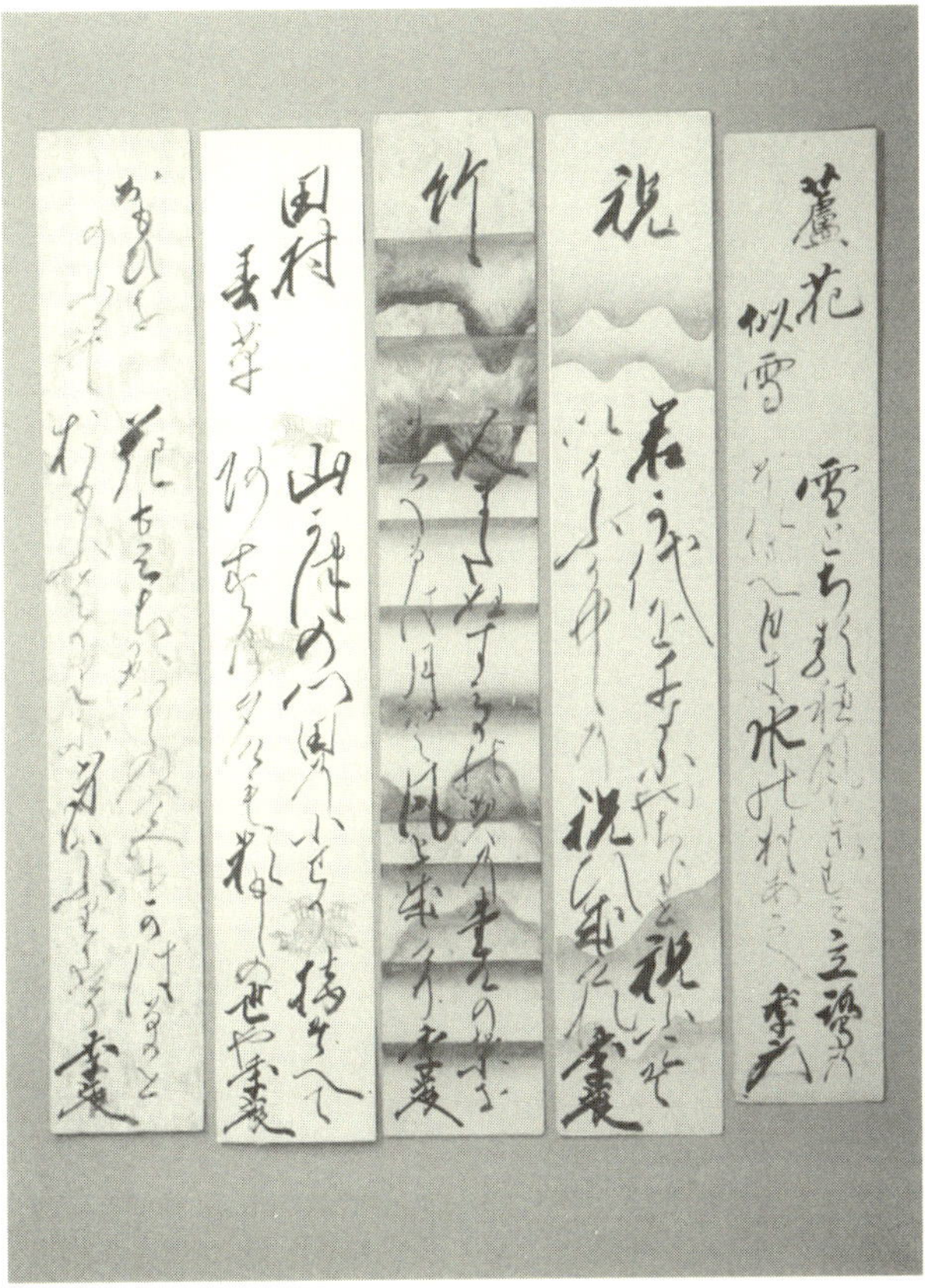

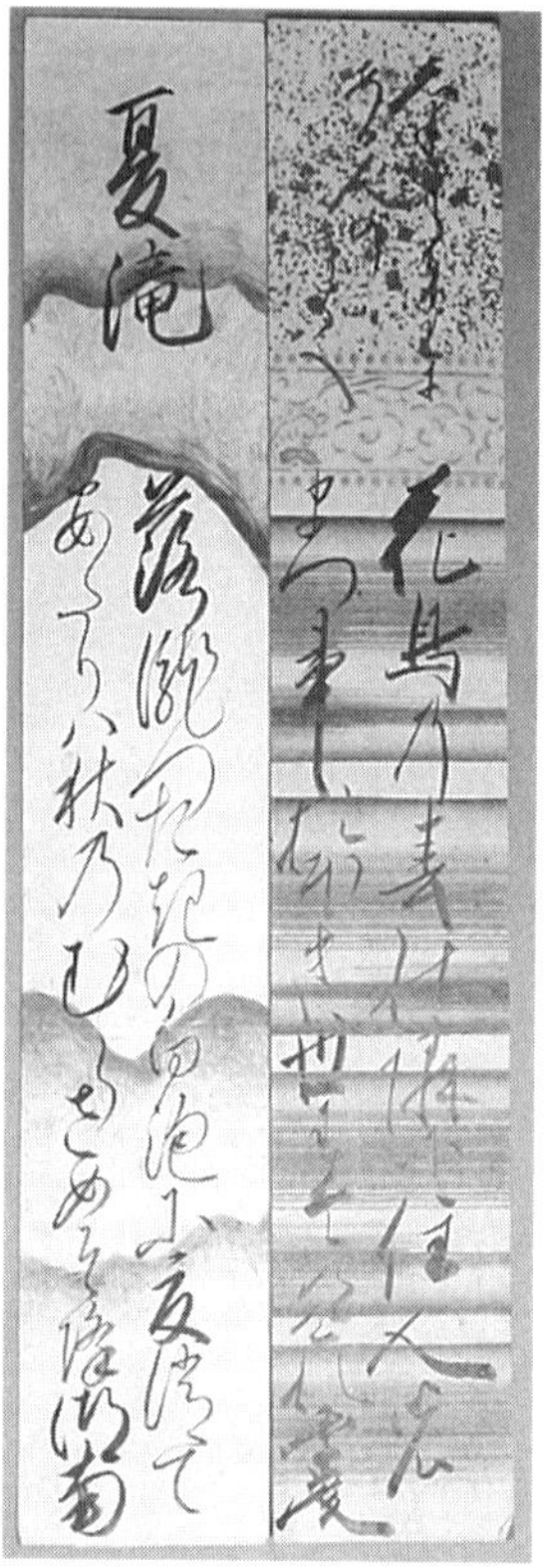

待花

やどながらあらまし外は山桜
木の本毎に行て待見む

おりにあふかほりも代々の例とや
菖蒲はきくにあらたまるらん

立秋露

けさは又ふゆかけそへて鵲の
つばさの橋をわたる秋風

冬朝
ふゆさむき庭の落ばをかきつめて
このあさしもにたく人もがな
蘆花似雪
雪とちる穂風をさむみ立鷺の
それさへ白き水の村あし
祝
君か代を千よにやちよと祝ふこそ
いはふが中の祝ひ成けれ
竹
人またぬすゑの契のたけの葉を
口へるは月と風と成けり
田村春草
山がつの門田の小せり摘そへて
あすの夕げも頼もしの世や
おもひをのぶる哥
花もみぢかはらぬ色もかはるかと

おもふばかりに身はふりにけり
　しはすばかりにある人のもとへ
花鳥の寿の隣に住人の
まつ事おほき世にぞ有けれ
北村湖南
　　夏滝
落瀧つたきの白泡に夏消て
あたりは秋のむらさめそ降

6　とりどりの古書肆

1　古書肆の店仕舞い　静岡「いけだ」
百万塔陀羅尼から船頭深話まで

静岡の古書肆「いけだ」が昨年六月で店を閉めた。通ったのは十五年程なので、付き合いとしては浅い店だったが、通路に溢れんばかりに雑然と山積みされ、何処に何があるのかもわからない店の雰囲気（いや、実は基本的な分類があることは闇に眼がなれるようには解ってくるのだが）と、飄飄とした店主池田哲二さんの人柄とに惹かれて、繁く通うようになったのであった。仕事柄旅行が多いが、名古屋以西の時には、かならず名古屋で、静岡停車の「ひかり」か「こだま」に乗り換えて下車するのがいつしか習慣になっていたのである。

書肆といったが、古美術商を兼ねていて、ある時期からはそちらが主となっていたように思えるが（ということは本の新たな仕入れはあまりしていないように見えたということだが）、それでも汲めども尽きぬという感じで、行くたびに新しい本の顔に出逢える不思議な店であった。

客にとって好もしい古書店の主人には二つのタイプがある。本好きで該博な知識を持ち、われわれ研究者といつまでも話しこむ型。もう一方は黙ってこちらを放っておいてくれる型である。前者の方が多いが、池田さんは明らかに後者で、品の良い老夫人（痛ましいことに輪禍で亡くなった）や娘さんとは何度も声を交したのに、ほとんど話をした記憶がない。といって、こちらに関心がないわけではなく、何点かを店主の前に積み上げてひとりブツブツ言いながら最後の吟味をして、端本などでためらって購わずに置いてきた場合など、次回に行った時には、ツレや関連の本などを、「コレ」と打切棒《ぶっきらぼう》な口調で、しかし何ともやさしげな挙措《きょそ》でさし出してくれるのであった。いつの頃からか、店のあちこちから引張り出した本について、問わず語りに一方的に話しかけるようになってしまった。解説ではなく、それぞれの書目についての私の思いをじっくりと語るのである。じつとその私の顔を見つめたり、薄くなった髪に手をやりながら、「フムフム」だけで付合ってくれたのであった。そして遂には「持ち帰ってゆっくりお調べなさい」と、何点かを包んで手渡してくれるようにさえなったのである。

専門分野の資料だけを追っていた若い頃とは違って、国文研に来たこともあって、何にでも興味を持つようになっていたので、こうした付合い方をしてくれたことはまことに有難かった。いや、何よりも、神経を磨り減らす日常から離れられる時を過すことのできる場を与えてくれたことに感謝している。

店仕舞いの通知の文面は、一年程前から薄うす予期していたこととはいえ、感慨深く読んだ。よき時代の雰囲気を持っていた古書肆が消えたのである。似た店が残っていないわけではないが、やすらぎの時間など求むべくもない。多分、こちらの老境の喪失感と結びついているのだろうが、それは、長年の研究仲間との死別の折の想いに最も近かった。いや、更に深いか——。わが内なるものの死でもあるからなのだろう。

購入時にはかならず書誌カードを作成しているので、それに拠って「いけだ」から入った本をふり返っておこう。

この店で入手したのは約五十点。最初の二、三年は江戸武家歌人の短冊ばかりだったように思う。流石《さすが》、東海地方だけに、真淵・宣長門の古学派の地方歌人は値が張っていたが、こちらのほしい堂上派武家歌人は手を出し易かった。白河楽翁側近の幕府歌学方北村季文も何枚かになったはずである。（これはメモなし）。

早い頃で記憶に残るのは、『二十一代集』の正保四年版本。後印本だが刷は良く、各集全てに安政三年の茅垣内奥田義雄の注（墨、朱、青墨、貼紙と詳密）が入っているのが眼にとまった。後に国文研の原本データ

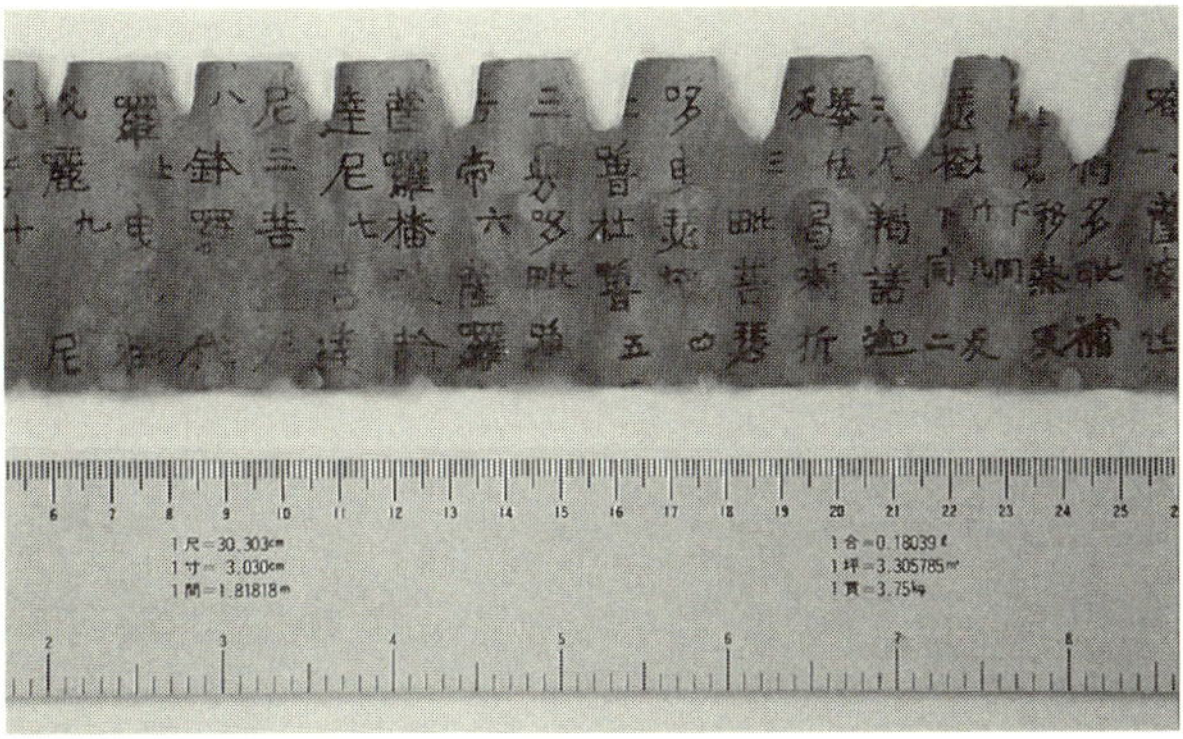

百万搭陀羅尼

ーベース古典コレクション（岩波書店）の第一回『二十一代集』CD－ROM作成の底本に提供、尨大な試行、実験の踏み台になった（後に国文研に初印本の美本が購入され、底本は変更された）。神作光一・長谷川哲夫両氏の『新勅撰和歌集全釈』（風間書房）の第三冊から「注」が採用されている。

西川祐信画『昔男時世妝』

『仿百万塔』はもう少し早かったかも知れない。「仿」と（私が）いうのは、木質にもう一つ自信が持てないからである。しかし、近代複製ではなく、十年以上見ていても、しっくりと落着いた存在感があって、気に入っている。塔芯の経文は真物で、「相輪陀羅尼」。損失部分は大きいが、八世紀の印面見飽くことが無い。

『江戸名所図会』二十冊は虫損甚しい不良本であるが、長谷川雪旦画像は、神田ッ子の私には充分鑑賞に堪える。

これと対照的に、自然地理学からは最も遠い『南瞻《せん》部州万国掌菓之図』（宝永七、京都文台軒版）一舗は、人間の想像力の恣意性（いや、ここにも発想の伝統性が働いているのだろうが、知識を欠いて判らない）が面白く、見入っていることが多い。

そして『色道談合草』三巻合一冊。ワ印。文章はなかなか読ませる。八文字屋本風の横本。末尾恐らく数丁を欠く。

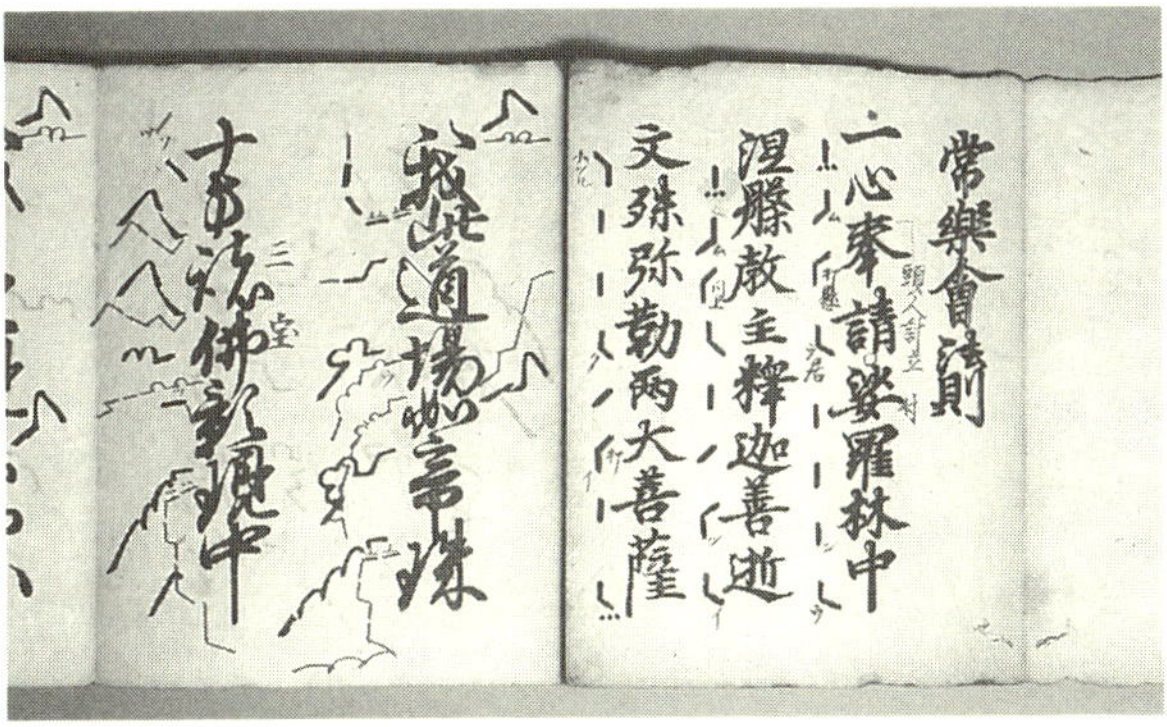

常楽会法則　寛永版カ

この後、西川祐信に嵌《はま》った時期があって、「いけだ」でも祐信・祐信流を数点入手した。『昔男時世妝（むかしをとこいまようすがた）』（京三条寺町めど木屋勘兵衛版）は巻五のみの端本だったが、絵は祐信と睨んで購った。今西祐一郎氏が平凡社東洋文庫に『通俗伊勢物語』として翻刻し、解説には「春信風」とするが（初印本は享保十六、武陽小川彦九郎、浪花瀬戸物屋伝兵衛、京城菱屋伝兵衛合版。国会本・京大本がある）、祐信画説は専家の故松平進氏の讃意を得て大喜びをした記憶がある。

『絵本富士錦』（美濃屋平兵衛版）二冊は、国書総目録に明和書籍目録によって「西川左京」作とし、所在情報を記さない本である（186ページ参照）。

このほか、外題を欠く端本で、柱題に『物争』一冊、『（近松寺）開帳』一冊も祐信流の挿絵だが、判然としない。

仏書が同じ頃視野に入ってきた。講式法則として最初の版本という高野版『常楽会法則』（文禄二年長月、泉空奥書。寛永版カ）、『三礼（無常表白）』（延宝四秋版）、（延宝四冬版）、（元禄十版）がそれであり、『大智禅師偈頌抄』（承応三版）二冊、『善光寺縁起』（元禄五　鈴木太兵衛版　平仮名本）、『十王讃嘆抄』（元禄版カ）、『塩山仮字法語』（須原屋平助版。平仮名本。享保版カ）、『往生要集』（和字絵入。元禄版カ）など、善本と評価される片仮名本を意識しつつの極めて恣意的な平仮名本集書である。

幕末絵入本では、黄表紙『菊水の巻』（初刻本。再刻本は絵柄がガラリと変る）、人情本『清談花かつみ』、滑稽本『口上茶番指南車』、合巻『あとみよそわか』『鴉墨画廼裲襠』と全てひどい端本ばかりだが、素人の気楽さ、欠脱部分を調べて、周辺に拡げてゆく勉強が楽しかった。

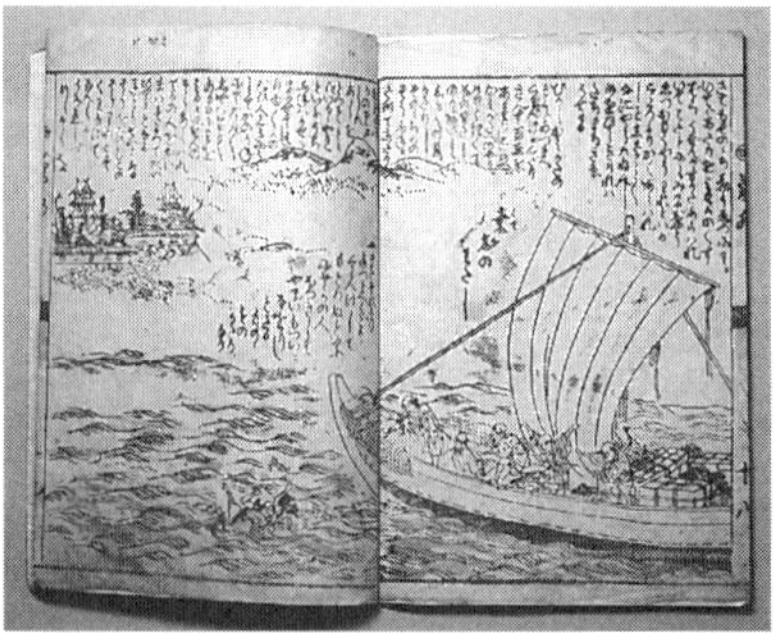
菊水巻　初刻本

ここまで来ると、他人様の眼にはもう支離滅裂ということになろうが、考現学的な図像資料集の『尚古造紙挿』（文政十三版）、往来物『書翰初学抄』（寛文九版）、『千字文絵抄』（慶応二版）、普段伝本が多いので却って手の出し難い『大和言葉』（延宝九永原屋版）、『句双紙』（元禄六版）『長明海道記』（鱗形屋版）、和刻本漢籍の『草書韻会』（洪武二十九。慶安四秋田屋平左衛門版)、『汗簡』(端本)、また『三体詩』(元禄九、井筒屋六兵衛版)、『古文真宝前集』(森槐陰手択本)、『同後集』(正徳二　文英閣版)などなども持ち帰ることになったのであった。

最後に、範囲外のものだが、チリメン本の日本昔噺シリーズ英文版をあげておく。二十冊のうち、第五冊『カチカチ山』を欠くが、保存状態極良好の美本である。二点再版本を含み、且つ統一装丁なので、再版に際して統一的に整備した本なのであろう。

こう書いてくると版本ばかりになっていることに気づく。歌書類など写本も買っているのだが、「『いけだ』は版本」というイメージが強い。写本研究だけで育ってきて、版本はほとんど覗くこともなかったのだが、国文研に来て館内外の版本研究者に取り囲まれて手にする機会がふえてくると、これが面白い。しかし、基礎知識の欠けていることの自覚はあるから、手元不如意であることも手伝って、通常はかなり慎重で質としても真当な集書をしたつもりである。それがこの「いけだ」では勝手に振舞わせて貰って、つまりは、版本の雑多な部分に気づかせられたということになる。丹緑《たんろく》本や黄楊《つげ》版豆本の面白さを知識ではなく、実感したのもここの零本だったし、版本千載集諸本の本文整理の切っ掛けを作ってくれたのも、古典の明治版本や明治・大正の複製本の意義を考えさせてくれたのも、ここの本の堆積の中だったという思いが強い。事柄の性質上、どうしても一部は研究に関わってしまう部分もあるが、概しては、個人の趣味に徹したことが、追想を清爽《せいそう》なものとしてくれているのだろう。

哲二氏は足は弱られたがお元気なようである。送られた新茶を味わいながら、なつかしい父娘の姿を想いやっている。

（二〇〇一年五月）

＊　＊　＊

池田哲二氏は、平成十六年二月六日に逝去された。賀状に娘のやよいさんの添書で、九十歳を迎えたが元気の由であったので安心していたところだった。

後事の私信では、古書と古美術の好きな道を楽しんで、悔いのない人生だったといっていたという。晩年の到達した心境としては、そうであったろうと推測される。静かになつかしく回想されるお人柄であった。

しかし、人生の盛りに御自身で書かれた随筆集によると、もう少し動的な部分のあったことが知られる。

二度の投獄経験がユーモラスな筆致で書かれている。一度目は、ビルマのインパール作戦の敗け戦《いくさ》の後の収容所生活、二度目は、まだ何かとセンシブルであった韓国での、古美術・古書の仕入後、「文化財」国外持出し嫌疑での収監である。大邱《テグ》地域中心に、かなり質の良い品や美本を入手し、気分上上で釜山から出国しようとした所、税関で引掛かって、結局、裁判にかけられ、有罪で、臭い飯を喰うことになったとのこと。税関で正面から出られると思っていたわけだし、裁判も充分な弁護が受けられなかったようである。業者仲間の支援の働きかけや、大使館も動いてくれて、早めの釈放となったようだが、罪人と扱われたことは

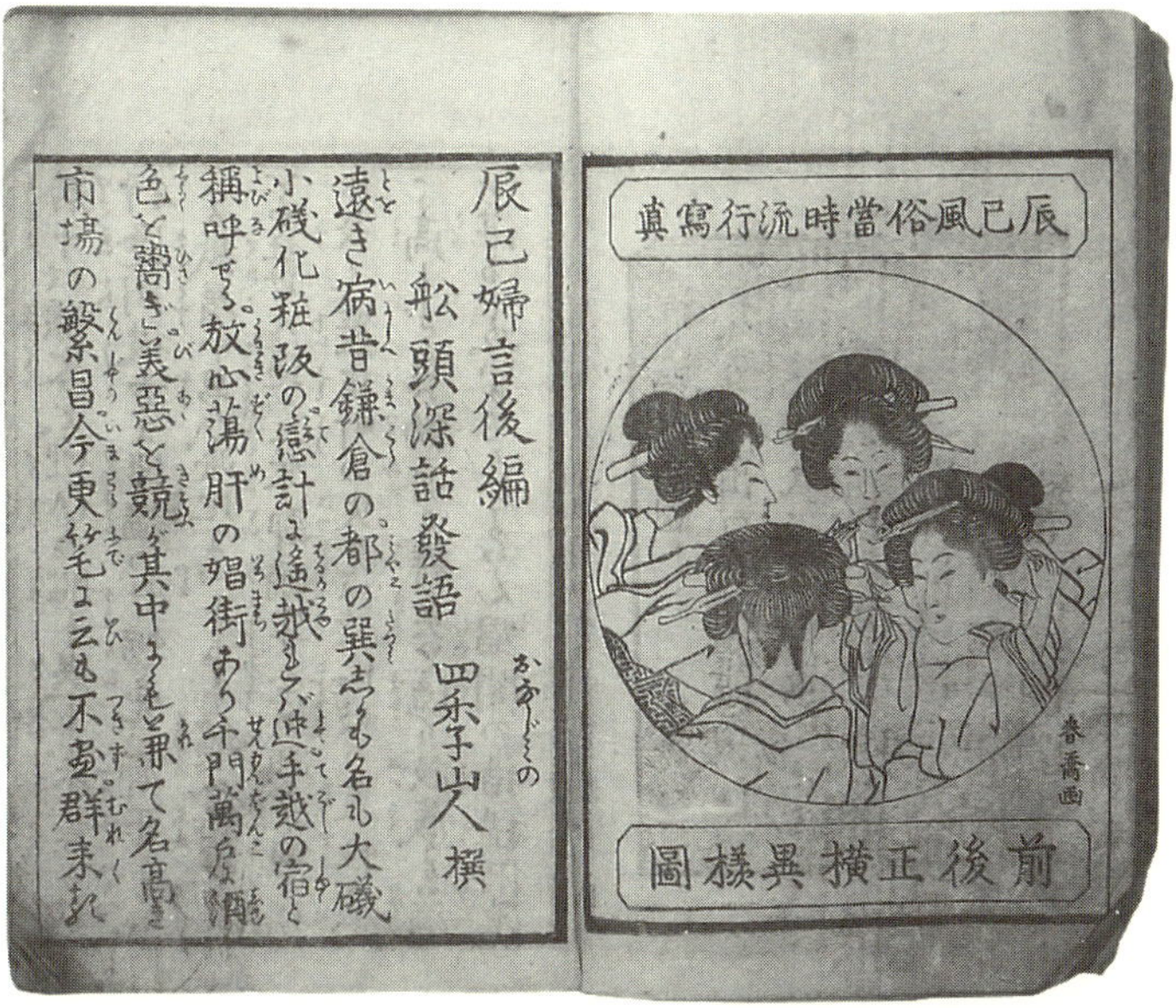

確か。しかし、文面では楽天的に身を処し、実際、深刻ではなく受けとめ得たように推測されるが、むしろ、眼を輝かしながら物を追っていた姿が彷彿として、池田さんらしいと読んだ次第であった。

　生前、私をも心にとめてくれる一人にして貰っていたようで、形見分けの形で、酒落本の端本、四季山人（式亭三馬）の『船頭深話』の上冊を、ややよいさんが贈って下さった。やや疲れ本だが、刷は滅法良く、春喬の画が震い付きたいほど好いし、仕掛け多く機智に溢れた本体も、従来見ていた架蔵の小汚い紙面では味わえない、初印本の魅力を湛えている。江戸草紙本の専門家でないことをよく承知している父娘の話の中で、私に、と指定してくれた思いを、嬉しく受けとめたのであった。

2-a ソウル、仁寺洞 寛勲古書房

仁寺洞（インサドン）は骨董の街である。ソウル旧市街の北東部、皇城の景福宮正門から南面してみれば、左京、歩いても十分程で仁寺洞の西北隅の入口。それから弓なりの道が東南にかけてゆるやかに下っており、その両側、また脇道一帯に、陶磁器、箱物、家具等々の店が並んでおり、古書肆も四、五軒散在している。近時、舗道の敷石が整備されたり、近代画廊、ブティック、伝統茶の喫茶店などもふえて、若者で賑わって変質してきているが、なかなか魅力的な街である。

中程の北側、寛勲洞という脇道の一画に、寛勲古書房があり、この店によく通うようになった。年に二、三回のことであるが、東京から電話を入れておき、日曜の午後にソウルに入って、夕方かならず立ち寄るようにしている。朝鮮本には全く無知だったのであるが、木活、銅活の多彩さ、陶活などという珍品に出逢って、すっかり参ってしまい、公務の図書館蔵書の調査、収集だけで帰るわけにはいかなくなり、日曜に店を開けて貰う予約電話が習慣になったというわけである。

朝鮮版本の魅力は、何といってもゆったりとした大型本に、気品のある活字の配される版面の風格、風韻の高さにあるといってよいであろう。本を拡げる時の喜びをこれほど感じさせてくれる例は、善本を知らない水準の私には和本ではなかなか望めない。写本にはほとんど眼をくれず、版本に熱をあげたのであった。例によって授業料をかなり拂って、このところやっと客観的に見られるようになってきている。

最初は『古文真宝前集』『大学衍義《えんぎ》』（銅活字）と『玉纂』（陶活字）が切っ掛けであった。古文真宝は、前後集とも享保、正徳の明朝体の和刻本（森槐陰旧蔵本）に馴じんでいたから、特大本（三三・八×二二・三センチ）、朝鮮綴（五穴）、ゆったりとした十行本の初印象は輝くばかりであった。同じ年の秋二度目の訪韓で入手した『真西山讀書記乙集上　大学衍義』（巻四十、四十一）の端本も、のびのびとした筆致の活字に、二行割小字はカッチリと厳しい線を見

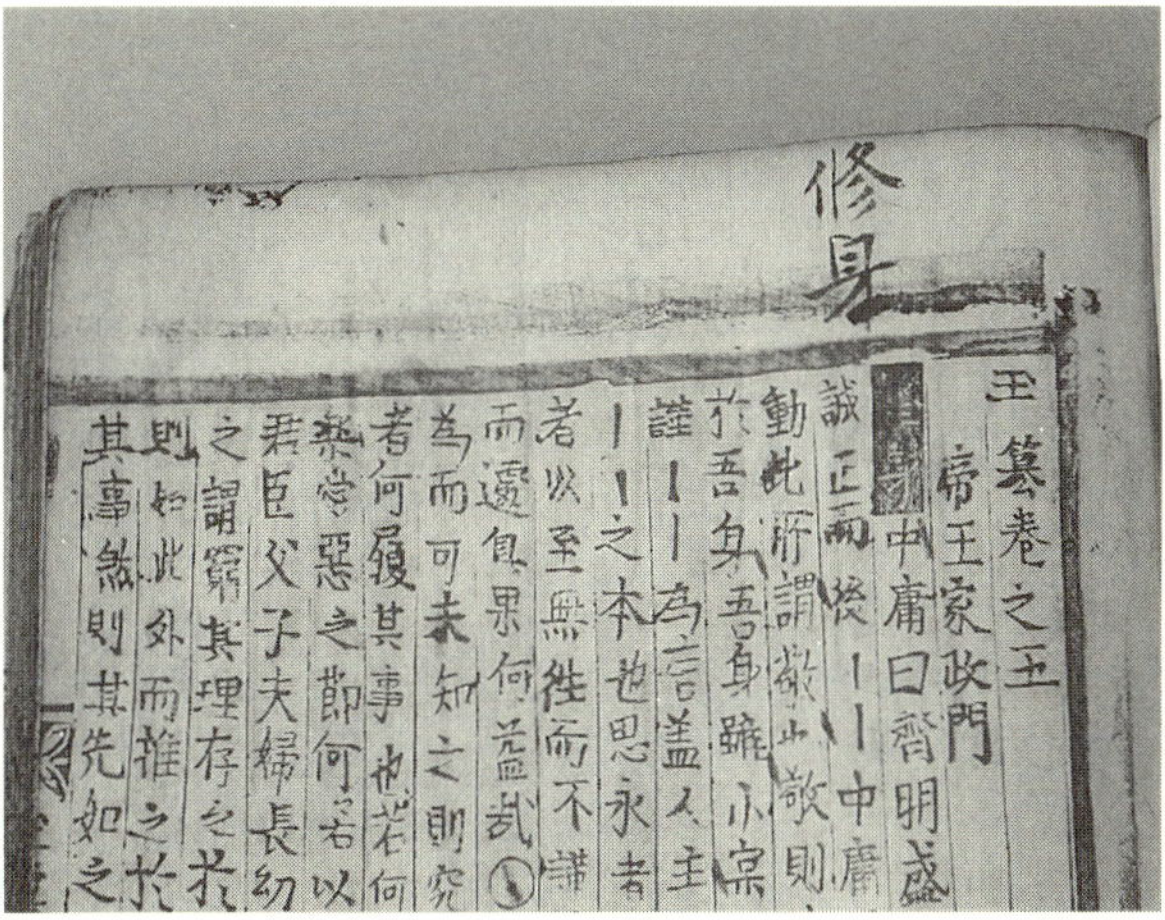

陶活字本

せて、ほれぼれする版面であった。後者は、千恵鳳氏『韓國典籍印刷史』の図版の「世宗一六年（一四三四）鋳造、初鋳甲寅字　印本（実物大）」の解説写真に比すと、天地がやや短く、幅員は広いが、字体・版面に遜色ない古態を保っている。それに比べると、『玉纂』巻四、五の端本は、初めて手にとった陶活字本で、一七行という細い罫線の間で、活字がグニャグニャと曲り、踊っている。店主は英宗（一七二九）の頃の本というが、とに角面白い。

その後も興に引かれるままに、ぽつりぽつりと手にしているうちに、オヤと思わせられることに出逢った。これも『古文真宝前集』である。前記と同版かと思ったが、銹朱の「奎章之寶」の大型蔵書印が捺されていることから、入手して、帰国後比較してみると、似ているが違うのである。匡郭が四周単辺で双辺ではないし、各巻末の題詞後記の位置が、中

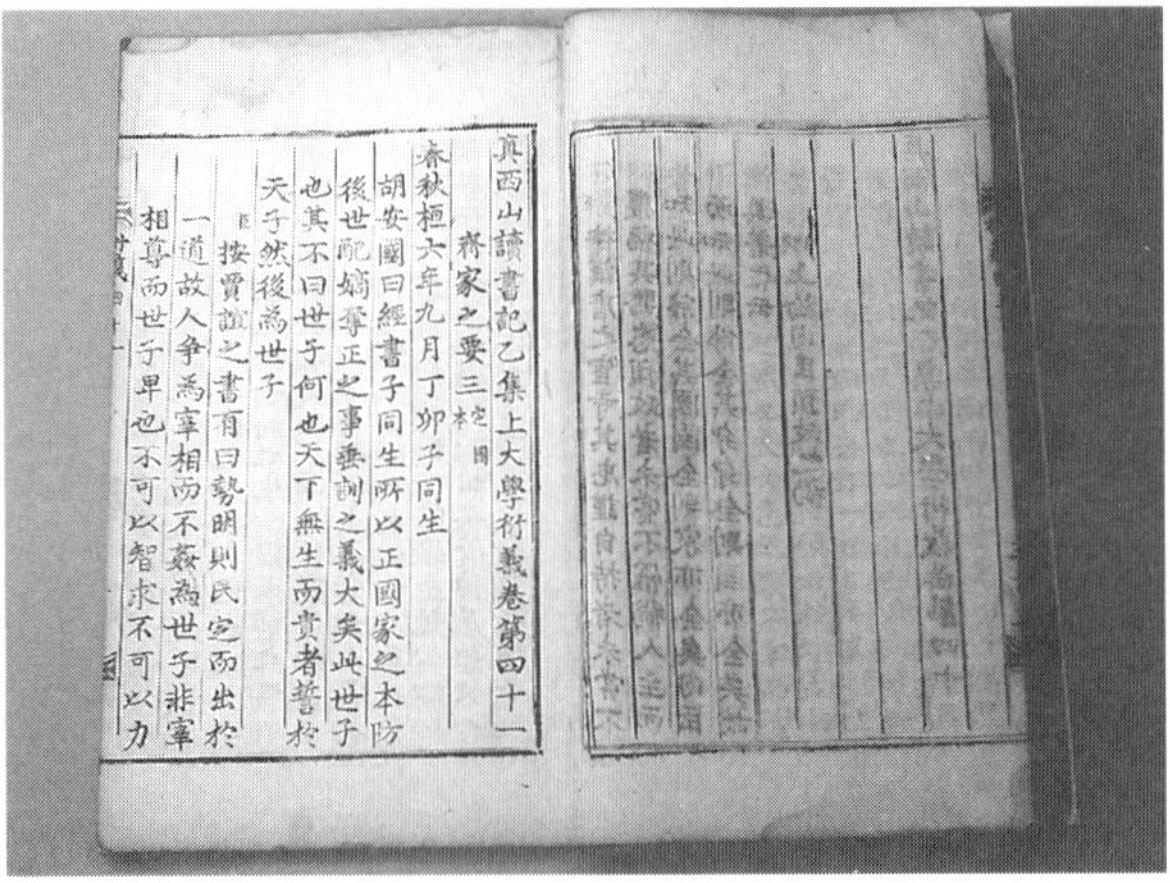
真西山讀書記乙集上大學衍義巻第四十一
齊家之要三
春秋桓六年九月丁卯子同生
胡安國曰經書子同生所以正國家之本防
後世配嫡奪正之事垂訓之義大矣此世子
也其不曰世子何也天下無生而貴者誓於
天子然後爲世子
臣按賈誼之書有曰勢明則民定而出於
一道故人爭爲宰相而不姦爲世子非宰
相尊而世子早也不可以智求不可以力

銅活字本

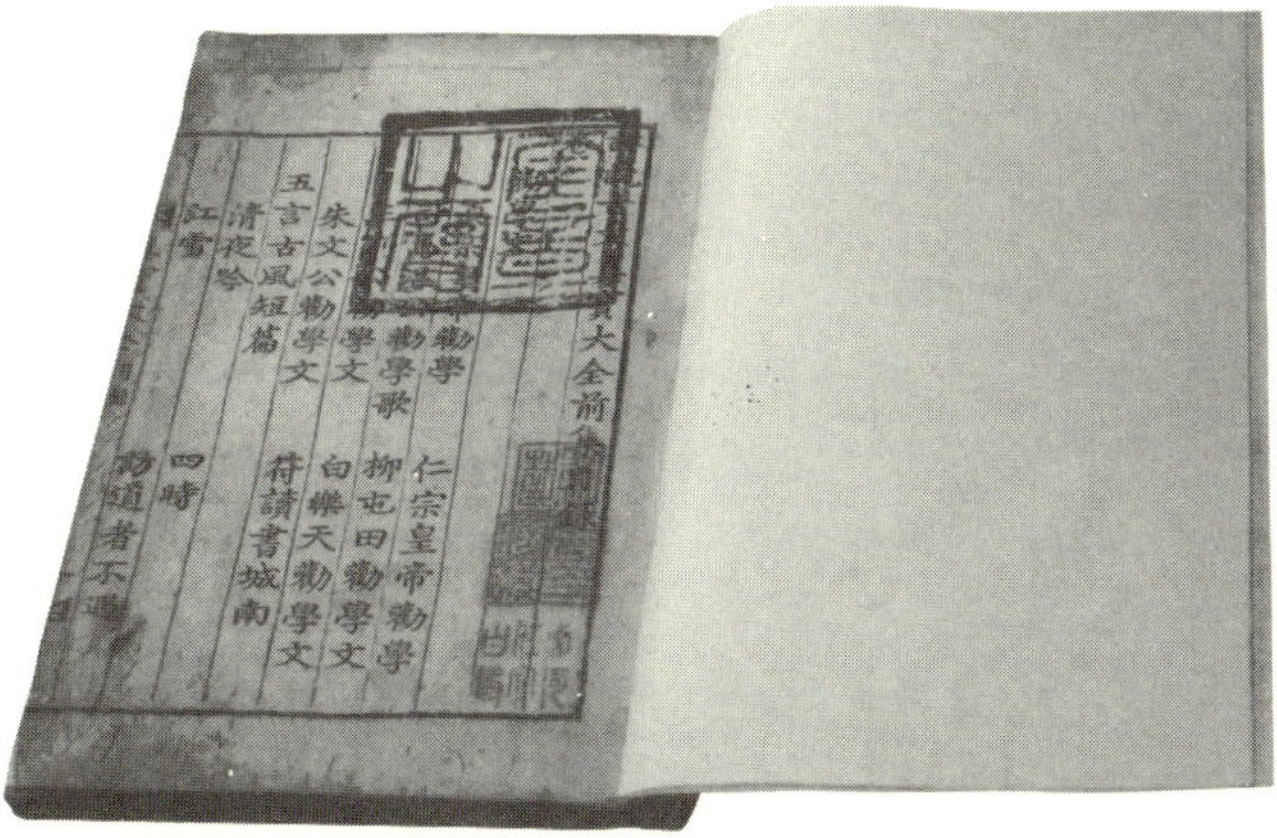
大全前集
仁宗皇帝勸學
柳屯田勸學歌
白樂天勸學文
朱文公勸學文
符讀書城南
五言古風短篇
清夜吟
四時
江雪

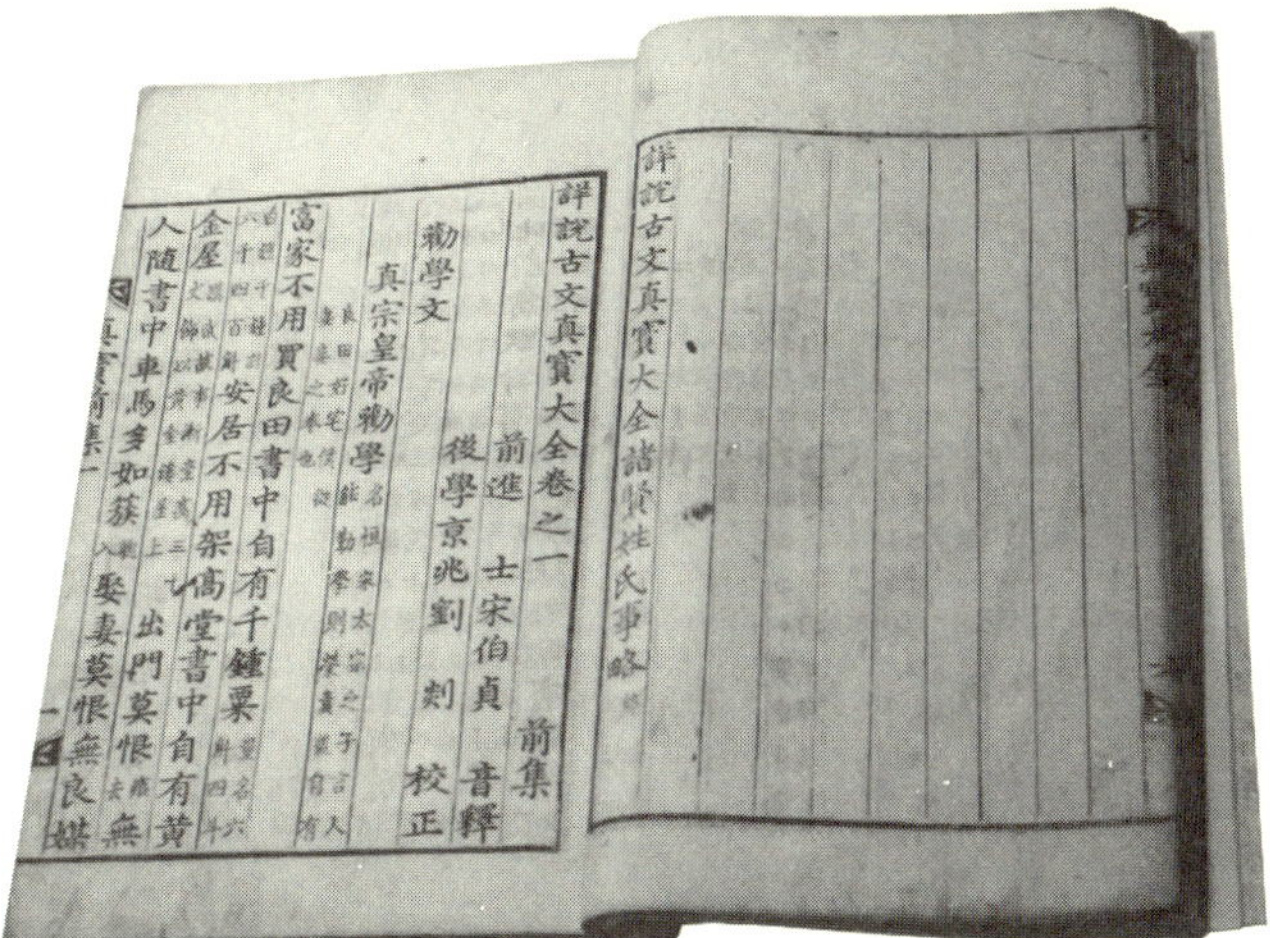
詳說古文眞寶大全諸賢姓氏事略
詳說古文眞寶大全卷之一
前集
前進士宋伯貞　音釋
後學京兆劉　剡　校正
勸學文
眞宗皇帝勸學
富家不用買良田書中自有千鍾粟
安居不用架高堂書中自有黄金屋
出門莫恨無人隨書中車馬多如簇
娶妻莫恨無良媒

央から最終行に移行し、「畢」と「終」の異同、そして端作りの、著者名の字配りにも違いがある。和本で当然常識として持っていた異版、初印、後印等の問題が、こちらにも在るということにやっと気づいた次第であった。こうして冷めた眼で見直してみると、わが愛人達は、それぞれに素顔で、勝手な姿態で坐りこんでいる。しかし、これでやっと普通の付き合いができるようになったのだと思った。

『古文真宝後集』では別の書肆で、珍しい和刻本を入手した。後集は慶長古活字版が二種知られているが、これは寛永丁卯（四年）、中野道伴版である。今のところ孤本のようだが如何だろうか（寛永七、道伴版は成簣堂、台湾大にあり）。内題は『魁本大字諸儒箋解古文真宝後集』と慶長版に同じ。大本（二八・七×一九・三センチ）九行本、六六丁の下冊のみの端本である。近時では、『二十四孝』のヴァリアントの『孝行録』万暦元年版の朝鮮刻本（末尾の後叙、刊記は新補）が面白かった。

近間の伝統茶舗に憩んで、ゆっくり一丁ずつ版面を確かめて行く時間を持てることの静かな充足感。が、他方、この街は何とも言えない素朴な活力に満ちた場でもある。日曜日の午後、賑わいを見せる舗道には、沢山の喰べ物屋の屋台が並んで、それぞれに人だかりがしているが、その中に、何と古書の写本、版本を満載した屋台も出ているのである。流石に雑本と呼ぶほかないものばかりだが、結構いつまでも立ち去らず、ひっくり返している人が多い。詩集の写本を購ったことが何度かある。隣の屋台の粟菓子とほぼ同額で、流麗な筆跡の五言

松原九大教授、李室長、筆者

絶句が手に入る街が、今時どこにあるだろうか。

そして先月、貴重な体験をした。帰国前日の夕方、寛勲洞を北に抜けて行った時、大きく開いたガラスのショウウィンドウの中の家具の棚に数点の古書が見える。這入って手にとると、小本の字書と、絵入り和本『明月余情』の大正年間の複製本である。何と驚いたことに「朝鮮総督府図書館印」と、見返しには昭和二年の楕円形購入印が捺してあり、図書番号のラヴェルも貼ってある。この数年、国立中央図書館で五百点は見てきた、馴じみの旧総督府本である。韓国の中央図書館印は無いから、移管以前に坊間《ぼうかん》に流出したものであろう。総督府印に魅力を感じたが、仲間の所に戻した方がよいと思い定めて、二点に五万ウォンを拂い、翌朝、帰路の仁川空港とは逆の方角の中央図書館にタクシーで向かい、七階の古典運営室に李貴遠室長を訪ね、手渡してきた。いつも穏やかな微笑みを絶やさない李さんが、意外な再訪に驚きながらも、話の筋を直ぐに理解して、にこやかに納めてくれたのは言うまでもない。フランスで書誌学を修めたこの実力派の才媛は、外側の雑音、偏狭の容喙《ようかい》を許さず、大きくも

街頭の古本屋台

肌目の細かい配慮で、われわれ日本側の作業を平穏に持続させてくれているのである。古典籍は人類全体の文化資源であり、誰もが利用できるようにするという認識を、国の別なく一般に共有して貰うために「戦っている」、いわば戦友としての共感が、私たちの間にはある。今迄何度、いや、現になお、それを阻む障害に悩まされ続けているだけに、この感情の共有は嬉しい。金甫から仁川に空港が移って、長くなった道のりの間、熱い思いに包まれつつ、車の振動に身をゆだねたのであった。

2-b 光州《カンジュ》、弓洞《クンドン》骨董街

韓国には、もうかなり通ったことになるが、ソウル以外の地方に行ったことはなかった。それが、昨年秋、国立全州北大学校で催された、韓国日本語・日本文学学会（現在、韓国では同性格の全国学会が五つも併立していて統一されていない。その事情は後述）に招かれて講演をした際、同国西南部、全羅北道、南道に初めて足を踏み入れたのであった。東北大学在任中、留学してきていた金貞礼《キムジョンレ》さんが全州南大の文学科の主任教授をしており、丁度、右の学会の事務局を担当していることから、私の話の機会を作ってくれたらしく、宿も光州に定めてくれたのであった。実は会場校の北大のある全州《チョンジュ》市と南大の光州市は百キロ以上離れているのであるから、金さん運転の車の送迎も大変だったはずであるが、どうしても私を光州へという熱意にほだされて、厚意を受けることにしたのだった。

学会は、会衆四百人程の盛況で、午前中に国立国語研究所の山崎誠氏の日本語シソーラスの話と私の和歌の題の本意の講演、午後から翌日一杯が分科会の研究発表会であった。名簿によると大勢が全羅道の研究者であることは間違いないが、全国大会の名の如く、全国にわたっている。さて、前記の同性格学会の併立の点であるが、自然発生的で整理前の段階という面もあるものの、現実の問題としては、中央政府の、大学並びに研究・教育者個人別の評価に原因があるらしい。特に私大では、教育面ではシラバスを提出させ、後でその通り授業が行なわれているか否かを学生にアンケートを廻して調査する。（良心的な教員程、入ってきた学生に合せて授業を展開させて行くから、シラバス離れは当然で、そこへ学生アンケートをとっても、良い点は出てこない）。そして、三年毎に集計結果で全大学のランクづけをする。その順位の上下で応募者の増減が生ずるという深刻な情況がある。無論、研究面も加味されており、学会機関誌への掲載、口頭発表も重要なポイントとされるから、なまじ、学会が統一されることは、機会の減少を意味するので、なるべくこのままという気分が、各学会ともにある、との事情通の解説を聞いた。無論、正確なことは判らないが、それに近い実態であるように思う。国文研としては研究情勢の全貌が知りたいので、せめて連繋委員会を作ってほしい旨を各学会に申入れ、その方向は平成十五年の時点では出始めているところである（根底の問題としては、学術全般の中心であるソウル大学に、戦後五十年にわたって日本文学科が存在しないことが

木活字

あると推測する）。

さて、翌日の空き時間、光州市の骨董街、弓洞に行ってみたところ、日曜で閉めている店が多いが、二軒程僅かな時間、覗くことができた。全体にソウル程の質の高さはないが、量は四軒だけでもかなりある。心を残しつつ撤退したのであった。

さて、年明けの二月、国立中央図書館に行く前の土、日に光州を訪れることとした。成田－仁川－金甫－光州が、羽田－金甫－光州と短縮されたこともあってのことである。土曜の夕方、弓洞に入れる有難さを感じた。特に斯道文庫の佐々木孝浩君が同道してくれたのが心強い。それに国文研の大高洋司さんと山田直子さん。大高さんは関西時代、日文研客員の金貞礼さんと俳諧研究会の仲間だったし、金さんが国文研客員の時、山田さんとの交友も深い。訪書の折は、個人でなければ気心の知れた仲間意識が肝要である。

この夕刻の収穫は微少だったが、佐々木君の誘引で、木活字に手を出してしまった。私は二行割注用、小活字一箱。一行24本で四五行あるから、約一〇八〇字分（空き間がある）入っている。佐々木君のは中字で彫りの鋭さがわかる。一寸好い気分で夜食会に臨んだのであった。

翌朝、別の店では、金庫から出してくれた台紙貼りの高麗版断簡数十丁分は、確かに良品だったが、少々、いや大いに考えこむ値だったので、旗を巻いて退散。しかし、痛なので、引き返し、窓際の木活字端本を二点。ほとんどとろとろに融解状態だが、腐魚の残骨の鋭い線に惚れたと理屈をつけて、五千両。流石眼が高いなどとの店主の世辞も背に、足どり重く撤退した。

今回は、翌夕ソウル仁寺洞に廻ったが、気合充実せず、木活大字本文、銅活字注の『資治通鑑』（一四世紀）など魅かれるものもあったものの、思い切って行けず、佐々木君に完敗。彼の慰撫の薦めの漢籍の端本でお茶を濁したのであった。

3　パリの古書さがし　和本の挿絵本とフランス挿絵本

セーヌ河畔両岸の古本屋台は楽しい散歩コースである。ここで和本の掘出しものをしたという若手研究者の話を聞いたことがあるが、私は一度も出逢ったことはない。IHEJ（日本学高等研究所）での講義の一ヶ月の間に、偶然、オルセー美術館裏の九谷焼店主に紹介されて、ある程度まとまった和本に出逢うことになった。ドルオー druot に、ベルナール・ルソー B. Rousseau という人が店を開いているという。

ドルオーはオペラ座から地下鉄《メトロ》で一つ目、古書の市が開かれたり、切手を扱うアンチキテ（古美術店）の多い街である。駅を出て、大通りからドルオー通りに入り、右折してプロバンス通りを五、六分程歩いた、美術店が減った辺りに暗い感じの店はあった。

電話を入れておいてくれたので、ルソー店主は直ぐ出てきて扉を明けてくれた。

どんなものが見たいか、というから、全部見たいという。

四、五十点は卓上に置かれただろうか。二、三時間もメモをとった。その間、客は一人しか入ってこなかった。結局、値段との相談で、

　絵本言葉種一冊

とワ印一冊だけを購入した。絵本言葉種《ゑほんことばのたね》は今のところ、目録類に出てこない。写真の如く中本、行成表紙で、原題簽。料紙は八丁ォまでで以下欠脱。序もないが、絵は祐信風で、上方絵本たることは間違いないが、かなり後刷本と見てよかろう。大高洋司氏の教示によると、(柱)の見開き（三ウ、四オ）は、方広寺大仏殿、(紋)の見開きは、生玉神社の扁額と、「女祭文」の大団扇は、高津社を描いているのではないかとのこと。上方各地の年中行事の風俗画集か。

艶本の方は、縹色の地に、金銀泥で雲霞文様と菊花を描いた表紙の中央に、白紙短冊の題

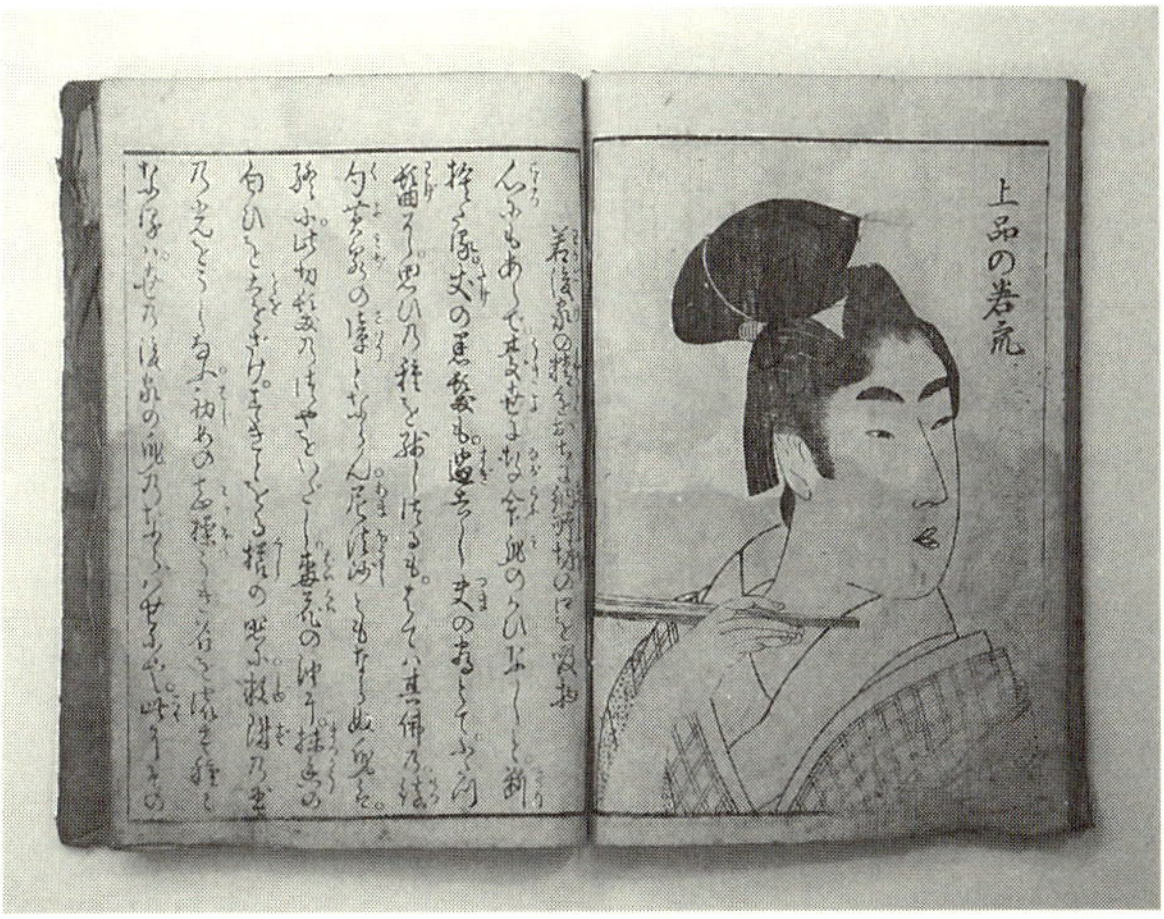

艶本

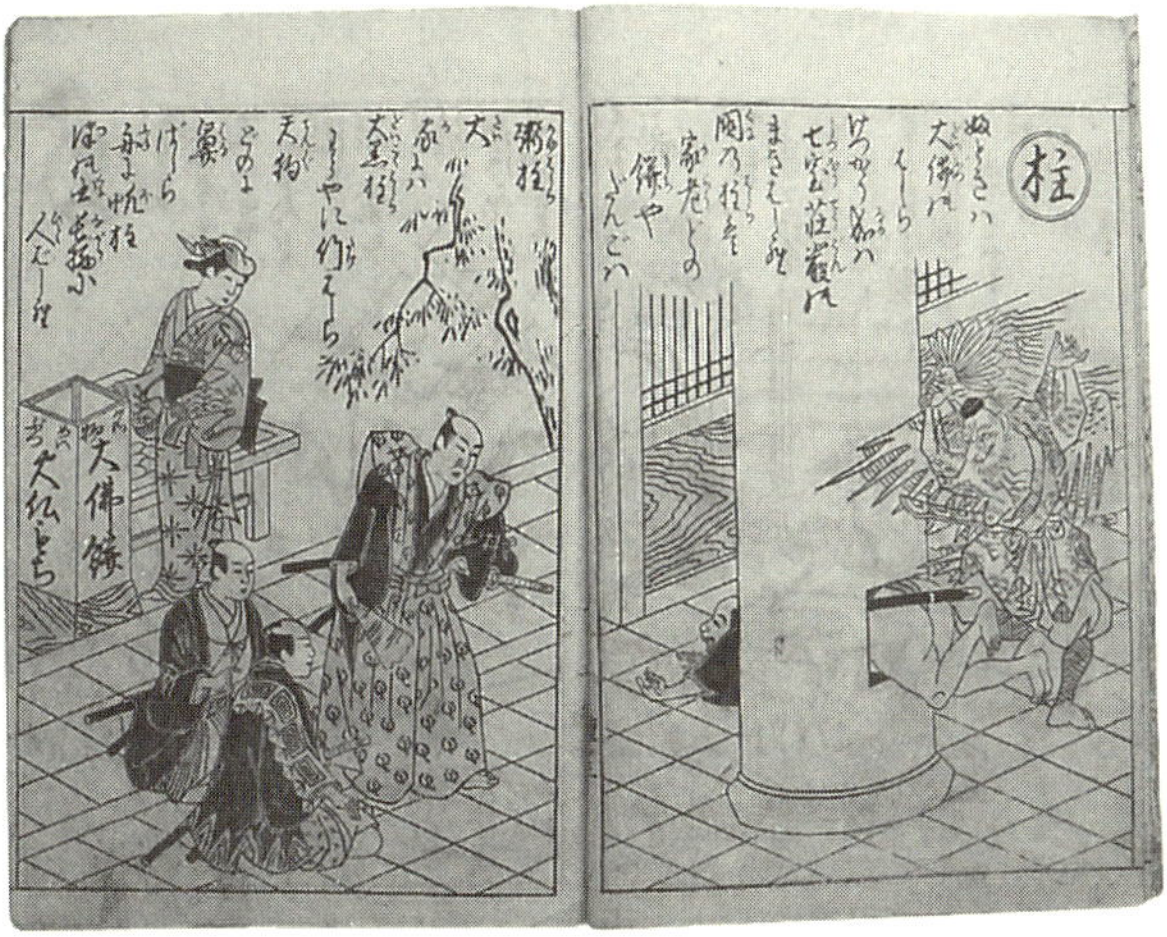

絵本言葉種

簽を貼った跡が残るが、ほとんど剝離して、下部の一部に「喜」の外題の一字のみ残る、中本。「享和弐のむつみ月」の「道楽人（印記代りの熊手が刻されている）」の序があり、一オ「上品の娘」、八ウ「上品の若衆」と題する人物画は、明らかに歌麿風である（この二図に挿まれた、見開き六図十二面が、バレ絵である）。そして、この後に、「若後家の精進おちに納所坊《なっしょぼう》の口を吸物」の題で、六丁十二面分の文章が続く。現状は疲れ本という他はないが、実に丁寧で上品な作りの本である。版心の丁附には「上」とあり、原型は上下二冊本だったのであろうか。なお、丁附は、絵と文それぞれまとめて「上ノ一（〜六）」「上ノ一（〜六）」と並んでいる。素人判断だが、歌麿作品と見てよかろう。

ところで問題はその後だった。

『傾城千尋の底』という浮世草子四冊本があった。浮世草子は架蔵に無いし、一寸気が動いたが、何かおかしい。それに値が張りすぎる。やめることにしたが、また気になってメモを少し詳しくとり始めた。

浮世草子は普通五冊本だ。結局、巻四の第九、十話が欠けていることが判ったが、題簽外題は刷題簽だが、その下部に、一、二、三、四止（原第五冊）と丁寧に墨書してある。それに序の年記が寛延二己年（一七四九）なのに、巻末の刊記は元禄六癸酉（一六九三）とある。一見、奇麗な完本に見せかけた本であることが、非専門の私にも判った。あるいは事情に暗い外国人向けに仕立てられたのかとも考えた。机に戻して帰ったのである。

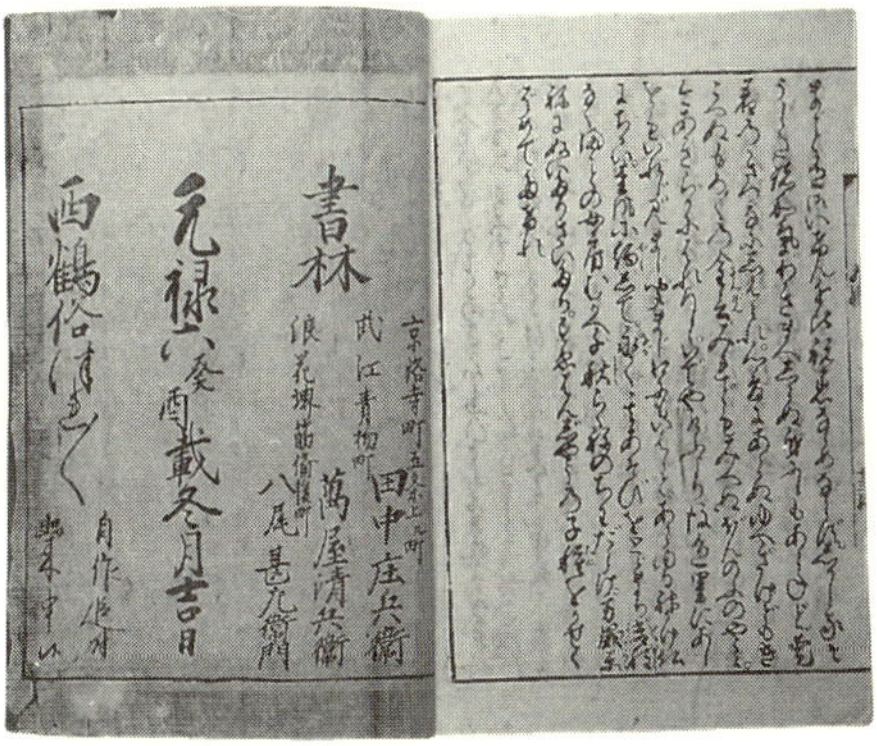

ところが、翌朝早く、ホテルのフロントから電話があった。早口で名が聞きとれなかったが、客人が来ているという。出て行くと、ルソー氏である。駐車場の車に誘われて、車中に入ると、件の本を取り出し、半値にするから買ってくれとのこと。まだ、高いと思ったが、結局、手を打つことになった。

帰国後、長谷川強氏の『浮世草子の研究』の書目解題を読むと、あやしさは変らないが、入手してよかったという気になった。

元禄五年刊の『諸わけ姥桜』の改題本で、総目録末の「東都之愚民遊色軒」を改めて、「寛延二巳とし初春／都之愚民遊色軒」とし、書型を半紙本から大型本にしたとある。「東都」→「都」は他の諸徴証と合せて、上方の本屋によって改めたと推測されている。この本が半紙本であることは、特に問題とならないと思うが、元禄六の刊記はやはり変で、他の何らかの作品のものを切り取って、貼り替えたものであろう。序末の寛延二の方は改題本としてはおかしくないことを知った。欠脱の第四冊には、「菱川がうき世絵」を「西川が〜」と改めた部分があるそうで、欠脱の理由もあるいは関連しているのかもしれない。各冊の挿絵（4、5、5、4、計18面）は明らかに師宣風である。

というわけで、収穫は少いながら、悪くはなかったと評価している。ところが、翌年行ってみたら店仕舞いをしており、行方も判らなくなっていた。上冊だけながら『長恨歌絵伝』の薄墨刷りの大型本をもう一度手にしたかったのが叶わず、残念である。

地下鉄《メトロ》オデオン駅近くの田中屋は、浮世絵を主体の美術店であるが、絵入本も置いている。最初の96年（平成八）には、西川祐信『絵本答話鑑』『絵本磯馴松』を購った。美術店らしく、状態は良いが、値は高めである。我慢をして包んで貰い、フランス人の買い振りや和本の流通情況を聞いていると、次第に店主も和んできて、渡仏二十五年の苦労話の過程で、「そうだ」と奥へ入って行き、未整理の端本を一箱抱えて戻り、見せてくれた。「商品ではない」というので、無理をせず、見るだけで店を後にした。祐信・春信・歌麿が混ざっていた。

次からは、最初から、端本、残欠本を出して貰う。98年には、祐信に嵌《はま》っていたこともあって『絵本寝覚種』『絵本玉葛』『絵本雪月花』の三点。どれも既に架蔵の端本と取り合わせで完本となった。それと『伽婢子』の一冊端本。

03年の『絵本真葛原』は巻首、巻末の欠けた残欠本だったが、長嘯子の『虫の歌合』を踏まえた作品である（全く異る新しい要素もある）ことが判って嬉しかった。片々たる作品の収集の醍醐味は、思いがけぬ他の作品との関連が見えてきて、更に広い文学史の問題を考えるヒントが獲得できることである。

とはいうものの、フランスの和本に関しての公的仕事の方の大量多様な内容に比すならば書く程もない小さな収穫であった。

これは、正直なところ、一方に、若いころからひかれたフランス文学の書籍を見て廻ることに時間を割きすぎたことにもある。関心の範囲は狭いので、国内でもかなり出逢える現状であるが、流石母国、版種も多いし、値幅も広くて選択ができる。

ピエール・ルイーズの歌『ビリチスの歌 Chanson de Bilitis』など、挿絵が画家によって、それぞれ味わいが違って魅力があるが、贔屓のエデュアール・シモー Édouard Chimot の一九二五年ダール・デヴァンベ D'art Devambez 版を購ってしまった。

上：バルビエ画　下：ソヴァージュ画

ビリチスの歌といえば、ジョルジュ・バルビエG. Barbier画、シュミットF. L. Schmied多色刷の一九二二年コラールCorrard版が別格の絶品で、鹿島茂氏が「二十世紀挿絵本の最高峰」と評される優品である。「ギリシャ趣味とラテン的逸楽への好み」の横溢した優美な色彩と構図、笠、扇、そして細い指先きの表情など、春信を連想させる繊細で神経の行きとどいた頽廃美を見せてくれている。限定一二五部の最高級挿絵本で、刊行後直ぐに愛書家達に秘蔵されたため、市場には全く出ないといわれていた。ところが、製作者達のための本が八部だけ制作され、その中の第三冊と標示された本を入手する機会に恵まれた（五十年待っていた本である）。箱や表紙こそ簡素だが、料紙、挿絵、本文刷面などは、正規本と全く変らない。

　挿絵は前記の通り。本文は活字版ではなく、和本で言えば整版である。料紙のパピエ・ジャポン・アンシャンに漆黒の文字の刷面が美しい。綴糸はなく、二四括りと三紙から成る列帖装で、一括りは四紙、計一七七ページである。表紙は半包背装で綴糸の無い、右の列帖を包み込んでいる。背表紙は皮製、著者名、書名等が型捺しされている。表紙で三二・八cm×二七・〇cmの大型本である。

　といった形態の美麗本なので、二六時中、展読するというわけにはいかない。

　それに比すと、近時、国内で入手したソヴァージュSauvage画、一九二七画家版と前記シモー画版は、机辺に置いてよく拡げている。特にシモーのとろりとした画風のそれは悪くない。

　これは、三百番台の限定版特装本である。深い藍色の革表紙マーブル装。見返しは、和風に言えば「墨流し」。

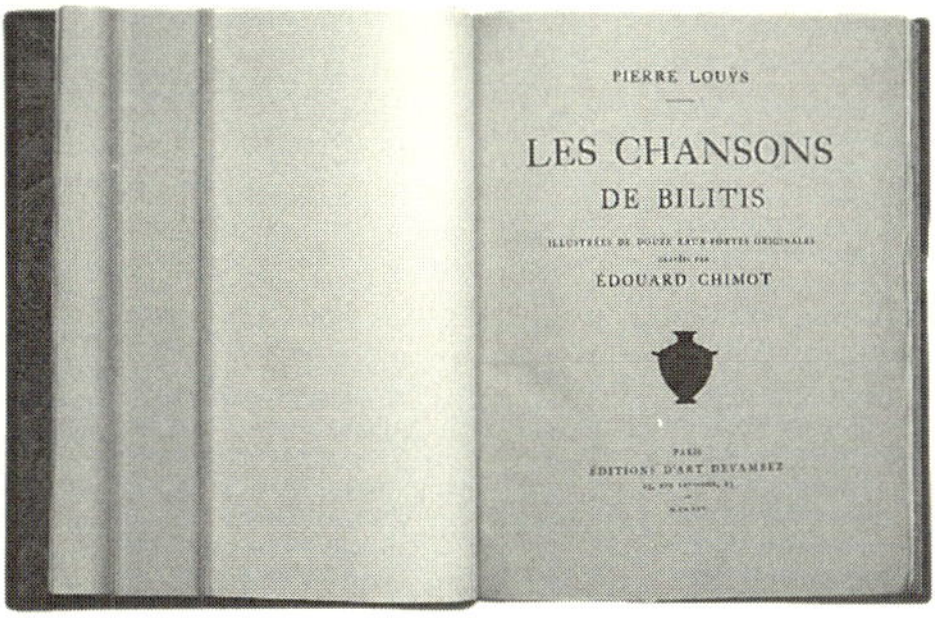

シモー画　扉

薄墨色に青、黄土、白を垂らしこみ、金砂を撒いた、品の良い仕立ての改装本である。本文料紙はMantval紙。各丁の囲み罫や、内題、見出し冠頭文字、カットの海老茶が絶妙の配色となっている印刷面。それにシモーの挿絵が愛らしい。

古代ギリシャの女流詩人サフォーと同時代の娼婦詩人ビリチスの詩集がその墓から発見され、そのフランス語訳という触れこみで書いたルイーズ自身の詩集（一八九四年）、という仕掛けが、芥川龍之介、中村真一郎の同趣向の作品の源泉になったことは推測に難くない。もっとも、この趣向の作品の少なくないこと今年（二〇〇二）国文研に客員教授で来ているRobert Jan Noël氏にうかがった。氏には各章扉のギリシャ語の詩（サフォなど）や警句を訳して貰ったり、この本を話題に色々楽しんだが、出版当時、今ごろ

春信風、バルビエ画

こんな詩集が突然みつかるはずがないと批判が喧すしかった時、ルイーズは、古代ギリシャ語訳をして反論をしたという話で盛り上った。古代ギリシャ語、ラテン語、サンスクリットから漢文（私の知らない数多くの古代語）に精通するロベールさんならではの会話を連日楽しんだ。ロベールさんの国文研でのテーマは「慈円、尊円の法華経和歌」だが、この和歌による法華経解釈の共同研究も、サンスクリット語の自在なこの人の手にかかると、解釈内容が何倍にも膨らんでくる。われわれ和歌研究者のみならず、参加された仏教学者にも益するところ多かったのではないか。何しろ日本の法華経注釈書の重要性の認識から、パリ七大の院生に、中国語としての漢文ではなく、日本漢文の読解力の修得を要求する先生である。流石、ベルナール・フランク（コレージュ・ド・フランス教授、同日本学高等研究所長）の愛弟子

シモー画

にして、後継者と目される練達の言語読解力の持主の、会話は並みのものではなかった。

これだけ楽しめば、入手し甲斐があったというものである。別格のバルビエ画版、ソヴァージュ画版も、それぞれに愛すること深いが、しばらくはこのシモー画版を掌中にして行くつもりである。

近時、和本の善本は高額になりすぎて遊べない。つい片々たるものの中に、内容的な価値を求めて探索するという姿勢になる。洋本も事情は同じだが、時に、祐信本と同程度の値で、物としての書物の繊細かつ堅牢な美意識に触れられるフランス絵入本で渇を癒すことになる、というものである。一九二〇年代の、料紙にPapier japon ancien（古和紙）を用いた本の魅力は汲めども尽きぬ思いである。

7　破《や》れ葛籠《つづら》

私の研究室は、書斎同様、整理の悪さ、乱雑さで知られていたらしい。不名誉なことでしかないのだが、事務局から、研究条件の悪さの改善要求の資料にするため、写真を撮らせてほしいという。東北大の文系では断然、先生の部屋です、わざとらしくなく、自然で困っている感じが良い、と不思議な理由で承諾させられたのであった。

整理の意志はあって、四六時中、注意をしているのであるが、文化資源ゴミがいつの間にか堆積して、学内一の状態に戻ってしまうのである。

フランス語の原二郎先生、あのモンテーニュ・エセーの翻訳（岩波文庫）で知られた方である、その原先生は片野先生と親しく、よく、四階まで上ってこられたが、時折、わが部屋に立ち寄られては、相変らず散らかっているな、とつぶやかれつつ、あの長身を折るように屈めて、椅子に身を沈められるのであった。来られた時は、毎回かならず一点、写本・版本を選び出され、その解説を命ぜられる。実に楽しそうに質問をされ、話題が拡がってゆく。機会が重なる毎に共有世界が大きくなって、ますますこちらも楽しませていただいたのであった。当時も、私の部屋には美術品的書籍などない。君が片々たる本こそ大切なのだというのが、よくわかってきた。生《なま》の資料が伝えてくれる人間の営みの深さ、多彩さ、面白いよ。

日本の古典の世界、読むことでずっと楽しんできたが、様々な感じとり方が見えてきて、実にいい。――これだけ学識の深い方と持った時間の貴重さを思う。

その原さんが、フランス研究者らしい揶揄をこめて、わが部屋を呼んで下さったのが、l'écrin であった。資源ゴミばかり出てくる宝石箱。瓦や瀬戸欠けばかりの葛篭である。その愛惜の瓦礫の、新顔の方の二、三をあげてみる。

①伝嵯峨本史記

この古活字大型本は、比較的に見る機会が多く、感じの好い本だと思ってはいたが、特にどうしても欲しいというほどのものではなかった。しかし、端本で、補修も入っている本だったが、入手の機会が廻ってきたとき、一目で気に入ってしまった。内容が好きな「越王句践」の、巻四十一（二）だったことも手

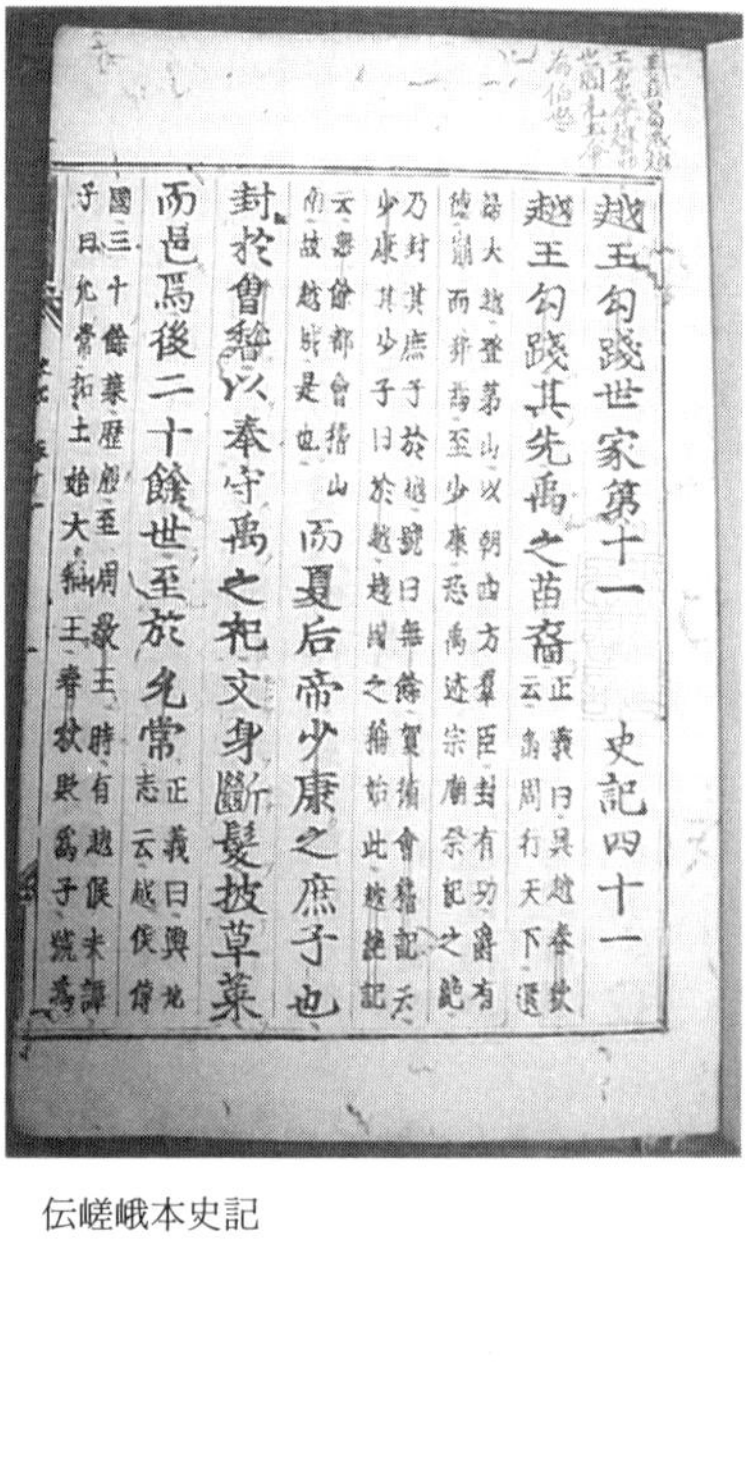
越王句踐世家第十一　史記四十一
越王句踐其先禹之苗裔
而夏后帝少康之庶子也
封於會稽以奉守禹之祀文身斷髮披草萊
而邑焉後二十餘世至於允常

伝嵯峨本史記

伝っている。「深謀二十餘年竟滅呉報會稽」の条あたりをこの紙面で読んだら堪《こた》えられない。栗皮色補修表紙、縦三〇・三cm、横二一・六cmの大型版面に、本文は八行、ゆったり組んである。黒川春村旧蔵本で「黒川氏／圖書記」の朱長方二行印が捺してある。料紙は楮紙、二巻合綴で四十四丁一冊本になっている。虫が少し入っているが、状態は良い。なお、綴穴は五穴の朝鮮綴である。

書き入れ、付訓、朱・墨点の春村の字がまた堪《こた》えられない。春村の読みこみの孜孜と努めた様が伝わってくるからである。版面の魅力もさることながら、先学の読みに沿って読める楽しさはまた格別である。

②豆本千載集

本書では専門分野の本は採りあげないことにしているが、これは例外。というのは、本書は拙著『千載集―勅撰和歌集はどう編まれたか』(国文学研究資料館原典セミナー3、一九九四年六月平凡社刊)で紹介してあるが、授業で用いたのは、国文研蔵西下経一氏初雁文庫本、平凡社版では、有吉保氏蔵本を借りて写真に用いた。今後当分研究書で扱う機会が無いので、入手した架蔵本を採りあげておきたい。

古典の豆本は、三代集、新古今集、伊勢、源氏、徒然草など、それも挿絵が丁寧でよいが、就中、千載集は黄楊版、料紙が薄様紙で硬質の刷面の美しさといったらない。

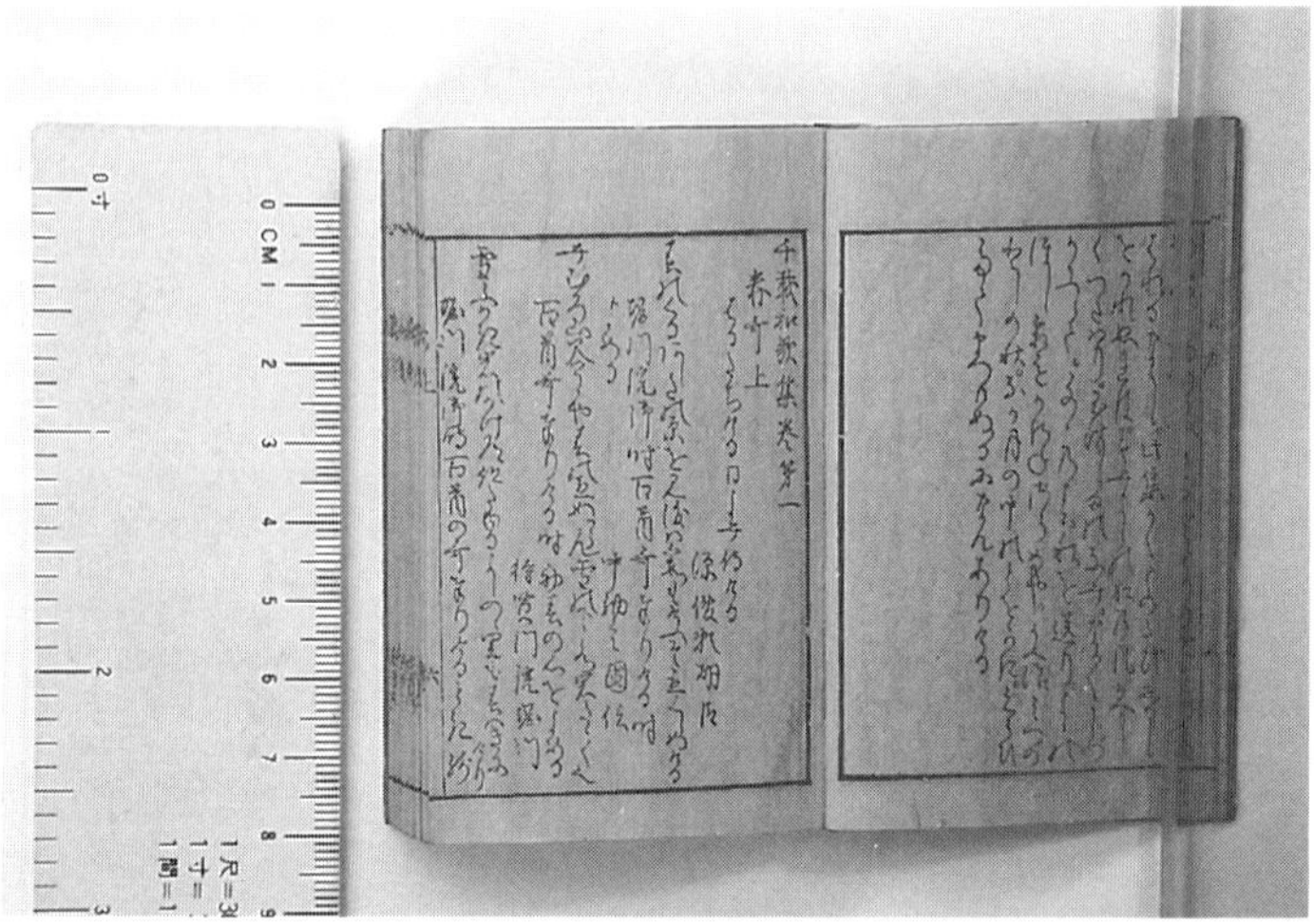

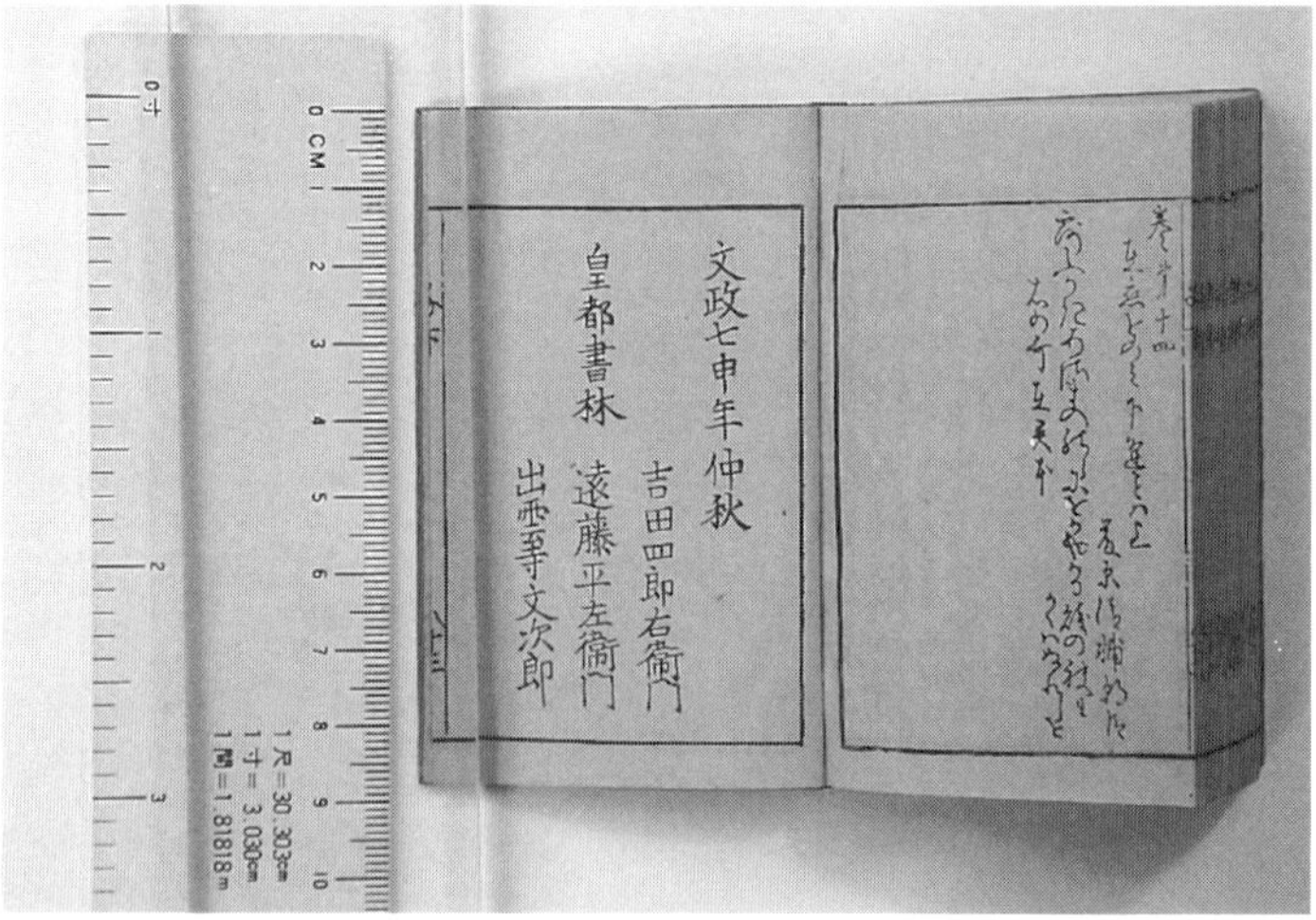
文政七申年仲秋
吉田四郎右衛門
皇都書林
遠藤平左衛門
出雲寺文次郎

千載集の版本の本文は、前記著書で論証しているように、正保版本（大型二十一代集）、小本二十一代集（牡丹花肖柏識語本）、絵入中本二種も全て同一系統本であり、この豆本も例外ではない。時鳥歌に誤脱があって、それが明治の国歌大観本に継承されているのである。従って本文的には注目すべき点はない。

しかし、絵入版本同様、三代集と新古今以外の勅撰集で、独立して刊行されている点は享受面から見て興味がひかれる。二種の図柄の異なった絵入本といい、豆本中でも抜群の美本であることといい、千載愛好の気運が強く存在したことをうかがわせる。あるいは、忠度集、頼政集の多量の現存状況と併せると、平家物語への好尚と重なるものかもしれない。

なお、絵入本は二種とも江戸版であるのに対し、豆本は、刊記に「文政七申年仲秋　皇都書林　吉田四郎右衛門、遠藤平左衛門、出雲寺文治郎」とあるように、上方版である。版面の品位といい、古典作品の格調に意を用いている点に注目したい。

③踊《をどり》形容《けいよう》花《はな》競《くらべ》

原本は五編、伝本はそこそこあるようであるし、架蔵は僅か第三、四編の二冊でしかない。にもかかわらずここに入れるのは、何といっても多色刷の美しさがほぼ原態通り残存している初印本だからである。

嘉永七年刊の合巻。正本写というらしい。江戸の歌舞伎評判記である。三編は忠臣蔵、四

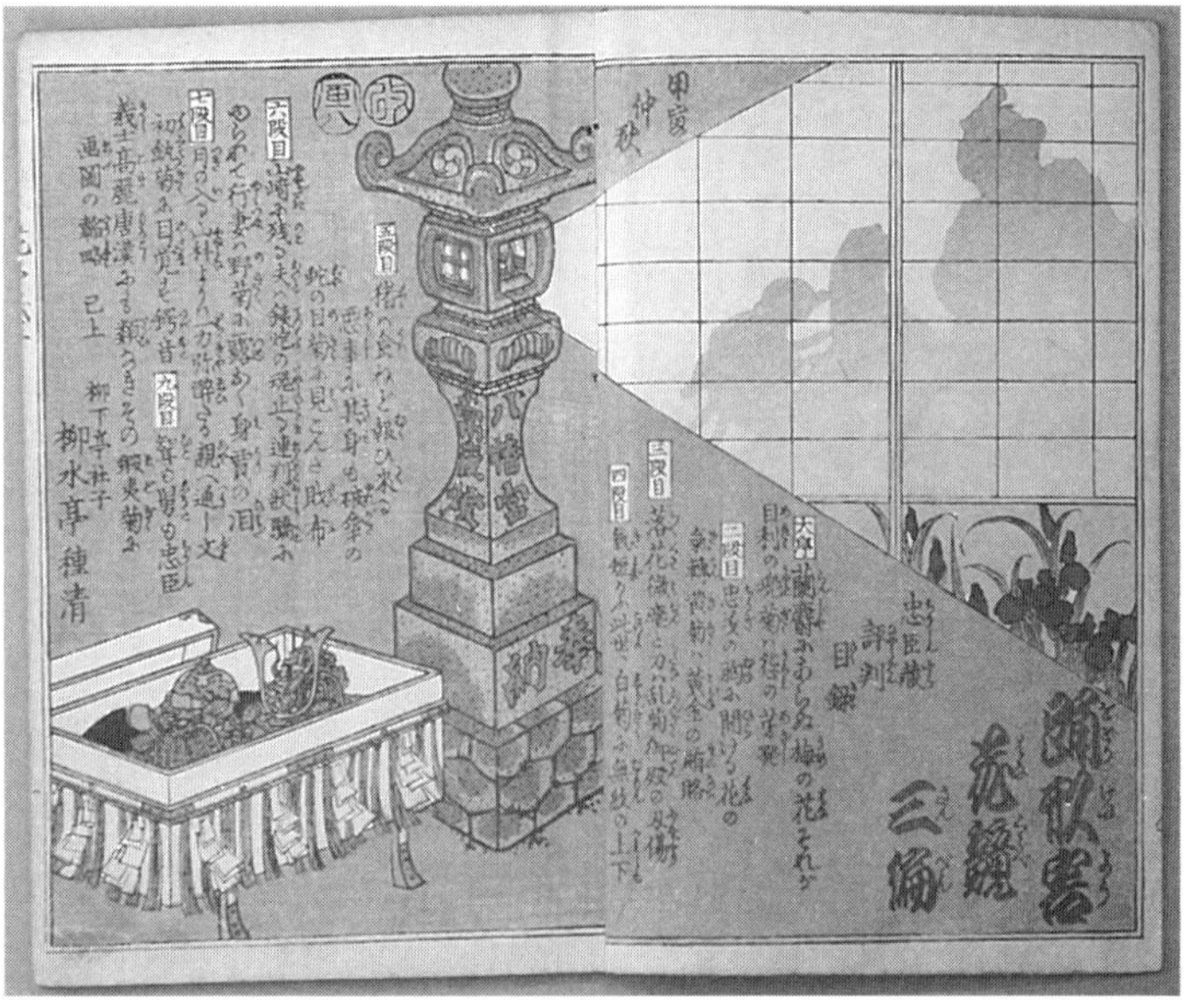
甲寅 神秋
已上
柳水亭種清

編は天地人東路評判。絵題簽で、作者は柳水亭種清、画師は一陽斎豊国である。種清という と幕末最末期の百編を越す著作があることは知っていたので、折に触れて集めていたのである るが、いずれもやや疲れ本、それに馴れて、こんなものかと、内容的な知識の増加だけに満足していた。

ところが、たまたま小品に面白いものの出る某書店目録に、端本で見かけて注文したところ、この美麗珍品が届いて、眼を見張った。膠入り墨の濃淡、暈《ぼか》し、型捺し、と刷の技巧の限りを尽してある。それまでの状態の悪い本では気づかなかった形質の魅力が華やかに眼を射した。高価な美術書ならともかく、このような大衆向きの絵入本（甘泉堂梓）に、豊国級の腕達者の画師の作品を活かすのだから当然といえるが、これ程の水準の高い画面を提供した、江戸末期の文化の質の深さに瞠目するばかりである。

④和歌渚の松

江戸（在住の歌人の和歌を集めた）私撰和歌集は、その活動情況や文学性の動向を知る上で格構の資料だが、まだ、充分活用される段階になっていない。（私見の概要は、新日本古典文学大系『近世歌文集上』岩波書店の解説に示している）。ところが、例外的にこの『和歌渚の松』は野村貴次氏により研究が進められ、本文翻刻もなされ、影印本まで備わっているのである。それならここに取りあげるまでもない、ということになるが、架蔵本は、あの狩野亨吉旧蔵の故を以て、特別の感慨をもつ美麗大型本なのである。

即ち、本書原本は八冊本であるが、一冊に合綴され、金泥で簾文様を捺した斐紙表紙に金泥雲霞文様短冊を左肩に題簽として貼り、「なきさの松」と優雅な筆跡の外題を付している。巻末見返し脚部の「松平はま」の所有者名らしき墨書きを併せて推察すると、大名家系の明治期の奥方に愛蔵された本ということになろう。初印本とは言い難いが、刷面の極めて美しい、保存度良好の伝本と言える。

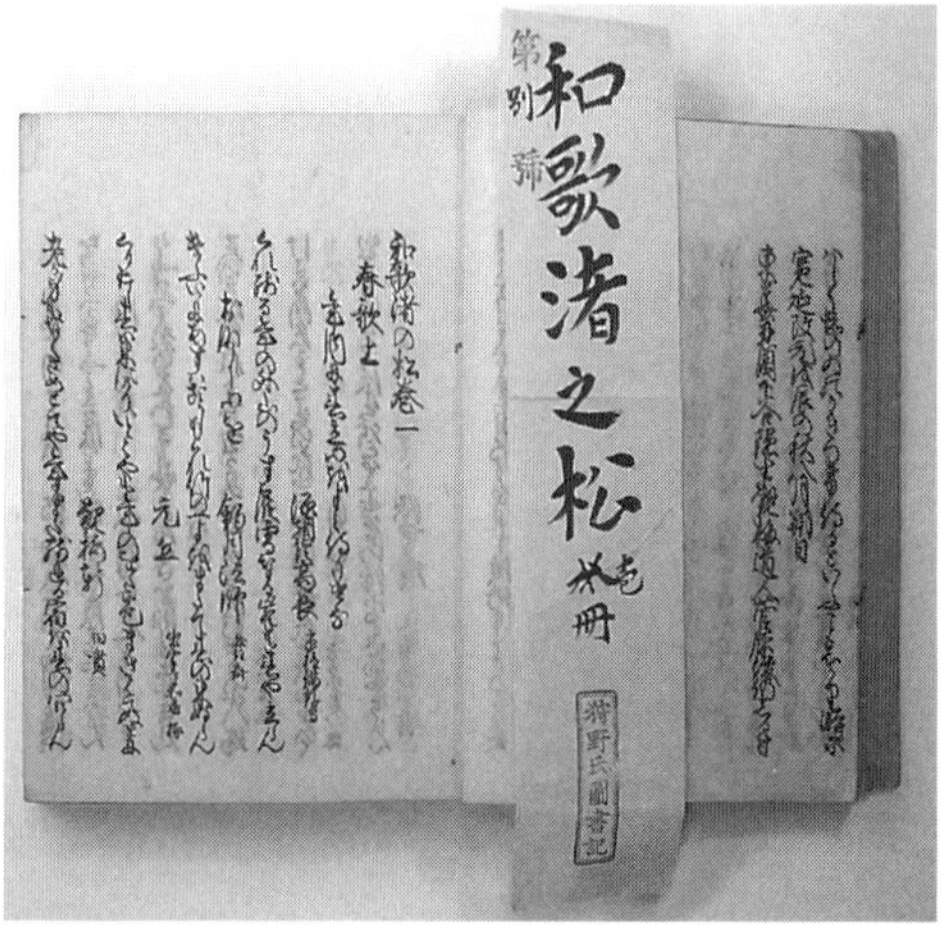

「和歌渚之松壱冊」（八を抹消して「壱」とする）と墨書し、「狩野氏圖書記」の子持罫朱長方印を捺し、左肩に「第別號」と朱印する封書紙短冊が狭まれている。

本集は寛延元年（一七四八）の撰。二十巻千五百首所収。部立に俳諧歌（巻十七、雑歌七）、狂歌（巻十八、雑歌八）が在り、赤穂義士の詠作や、名所歌（巻十五、雑歌五）に「飛鳥山十二景歌」「諏訪浄光寺八景歌」の江戸堂上派武家歌壇が開拓した「江戸新名所歌」を入集させるなどの特色があり、全体に江戸武家歌人の撰集の色が濃い。

私は、昭和四十九年から昭和の終りの年の秋までの十四年半に及ぶ東北大学在任中、出張などで仙台を離れる時以外は、ほとんど毎日、図書館書庫の狩野文庫の書棚（十万点に及ぶ）に通い続けた。八戸南部家本の調査から、各藩江戸藩邸の文事や蔵書の性格に未知の問題があることに気付いたのも、幕臣と各藩江戸藩邸在勤の武士で構成する江戸歌壇が各藩国元歌壇と連動し、堂上の古典文化財を全国の隅々まで伝播する、書物の流布、環流の装置になっていることに眼を開いたのも、八戸から帰って狩野文庫でじっくり確認する機会に恵まれたからこそ、のことであった。どんな片々たる資料にも目配りをする狩野亨吉の集書方針、これこそ現在の国文研の資料収集方針に合致するものである。国文研には重要文化財はどのくらいあるかという素朴な質問がある度に、一冊もありません、国文研は、お宝捜しはしないのです、と誇りかに言えるのは、狩野文庫体験を通じて得た書物観なのである。それだけに狩野さんの手を経た本が一冊は欲しかった。それが本書というわけである。

V　戸越だより

国文学研究資料館は、東京の城南、品川の戸越に在る。江戸中期に熊本細川藩の抱屋敷が置かれ、明治に入って収公、三井家に払下げられて、その一部が三井文庫となった。第二次大戦後、その敷地が国有化され、昭和四十七年に国文研がそこに開設された、という経緯がある。このような歴史を持つ地であるので、藩屋敷時代からの樹々や池が残されている。五階建の本館程の高さの樹木、柳や欅を仰ぎ見る充足感。二百年という時間が醸成してくれる雰囲気は、百年の目盛を単位にして、古書籍を調査、収集する仕事をしている国文研にまことにふさわしいと日々感じているのである。その建物に南面する池は、やや離れた戸越公園の池に最近まで水路が通じていた、大名庭園内の景観要素であった。近時の改修で、岸辺が円型の石積みに単純化されてしまっているが、それでも三十年の時代がついて、落着いた姿を見せている。様々な樹々に囲繞されているので、四季とりどりの表情を見せてくれるが、私は、葉の落ち静もった、冬ざれの、鴨の居る風景を好む。二階の館長室からは、斜めに全景が見晴らせて、執務の間の眼を憩せてくれるのである。

国文研では、年二回の館報を刊行している。ここへの寄稿は、当然、公的な性格を持つし、行政的な主題になるので、本書の他の文章とはトーンの異ったものとなるが、文学研究の共同利用機関の方向性を理解していただくため、まとめて載せることとし、国文研の海外調査活動について述べた他誌の一編も併載した。

1　臨池所感——館長就任

本（平成九）年度から館長を務めることになりました。市古、小山、佐竹の歴代館長の存在感が大きかっただけに気が重いことですが、転換期の実務処理には現場敲き上げの人間にも役割りはあろうかと引き受けた次第です。

開館から二十五年が経ち、五月で二十六年目に入りました。この間、調査された書誌カードは二十四万点、撮影されたフィルムは十四万点を超えています。研究者の大半が便利さを感じるようになるのは、フィルムで三十万点を超える辺りかと思いもしますが、一点一点を求めての訪書旅行の他の手段の無かった頃を知る身には、現状でもかなり利便の得られる機関になっているように思えます。

ここまで来るには、所蔵者の寛大な理解や、調査員の尽力に支えられたことは無論のことながら、館員の日常の地道な努力の集積に拠る所の小さくなかったことに想いを致しているところです。多種多様な書誌情報や研究情報の整理とそれを利用可能にする作業、これら全てについてのコンピュータ面からのバックアップ等々、開館以来続けてきた基本業務は今後とも営々と継承されて行くことでしょう。

この基幹的な仕事に、この二、三年、新しい変化が現われ始めました。佐竹前館長のリーダー・シップに拠る所大きく、私の仕事の第一段階はその方向を定着させることにあると思います。その「変化」について少し触れておきましょう。

本年度から、近代の文献資料の調査・収集・研究を担当する「第四文献資料室」を開設することになりました。古代から近代までの日本文学資料を一貫して研究の対象とする体制がやっととれるようになったわけです。といっても、近代百三十年の膨大な資料、多様なテーマを最初から一気に、一室で扱うわけには行きません。二十六年前に、古代・中世・近世の文献資料を対象として出発した時に既に備わっていた『国書総目録』も近代にはあるわけではありません。そこでわれわれは、長期的な展望に立ちながらも、当面、明治初期、二十年辺りまでを中心に実効の上る仕事に着手したいと思っています。従来の仕事との継続性に配慮しつつ、新境地に立ち向うつもりです。

この「変化」は無論歓迎すべき事柄ながら、当館にとっては革命的な事件です。「物としての書物」を対象にするのを第一義としますから、洋装活字本が登場して写本・木版本と混在する明治初年（ひいては近代全体）は、従来通りの調査・収集・整理を踏襲するわけにはいきません。現在、十二月十九日までの予定で「明治期の新収本」の展示をしているので、ぜひ見ていただきたいのですが、この過渡期の書籍の形態は実に多種多様で、装丁、料紙、活字のどれをとっても「洋装活字本」などとは単純化できない、書誌学の未開拓領域なのです。基本方針は本年度一杯をかけて策定しますが、今のところ、近代資料は、従来の慶応四年以前の典籍資料（国書総目録・古典籍総合目録収録の範囲の典籍）とは別立てにした方がよいのではないかと考えています。関連性・総合検索性に配慮しつつも、書誌カードのフォーマットも別にし、フィルムの撮影・整理・管理、購入原本の管理、冊子体目録からコンピュータ・プログラムも別にする。具体的には従来の『マイクロ資料目録』『和古書目録』に明治以降のものを混入しないという具合です。開館以来重ねてきた慶応四年以前の文献資料の整理には完結性があって、それを尊重したい気持ちと、両者の統合的利用はコンピュータによって容易であることなどの理由によりますが如何でしょうか。館内外の御意見をいただきたいと思います。

当館は平成七年度からCOE（卓越した研究拠点）の指定を受け、研究・事業の様々な面で活況を呈し始めました。同じ年に開設された情報メディア室にはNTTの研究所から丸山教授が着任され、目を見張るばかりの勢いで、インターネットを通じての「電子資料館」実験を進めています。（詳しくは館報48号の同教授「国文学研究資料館ホームページ」を参照してくださ い）。著作権・所有権など解決困難な問題がからむので、まだ実験の段階にとどまっていますが、二十一代集の本文検索とその一部の原本画像表示や、連歌・演能記録のデータベース公開等、意欲的に事業を進めているのです。

大型コンピュータを用いて、当館の様々な事業をオンライン化し、文学研究の内容に即した開発に実績を積み上げてきた情報処理室の安永教授以下のスタッフの仕事と相俟って、人文系研究機関の先端を行くところまできています。

何よりも嬉しいことは、なかなか合わなかった情報学研究者と国文学研究者の呼吸が一つになってきたことで、高度に共通した発想によるデータベースの開発に期待していいと思います。『国書総目録』と『古典籍総合目録』の書誌情報をリンクさせた「著作典拠ファイル」のCD−ROM化も公開日程に入ってきましたが、これに更に当館が蓄積し、しつつある目録や調査・研究情報をも加算してゆく「電子図書館」化の方向も、各部の協力が日常化する中で現実となりつつあります。なお、本文データベースも二十一代集に続いて、毎年一作品ずつ完成させ、来年度からCD−ROM化する予定になっています。

エライユ先生送別宴、佐竹前館長

昨年度から国際研究室が開設されました。従来も外国人研究員を招待していましたが、これで恒常的に当館の計画による招聘が可能になりました。その第一号、昼食抜きで夕方パンを齧じるだけ、の猛勉強ぶりで話題を呼んだエライユ先生が三月に帰国された（何とその直後にフランス・ジャポノロジー叢書『貴族たち官僚たち』〈平凡社〉を刊行されました）後、フランス国立高等研究院のロータモンド教授が着任され、唱導文芸の研究を進められています。これとは別に、COE予算の方では、心敬の連歌研究のミシガン大学エスペランサ氏が帰国された後、史料館にオハイオ州立大学のブラウン氏が着任されました。また、コレージュ・ド・フランスの日本学高等研究所との学術協定による短期招聘で、コビイ、キブルツの両氏が七月に来られたのに次いで、モクレール氏が十月に来館されます。これだけ多くなると、研究室のやりくりに四苦八苦ですが、研究交流の効果に換えられないのは無論のことです。なお、当館からは岡教授が十一月に四週間の予定でパリの日本学高等研究所での講義に出かけますし、山崎教授にも短期調査に行って貰いました。

以上、増設された三室に関わることだけを書きました。出版物や展示・講演のこと、『年鑑』など恒常業務の問題、大学院教育や「国文学」の名称、移転などなど将来構想に関わる諸点、何よりも重要な「研究」に関する問題（画期的な共同研究や研究書が続々出ています）、これらについては順次まな板に載せて行くつもりです。

当館には細川家抱屋敷以来の名残りの池があります。「花散りてこそ見るべかりけれ」（源俊頼）の印象（やゝ暗いでしょうか）で眼を癒してくれた花吹雪の池の面も、いつしか青粉繁茂して緑濁、時折横切る鳥影を映す時か、三彩の鱗紋を飄す魚影の点ずる折にだけ蘇生する季節に移っていました。その夏の日も過ぎて行こうとしています。この荒地にも秋風到って漣を立ててくれるのでしょうか。

（49号、平成9年9月）

2　エージェンシー問題と韓国所在国書調査と

当面する問題は多いが、二点にだけ絞って述べておきたい。

昨年の秋口から、行政改革のエージェンシー化（独立行政法人化）の問題が顕在化し始めた。国立機関から離れるという話であるから、無論重大問題である。その後、情勢にはさまざまな変動があったが、これを書いている一月末現在では、当館もそのカテゴリーに入っている国立大学については二〇〇三年まで決定が延期されることになった。ただ、大学共同利用機関だけは分離して扱われる可能性があり、中央省庁等改革推進本部の審議の推移を強い関心を以て見守っているところである。問題は、設立の目的や業務の成果、評価についての本質的議論が無いままに事態が進行してしまうことへの危惧である。国文学研究資料館が果している社会的な役割りと将来にわたる使命と考えているところが客観的に評価に堪えるものであることは機会ある毎に主張して行きたい。

八世紀から十九世紀に至る千二百年間に、国内で著作され、書写、印刷された書籍の全てを書誌学的に悉皆調査、研究し、マイクロフィルムで収集し、国内のみならず世界中の日本学研究者の利用に供するというのが、当館の基本業務である。複写材料については、映像・音声資料への拡大も当然予測されるので、フィルムから電子媒体へと移行してゆくであろうが、日本文化の基盤資料である古典籍を整理して提供して行く当館の社会的使命は、百年の継続する時間を単位として果されて行くであろう。

大学共同利用機関を基盤とする大学院（博士課程のみ）である総合研究大学院大学には、十四機関中第二番目に設立された歴史を持ちながら、当館は加入してこなかった。様々な事情がからんでいたからではあるが、国公私立にわたる大学の組織改革の動向の結果、基礎学としての国文学を支える人材養成に危機的状況が到来したことは明らかで、文献資料を精確に扱える文学研究の後継者養成に当館が関わるべき時が来たと考える。人文系四機関のうち、既加入の国立民族学博物館、国際日本文化研究センターに続いて、新年度からは国立歴史民俗博物館の参加が予定されている。先のエージェンシー化問題への対処に際しても、人文系機関の結束が必要で、経済的効率の基準に傾きがちな気運を撥ね返す力の一翼を担いたい。無論、この問題以前から準備は進めてきたところであるが、テンポを早める必要がある。「大学院設置準備委員会」でまとめを急いで貰っているところである。

昨年六月に中国国立大連市図書館、九月にソウル大学校中央図書館、韓国国立中央図書館を訪問した。大連では旧満鉄図書館本、西本願寺本、ソウルでは旧京城帝大図書館本、朝鮮総督府本の現状の全貌をそれぞれ書庫で拝見させていただき、各館長と今後の調査、収集に関して懇談してきた。大連は大連外国学院に客員で赴任されている横山邦治氏の慫慂によって張本義館長の高配を得たのであったが、旧満鉄図書館の建物への移転を控えて、本格的な調査に入るにはまだ若干の時日も要しそうである。ソウル大では、九大の松原孝俊、中野三敏氏を中心とするグループによる旧京城大本の調査に加わった上で泰教勲館長と懇談し、当館による調査・収集についての基本的合意に達した。見返りに、韓国研究者の日本国内所在の韓国資料の調査に協力することになり、来年度の客員教授に、崔承熙ソウル大教授を迎えることとなった。旧総督府本についても、鄭基永国立中央図書館長から同様の意向をいただくことができた。

韓国・中国の日本関係図書は、日本人研究者・図書館員がかなりの年月にわたって巨費を投じて蒐集しており、推定七十万冊に及ぶ蔵書は、量の点で言ってもその他の国々所在の図書とは比較にならない。従って国際科研の範囲では処理できないことは明らかなので、国内に準じた扱いで事に当たるべく、正規の予算を組んでいただくよう要請、新年度からは早速予備調査に入る予定である。当館では早くからこの問題に取り組んだ歴史がある。しかし、ソウル大に関しては昭和57年、収集の件で交渉が挫折、旧台北帝大本については昭和58年に調査完了し、目録作成までしながら配布禁止という不本意な形で中断している。いずれも政治問題などがからんだ外在的な原因によるものであった。

今般、韓国に関しては、昨秋の金大統領の来日に関連しての雪解けの状況好転も幸いしたと思われるが、両館長の識見と御好意によって扉が開かれたわけである。

視察した各図書館とも、図書は極めて良好な状態で管理されている。確認した範囲では一九四五年以前の段階のまま保存されている。各国とも極めて困難な状況にあったわけであり、その中で今の状態に守り続けて下さった館員の方々の御努力は並大抵のことではなかったはずである（図書の戦乱中の疎開のことなどその一端をうかがうことができた）。心からの感謝と敬意を表したい。秦館長の「これは世界中の人々の文化財です。誰もがいつまでも利用できるようにして行きたい」という言葉を肝に銘じて事を進めてゆく所存である。

（52号、平成11年3月）

3「文化財の流出」の発想を捨てる

年明けの五日、佐岐えりぬ氏が小山弘志元館長の案内で来館された。昨年度末に、中村真一郎氏愛蔵の日本漢詩文集コレクション八百点（内容については本館報53号のキャンベル助教授の文章が詳しい）を当館が購入したことに対する謝意挨拶のための来訪であった。小山先生は一高以来の故人との親しい立場からの仲介の労をとられたわけである。夫人の佐岐氏からは、コレクションの関連資料として、中村氏が用意していた「詩人の庭（horti poetæ）」と題する五章から成る江戸詩史の未発表原稿を寄贈して頂いた（ただし序章のメモでは、江戸の詩の面白さを語るもので「詩史」を企図するものではないと記しているが、誠に綿密で魅力的な創作ノートである。集英社版の同名書とは異なる。）また、『新潮』連載中に急逝されて中絶した『木村蒹葭堂のサロン』の原稿を、単行本化の後に寄贈して下さることを約された。共にまことに有難いことで、感謝の申上げようもない。幕末明治を連続の相で把えて資料収集・研究を開始した当館にとってこの上ない贈物となった。

二月初日、韓国国立中央図書館との二年越しの交渉が実って、日本古典籍資料（旧総督府図書館本）の収集作業が開始された。今後毎年百点ずつのマイクロフィルムが収集、利用可能となる。尹館長の大局観に依る所、大なるものがあるが、李貴遠古典籍運営室長の周到な配慮と成果実現への熱意が、困難を克服した。感謝したい。ソウル大学校図書館本（旧京城帝大本）も、年度は越えるが同様にスタートする。この見返りで現在客員教授として着任されている同大の崔承熙先生の日本国内での韓国古代史料の調査・収集も、天理・京大・早稲田等で順調に進み、三月には成果発表の機会を持つことになった。既に三回にわたる研究会で中間発表会が重ねられたが、さすが老練な専家の史料批判は厳密且つ新見に満ちていて、予期以上の成果となること確実である。

三月初旬には台湾大学図書館の旧台北帝大本の調査（昨年九月に次ぐ）・収集にも入った。前々号で予告した旧植民地所在本の収集は大連の旧満鉄本を除いて、このように具体化し始めたことを報告しておきたい。

当館ではこのほかにヨーロッパ、アメリカでも調査を継続しているが、数年前から基本的な姿勢に変化があったことを記しておきたい。それは、日本人研究者のためだけの調査・収集から、現所蔵者である各国の日本研究者によって利用される資料となることへの意識の変革である。まだ実効が上がるところまで到っていないが、共同調査の態勢も整えることによって、現地研究者が充分に活用して研究に資することになるように努力を重ねて行きたい。

コレージュ・ド・フランス日本学高等研究所との学術協定も三年を経過し、フランス側からはこの二月のフェルシュール氏で九人目の短期研究者を迎えることになった（長期の客員教授としてはエライユ、ロータモンド両氏が着任した）。一方当館からは、岡、新藤、上野三教授が講読の担当に赴いたほか、資料調査にも関わって貰ったが、フランスの場合困難な状況にあった共同調査にも漸く着手する気運が生じてきたことは喜ばしい。機の熟することを待つ姿勢も重要であるが、こちらも「文化財の流出」などという意識を早く捨て去ることこそ肝要である。現在海外各国の図書館・個人の所蔵する日本関係書籍は日本のものではない。ケンペル、シーボルト、アーネスト・サトウが折角持っていってくれた本、韓国・台湾の図書館が大切に管理保存をしてきた本は、当館としても正確な書誌情報は持ちたいが、基本的にはそれぞれの国の日本研究者が活用すべき資料なのである。フランク先生やピジョー先生の如き老練な先達が果された写本・版本を駆使した研究手法を身につけ、現地資料を活用してくれる若手研究者の層が厚くなることを望んでやまない。

論文は日本語以外の言葉で活発に書かれることを歓迎する。しかし、用いるテキスト本文は写本版本を縦横に用いるものであってほしい。全ての論文がそうである必要はないが、日本学研究者の増加がその方面で進展することを望むし、当館の果すべき役割りも、その線に沿ったものになるべきであろう。

研究の国際化、国際交流の論は多いが、日本文学の場合、ヴェクトルの方向が逆になっていると感ずることがしばしばである。各言語圏毎に、活字本だけに拠らない練達の研究者が多数生まれる環境を作ることが当館の当面の「国際化」の目標になってよいのではないか。

当面する重要問題である、独立行政法人化、総合研究大学院大学加入、立川移転に伴なう組織改革の三点については書く余裕を失った。近々他の手段で現状の報告と見解を述べるので、参照されたい。

（54号平成12年3月）

4「右から御覧下さい」

五月二十六日の国立大学長・大学共同利用機関長等会議で、独立行政法人への移行の方針が文部省から提示された。通則法そのままの適用ではなく、特例法などによる研究・教育機関の特性の確保が配慮されているが、具体的には、本省に設置される調査検討会議で平成十三年度内に結論が出されるという日程も示され、大学共同利用機関は国立大学に準じて同時移行することも確定した。準備不足のまま「速やかに移行」の可能性のあった時に比べれば、多少の時間的猶予が生じたわけである。調査検討会議には、組織業務、目標評価、人事制度、財務会計制度の四委員会が設けられ、各界から各十五人の委員が選定されるとのことであり、共同利用機関からも四委員会に一人ずつ参加することになっている。共同利用機関としては、国立大学との関係にも配慮しつつ、法人像の基本理念について独自の見解を持つべきであるとの立場から、四委員会に対応する部会を作って検討に入ったところである。館内でも後述する諸問題と併せて議論を進めて行きたい。

総合研究大学院大学への加入問題は諸般の事情から一年遅れることとなったが、文化科学研究科に日本文学研究専攻として参加すべく準備を進め、先方に審議をしていただいているところである。日本文学研究の後進の育成は既成の大学院に依拠してきたのであるが、全国的な大学改革と連動した国文学科改変の動向を勘案し、且つ、新領域開拓の気運を見据えると、独自の研究者養成の時期が到来したと判断している。北海道から沖縄にいたる各都道府県に、日本文学の講義を担当している国公私立大学の現役教員を毎年約百人調査員として委嘱し、所蔵者の許で写本版本一点ずつ書誌カードを作成して貰うという、大学共同利用機関ならではの当館の資料調査・収集システム（「調査員制度」）は、二十七万点のカード、十六万点のフィルムの集積という成果をもたらし、世界中の研究者の利用に供することを可能にしたわけであるが、このシステムを良好に維持し、充実させて行くためにも、本館独自の院生教育機能は強力な役割を担って行くことになろう。

立川移転問題は、国立極地研究所・統計数理研究所との三機関共同の予算要求に、基本設計の準備に関する予算措置がなされて、平成十二年度から具体的な段階に入った。当館としては設計に、共同研究機関の機能が充分反映するように、組織改変を盛りこんだ平成十三年度概算要求書を提出したところである。改組の骨子は、現行の「室」(小講座)制から「部門」(大講座)制への移行と電子情報館化、事務機構の一元化が三本の柱である。「室」から「大部門」への移行は一見、前記大学改革と軌を一にするようであるが、写本書誌学・版本書誌学・明治書誌学といった「物としての書籍の研究」に専化する改変であり、中世注釈書群、日本漢文学資料の如き、学際性・国際性を必要条件とする研究部門の設定への改革である。日本文学資料を東アジア書籍圏に定位して活用できるようにして行くことを目標に、従来とも先端的な開発に努力してきた電子情報化の積極的な導入、前記した地道な資料調査・収集の意志の継続を柱として、画期的な資料の活用可能な組織に再編して行きたい。当然のことながら、前に述べた総研大のカリキュラムもこの内容に連動しているのである。

この方向性は決して短時日に思いつかれた企画なのではない。三十年に及ばんとする大学現役教員(館外の調査員・収集計画委員)の提言の集積に拠るものであり、また、特定研究の始発から六年半の館員の基礎努力に拠って完成した『日本古典籍書誌学辞典』から生み出された結論でもある。

しかしながら、現今の財政状況は厳しく、改革案がどこまで容れられるか、実現困難な結果も予想しておかねばならない。即ち、現行の組織のままでの移転計画も進める必要があるわけである。前記の将来計画への移行を含みこんだ現組織での移転、一世紀先（調査・収集事業の経験を以てすれば決して非現実的な長い時間尺度ではない）の国文学研究資料館の姿を想定した設計構想を短時日の中に打立てねばならない。一日一日、石を積むような地道な調査・研究の場であると同時に、広く国内外の研究者が参加して、自由で刺戟的な発想が生れ続ける場ともなるように、この際館員諸氏の渾身の努力を期待するところである。

我が国千二百年の古書籍全体を悉皆調査研究し、利用に供するという百年掛かりの地味な基本事業に従事することに、われわれは誇りを持って立ち向い、学術的且つ社会的使命感を強く意識しているものであるが、現実離れの独善的な存在になることは厳に戒めて行かねばならない。

近時一刻、中堅の建築家と談義の機会があった。一線クラスの実力者だけに刺戟的な話題を楽しむことができたが、たまたま地方都市の古書肆で入手したばかりの和本数点を示すと、直接手にすることは初めてという。早速、書誌学入門。写本版本の差から洋書との装丁の違い、書架の収蔵方法の相違に及ぶと、流石専門家、美術館展示での観客の動線にまで話が進んだ。右綴じ冊子本でも、巻子本でも右縦書き書籍圏の本は、展示の場合、右からの動線が基本とならねばならない。近頃の美術館でしばしば体験するところであるが、絵巻や手鑑が展げてある場合に、当然右から見て行くと人の流れと遡うことになって難渋することが多い。

無理からぬことで、展示順が左からになっていて、図録やイヤホーンガイドと連動しているために生じている流れなのである。ディスプレイ効果のために、右からの動線に固定化してしまう必要はないが、基本は、わざわざ「右から御覧下さい」と言わなくても済む動線にする、和本の架蔵は立てるのではなく横に積み重ねるといった、東アジア書籍圏の本の特質を熟知した上で、新しい国文研の建物全体の設計に当って欲しいものだとその時痛感した次第であった。それまで日本古典、源氏物語のテキストというと活字本しか思い浮かばない、写本と版本とはどう違うのかと言っていたその若い建築家が、俄かに強い関心を和本に向けてくれたことは嬉しかったが、この人が設計プロジェクトに関わることはない。また新たに、焦げ穴、破損部分の多い幕末絵双紙や美麗な公家本を抱えて「特質」を説き重ねることになるのであろう。国際日本文化研究センターの設計の際は、日本文化の特性としての「隅」を生かしてほしいという注文を付けたという某氏の文を読んだ。日本文学と典籍（いや、片々たる粗本も、日本人が何を考えてきたか、何を表現しようとしてきたかという視点からは重要であることを忘れまい）を市民の机辺に不断に近づけること、そのための智慧をどうか振りしぼっていただきたい。

（55号、平成12年9月）

5　書物文化の視点からの研究事業

既報の法人化、博士課程設置、立川移転の三問題は、それぞれに外側の動きと連動するので区々ながら、このところかなり速度を上げて進み始めています。しかしながら今号では、基本事業に関して当面している問題について述べてみます。当然前記の三点と深く関わっているからです。

昨年の歳末近く、鹿児島で、在外日本古書籍調査についての、科研費プロジェクト数チームによる中間合同報告会がありました。米国議会図書館の未整理本、中国東北部大連・瀋陽等旧満鉄本、韓国・台湾の旧帝大本・総督府本等の蔵書概況や調査方法、ソウル大合巻七八〇点の良質な内容についての報告があり、国文研からは、開館以来の在外調査・収集の概要と韓国・台湾の複写収集の交渉状況を説明し、参加各プロジェクトに対しては成果の当館への収束、本文の複写収集への協力の依頼をしてきました。

当館の千二百年間にわたる日本古書籍の悉皆調査・収集についてはいつも述べる通りですが、国内所在分については、全都道府県に配置した調査員制度によって国家事業としての方法が確立しています。ところが、海外所在本に関しては予算枠が無いことから、局部地域毎の科研費のプロジェクトの積み重ねに依拠するため、なかなか全体計画の組み立てができませんでした。諸研究者による個別的なプロジェクトの科研費申請が多発する現状もこのことと関係しているかと思います。無論、国文研の統制などを主張するわけではありません。情報センターの役割りを充全に発揮するために、全体に目配りの効いた当館の計画が必要な時期が到来しているといってよいでしょう。その点この正月の上海・浙江両図書館の調査は有益でした。北京と東北部以外の中国本土の所在情報への展望が開け、欧米・韓国・台湾に加えての主要地点の計画が可能になったからです。どこにどれだけの本が所蔵されているか、その内どれだけのものが既に調査されているのか。情報が日本学研究者全体に共有される必要があります。

ケンブリッジ大学コーニッキ助教授の作成された在ヨーロッパ日本書籍解題目録のデータベースは当館に提供され、間もなく新訂版がインターネットのホームページを通じて発信されます。当館調査分も順次載せていく予定です。活字目録は著作権の問題がからむので困難なことが多いのですが、旧西ドイツ国内のクラフト目録、明治期作成で解題内容にやや問題を含んでいるものの、パリ国立図書館のデュレ目録などは（吉田幸一氏の補訂版がありますが）原語のまま載せてしまって、新しい調査が進む毎に補訂していったらと考えています。近年刊行されたアメリカやイギリスの諸機関やベルギーのルーバン・ラ・ヌーヴ等の刊行書、現在進行中のアイルランド・ダブリンのチェスター・ビーティ図書館、韓国、中国諸機関のものなどは活字版が前提となっていますので、出版情報の整理、提供になるでしょうが、なるべく近い将来、『国書総目録』『古典籍総合目録』の在外版、それも所在目録だけではなく解題目録に収斂して、電子情報化すべきであると考えます。無論、本文そのものの提供にまで進める必要があります。

当館は共同利用機関ですから、なるべく多くの研究者（無論、国文学者に限りません）が参加して成果を共有できるようにと願っています。そして、既に何度か書いたことですが、「文化財流出」の発想を捨ててほしいと思います。在外書籍は既にそれぞれの国の文化資源です。ぜひその国の研究者と共同調査、研究の形をとって、それぞれの国の研究者による日本学研究の発展に寄与できるよう配慮していただけたらと思います。これこそが「国際化」の本道なのではありますまいか。「他言語による解説の努力」同様に重視されるべきです。総研大博士課程には外国人研究者を歓迎し、徹底的な和本（日本漢文資料を含む。これについてはまた書きます）研究の専門家に、そして、その視点からの文学研究者に仕立て上げるつもりです。

（56号、平成13年3月）

6　三十年という時間

国文学研究資料館の開館は昭和四十七（一九七二）年五月。それから三十年の歳月が流れた。この間の社会の変動は大きく、日本文学研究の枠組みもまた、多くの分野で変化を見た。

当館は、研究情報の収集・発信に関しては、人文・社会系の諸分野を通じて、最も詳細・

緻密な仕事をしてきた自負があり、当然、研究の動向にも敏感に対応しているつもりであるが、一方、基本事業である文献資料の調査・収集では、一貫して地道な方法で集積・整理をし、公開閲覧を続けてきた。

一年に一万点、三十年で三十万点の日本古書籍の書誌カードを集積し得たのは、九千人に上る日本文学研究者のコミュニティの全面的で持続的な協力による成果であるといってよい。九千人という数字は、平成十二年度の『国文学年鑑』の論文執筆者索引によるものであるが、本館は大学共同利用機関、コミュニティが共同利用する資料の大半を、コミュニティ自身で共同調査・製作して集積したという点に特色があるわけである。

調査員制度によって、全国の大学の、日本文学担当の現役教員に調査員を委嘱し、各地の所蔵者の下に赴いて、原本一点一点の書誌カードを作成する、その今年までの持続の結果が、前記三十万点となったわけであり、そのうちの十七万点がマイクロフィルム、紙焼写真として利用に供されているのである。利用は無論、コミュニティに閉ざされているわけではない。広く外国を含んだ諸分野の研究者、一般市民にも活用されている。意志の持続は今後も力強く保持され、源氏物語のような著名な古典作品ばかりでなく、日本人の表現意志の刻みこまれた片々たる資料に至る総体が、人類全体の文化資源として利用に供されるための努力が続けられて行くであろう。

この七月末、古典文庫の配本があった際、その連絡報に、次回九月が最終刊行になる由が記されていた。吉田幸一氏は、戦後、未刊行の国文学資料の学術的に確実な本文を、廉価に学界に提供することを志され、六十年間にわたって六七〇冊を単独で刊行し続けられた。最終巻で十返舎一九集を担当される中山尚夫氏の如き練達の研究者から、まだスタート台に立ったばかりの大学院生まで、内容が確かで、紹介の価値があると判断されれば、果敢に幅広く採り入れられた。商業出版社ではとても扱って貰えぬような資料翻刻に「場」を与えて下さったことで、どれ程研究者が鼓舞されたことか。J・ピジョー、小杉恵子氏のパリ図書館本の紹介なども古典文庫にして初めて為し得た快挙といえよう。吉田氏の高い見識と企画力、優れた運営能力によって学界に提供されたこの大宝典の活用は後進の研究者の肩に掛かっているが、今は終刊に際し吉田氏への感謝の念を記しておきたい。

国文学研究資料館の学ぶべきは、良質の研究情報・資料を提供し続ける意志の持続であると思う。三十年はまだ、入口に立った時間だと言わなければならない。

折しも、内外共に変化の徴が見え始めたところである。館内の技術面では、三年前からスタートした近代資料の調査・収集が、パソコン、デジタル・カメラを導入したのを承けて、前近代資料も全て同一方式に変更することに踏み切った点、無論これは、他の事業全ての電子情報化への移行と軌を一にしている。

また、国立大学・大学共同利用機関の行革、法人化への組織変革で、民博、歴博、日文研、地球環境研と「研究機構」として一体化する方向で検討が進み、それに対応して、館内組織の再編や研究、研究事業の態勢の見直しにも取り組み始めている。また、立川移転、総研大加入（博士課程設置）も目前に迫って、全体が大きく変動する時期を迎えているのである。

この否応なしの変化の時であるからこそ、文学を書籍資料の面から考えて行く姿勢の原点は、見据えておきたいと強く覚悟しているところである。

（59号、平成14年9月）

7 大学共同利用機関法人に向けて

今年度から、総合研究大学院大学（総研大）に参加し、「日本文学研究専攻」の博士課程を設置しました。総研大は、一四の大学共同利用機関を基盤とする国立の大学院大学で、民博（二専攻）、日文研、歴博、メディア研の五専攻で構成する文化科学研究科に加わったのです。伝統ある大学・大学院の日本文学、国文学研究の態勢は健在なので、特色・独自性を打出すのに苦心をしました。事実、難産でしたが、担当チームの周到でねばり強い準備の甲斐あって、発足することができました。基盤の国文研の特性を活かした、書籍資料に広く目配りを効かして新見を打出せる研究者を育てて行きたいと念じています。入学者は三人。研究者としての成長を見守って下さい。

国立大学法人法が成立して、大学共同利用機関も来年度から法人となることになり、四機構法人に編成されて、当館も、歴博、日文研、民博、地球環境研との五機関で、人間文化研究機構を構成することになりました。それぞれ、独自の領域を開拓し、成果も上げてきているので、基本的な研究・研究事業の枠組みは変えませんが、統合の効果で開拓できる新分野や新しいテーマを、今、協力して検討しているところです。

国文研も、この大きな変革に対応できるように、事業の全面的な見直し、組織の編成変えを進めています。基盤事業である、文献資料の調査・収集・整理・閲覧の流れは強化しますし、研究情報の発信も、より充実させますが、大学共同利用機関に要請されている、先端的研究の開発の一端を担うべく、全教官を研究部、事務官を事務部に分離する案を立てました。教官は研究部の文学資源研究系、文学形成研究系、複合領域研究系、アーカイブズ研究系（いずれも仮称）のいずれかに所属して研究に従事すると共に、かならず前記の研究事業の方も担当して貰います。研究にだけ力を入れて、事業の方の手は抜くのではないかという懸念が起きないように努める所存です。当館独自の研究分野の開拓のみならず、他機関との連繋や、館外研究者との共同研究をし易くするための配慮なのです。

史料館を従来までのような附置機関ではなく、文学の三研究系と並ぶ、アーカイブズ研究系と位置づけたのも、今回の改革の特色です。吸収合併ではなく、独自性を失う変革でもありません。立場の弱い附置機関の位置づけから脱し、記録資料学の学術的主張を強く推進するばかりでなく、文学研究系と提携して魅力的な研究領域を構築して貰うつもりなのです。

日本文学研究のコミュニティは、平成一三年度版の『国文学年鑑』に拠れば、年間一二〇

○○本の論文を書く、約九〇〇〇〇人の研究者が基盤となっている分野です（日本語で論文を書く外国籍の方が三五〇人います）。従来のコミュニティと館との関係は、「調査員」制度によって、書籍資料の調査・収集に広く参加して貰い、資料の蓄積に館員と共同して当り、広く研究に利用してきていただきました。研究事業としてかなりな成果をあげてきたと思います。しかし、研究に関しては、予算の枠組みからの制限もあり、共同研究なども極めて小規模なものや萌芽的研究にとどまらざるを得ませんでした。その点、改革後は、研究を基軸としながら事業をバック・アップしてゆく、大学共同利用機関らしい態勢がとれるのではないかと、期待しているところです。

立川移転問題も、ずっと組織事業改革と関連させて考えてきたのですが、こちらは三年程先きに延びそうです。冒頭に触れた総研大博士課程の諸問題を併せて、再設計してゆくことになりましょう。時間もなく忙しいことですが、目前に要請されている中期目標・中期計画の六年を充実させるためにも、せめて従来経てきた三十年を超える時間に耐えられるだけの制度設計はしたいと願っているところです。

（61号平成15年9月）

8　新生のための閉幕の辞

いよいよこの四月の平成一六年度から、当館も国立機関から法人へ移行することになった。

正式名称は「大学共同利用機関法人　人間文化研究機構　国文学研究資料館」となる。従来の一四の大学共同利用機関が再編統合され、四つの研究機構となり、その「機構」が四法人となるのであって、個別の研究機関一つ一つが法人になるのではない。

人間文化研究機構には、歴博、国文研、日文研、地球環境研、民博、の人文系五機関が所属し、従来、それぞれに進めてきた、独自の分野の研究と事業を継承する一方、機構としての総合性を生かし、新しい研究分野の開発や先端的研究に意欲的に取り組むべく、連繋の準備中である。

この動きに連動して、国文研の組織も改革し、新しい情況に対応することになるが、教員は四つの研究系に所属し、今回の独法化の特色である、六年間の中期目標・中期計画に対応して設定されたプロジェクトに参加して研究を進める。傍ら、四つの事業部のいずれかに関わって、従来から継承されてきた、文献資料の調査・収集、研究情報の整理・提供などの「事業」も処理して行く予定である。

大学共同利用機関として、発足以来三一年、日本文学研究のコミュニティを基盤として、千二百年間の書籍資料の悉皆調査、複写による収集の事業は、三〇万点の調査カード、一八万点のフィルム集積によって、基礎固めの段階までには到達したといってよかろう。

お宝捜し、善本捜しを第一義にするのではない。日本人の生みだし、継承、再生産し続けた書籍の全てを、総合的見地から資料性を見極め、研究に利用できるようにすること、この態度に徹してきたことによって、ひとり日本文学研究の内部にとどまらない、学際的、また国際的評価をかち得てきたという自負がある。

しかし、これはまだ入口にすぎない。日本の文化資源の一部門である古書籍の豊穣な世界を、誰もが縦横に渉猟して、内的な価値を共有して行くためには、百年を単位とした継続的な意志を持った努力を必要とする。

新機構での研究面の強化された新組織では、一層、質的に利用度の高い機関として、これらの資料や研究情報が活用されて行くことになろう。日本文学の現役研究者九千人の共同利用の「場」であることを常に意識してきた国文研であるが、今後は、更に広い立場での存在となることを自覚している。

実は、国文研で進めている事業や研究は既に多岐にわたっており、むしろ、整理が必要なほどであるが、昨年から総合研究大学院大学に参加して、日本文学専攻博士課程を設置し、後進の育成にも直接当ることになったことを併せて、明確な柱立てをし、従来以上に研究者が関わり易く、一般市民の方々の利用にも供し易い機関として行きたい。

なお、立川移転は予定が再び延び、建物の完成は平成一九年度、移転は二〇年度となった。新組織の本格的活動と時期が微妙にズレ、少々困惑気味であるが、平常心を以て処して行く覚悟である。

単独の機関としての国文学研究資料館は、三月末を以て幕を閉じる。従って館報も今号が最終号である。

　三一年にわたって御支持、御協力をいただいた各方面の方々に感謝申上げる。そして、史料館も独自の分野と方法を保ちながら、文学研究系と密接な関連性を持った、横ならびのアーカイブズ研究系として改組される新国文研への御指導・御助力を願い上げる次第である。

（62号、平成16年3月）

9　石野政雄氏手択本について

　昨平成七年夏、石野政雄氏の蔵書が当館に寄託された。目下整理中で、移管手続きもほぼ見通しがついた段階であるが、やがて公開、利用可能となるはずなので、かねて多少の縁を持つところから、内容紹介と感想を記しておきたい。

　本文庫（と一往呼んでおく）は約二百点程の小文庫で、近世歌書が主体の蔵書構成である。近世歌書といっても、石野氏の関心の中心が、武家の、それも堂上派系の歌門の武家の文事にあったところから、その系統の本が主流になっていて、伝本の少い作品が大半のこの分野では、なかなか貴重な文庫たり得ているのである。研究のために時間をかけて一点一点吟味しながら購入し、内容を点検して、先学の意見を徴したものにいたるまで、きちんと清書した書票をかなりの本に貼付している。正に手択本の名にふさわしい、研究者にとっては好感のもてる文庫なのである。

ところで、石野政雄氏であるが、研究職にいた方でもなく、専著もなく、僅かに、森銑三氏を中心とした三古会の人々の論集である『近世の学芸』（八木書店　昭51）に、「近世堂上派随想」という文を載せたほか数編の論があるだけの方なので、一般にはほとんど知られていないかと思われる。

同氏の知遇を得たのは、もうかれこれ四半世紀前のことになろうか。仙台に赴任して、東北各地の大名本のなかに正体の判然としない歌書が多量に含まれていて、それが次第に、研究の進んでいない、堂上派系統の武家の歌書であることが判りかけてきたころのことであった。研究の進展を計るには、論文を書くことも必要だが、資料をなるべく多くの人の眼に触れて貰うことが肝要だという思いから、東都歌壇の資料に限定して作品を選定し、翻刻を進めて行ったのだが、とり分けて急いだのは中期歌壇の基本資料、石野広通撰『霞関集』（再撰本、寛政十一年刊）であった（古典文庫に入れていただいた）。この作業の過程で、「広通の子孫の方がいますよ」と森銑三氏に紹介していただいたのが政雄氏だったのである。（広通直系ではないが子孫に当る）。何度かの書簡の往復で、常に具体的な資料提示と共に懇切な示教をして下さった。例えば、当時、唯一の伝本として確認されながら戦災時の水損で利用できなくなっていた、慶応本の伊藤松軒家集の序を、戦前に臨写しておいたものから転写、今のコピーではなく、筆写して提供して下さった。三本の伝本が発見された現在では無用になってしまったが、ほんの少しの手がかりでもほしいその時の段階では、慶応本閲覧不能の落胆の後だっただけに、まことに有難かったという記憶がある。ところが、直接お話をうかがいたいと希望したところ、老齢と病身を理由に面晤の機会は与えていただけなかった。その後も、知るところを示すに惜しむところの毫も無かった方だけに、その凛とした姿勢は、商家育ちで、むしろ無理にも人に接することを美徳としてきた身には背筋を正される思いがしたものであった。直接記されたことはなかったが、文面の端々や、今回の蔵書の収集傾向や複写資料などから推察すると、氏は広通の全集の作成、全著作解題を含む広通の文事の総合的な研究を目指されていたのではないかと思われる。有能な中堅幕臣であった広通が歴任したポスト毎に整理した行政資料、『佐渡事略』『上水記』『憲法部類』などは解題を付すだけでも大変だし、『蹄渓随筆』『大沢文稿』『霞関集』などの文事の著作も一つだけでも容易なことではない。孤独で困難な仕事を進めていたものと思われる。そこへはるか後進の闖入者があったわけであるから、一方で解明が進むことに喜びを感じられていたと思われる——東北大学図書館狩野文庫に広通の孫の広礼《のり》の『閑斎随筆』があり、それに広通の全著作目録が載っている。極めて精度の高い一級資料である。これを報せた時の喜びは一通りではなかった——ものの、御自身で調査を充分に進められぬ老いの身のもどかしさを強く意識されていたのではなかろうか。

昨秋、文献資料部の海外調査の途次、ミュンヘンでエヴァ・クラフト女史に逢う機会があった。引退して、もうめったには人に逢わないとされていた方だが、二年にわたって滞在中で同行の小高道子氏への親愛感と予め送っておいた我々の調査計画への期待感から、用意した夕食の席まで来られ、翌朝は我々が仕事をしている州立図書館まで、杖を引きながら資料を届けて下さった。クラフト女史は旧西ドイツ国内の全ての和本の解題目録の完成を目ざして、五冊を刊行してほぼその目的を達せられた方である。一点一点に記された書誌解説（独文）は簡潔にして要を得たもので、昨年、かなりの数の書目を参照の結果、極めて精度の高い解題であることを確認、敬服した次第であった。なお、若干の調査洩れの文庫や、新出本の残ることを知り、当館で調査の上、解題を作成してクラフト目録の補遺としたい旨を伝え、快諾されたのであった。クラフト氏の日本語は見事に歯切れのいい、東京下町のシャッキリした口調である。神田育ちの私には久しぶりになつかしい響を耳にした思いであった。無論、感銘を受けたのは仕事の完成に向けた強い思いによってである。時期が重なったこともあって、この印象が一層、石野氏の果せなかった思いを推察させることになったのである。不思議なことに、本稿執筆中に広通の基本資料が二点、別のところから架蔵に入った。自筆の家集（連歌集）と初撰本霞関集（完本）とである。前者は全くの新出の孤本。後者は従来、孤本のために欠脱や錯簡による本文の混乱に手をつけかねていた慶応本を補訂できる善写本である。石野氏の思いがもたらしてくれたのであろうか。

蔵書中の注目すべき書目二、三について触れておく。石野広通が師冷泉為村の詠作を整理編纂し、序を附した『冷泉為村卿詠作類聚』は国書総目録には書名を掲げるのみだが、これは広通筆本である。ただし、四冊を欠き一七冊現存。『亨斎和歌集』は習古庵亨弁の家集。八戸南部家本しか伝本のなかったもので、編成の異なる精写本。長谷川安卿の歌文集『夏野の草』、江戸冷泉門の詠草『御褒詞和歌』『安永三年慈鎮五百五十回忌追福百首』『詠源氏物語』なども伝本の少い堂上派武家の歌書。『芝君和歌集』（芝山持豊）も珍しい。撰集の『まさきのかつら』『和歌渚の松』、伝本が少いわけではないが『三条実澄卿和歌聞書』『（中院通茂公口伝幸隆聞書』『義正聞書（冷泉）宗匠家教喩』『烏丸口伝』『野伝問答（六百番歌合判詞）』等の公家口伝聞書類がまとまって在り、『詠歌大概講義』『詠歌大概後水尾院勅講抄』、一般的なものでは『堀川百首』の写本、石野広通の識語・書入の入った『作者部類』写三冊などが眼についた。精査しないと正体が判明しない書目もあり、今後に期待するものが大きい。

今回の寄贈は政雄氏の御遺族広樹氏の御好意によるものである。父の遺志を生かしたいという以外に余言のない簡潔なお話には幕臣の清廉な家風の遺響を聞きとって感じ入った次第であった。

（46号平成8年3月）

10 コレージュ・ド・フランス日本学高等研究所との学術交流協定について

去る（平成八年）二月八日、パリで、本館佐竹明廣館長とコレージュ・ド・フランス日本学高等研究所（College de France, Institut des Hautes Études Japonaises ＩＨÉＪ）ベルナール・フランク所長の間で、両機関の学術交流に関する覚書が署名され、協定が発効した。この協定によって両機関は、①研究者の交流、②共同研究の実施、③講演・講義・シンポジウムの実施、④学術情報及び資料の交換などを行なうこととなった。

この協定は、佐竹館長、フランク所長を中心にかねて検討を重ねて来たものであって、当館では部長会議、日本学高等研究所では評議員会の議を経て合意に到ったものである。二月、松野企画調整官、森沢管理部長が館長に随行、ロータムンド教授、ピジョー教授らＩＨÉＪ評議員と最終的な打合せを行ない、調印された議定書が交換された。

協定には、当面五年間の期限が設けられているが、解消の申出がない限り、効力はその後も継続する。

この協定によって、本年度に新たに開設された国際研究室に、初代の客員教授としてフランシーヌ・エライイユ博士が十月に着任される。博士は日本古代史と文学の研究で著名なフランス学士院賞受賞者。『御堂関白記』の全訳で山片蟠桃賞も得られている。当館では『本朝麗草』を中心とした平安期の歴史と文学についての共同研究が予定されている。また、十一月七、八日に当館で開催される国際日本文学研究集会では、エライユ教授の講演「平安時代貴族社会における作文」、ピジョー教授の招待発表「谷崎潤一郎『少将滋幹の母』にあらわれる平安時代のイマージュ」も予定されている。

一方当館からは松野が、十一月半ばから四週間、同研究所での『六百番歌合』の講読と、フランス国内の国文学資料の共同研究のために派遣される。なお、平成九年度は、ロータムンド教授の招聘と本館教授一名の派遣が決定しているほか、来年度から三年にわたって毎年三名の短期招聘と共同研究が計画されている。

コレージュ・ド・フランスは、大学とは全く体系の異なる、日本にはない、高等教育機関である。約五十人の教授陣を擁し、この教授はフランス学士院およびコレージュ教授団の推薦により国家元首が任命する。教授は各人の研究テーマで自由に講義し、聴講は自由。その時代の一流人物が教壇に立つことで知られている。日本学高等研究所の前身はパリ大学の日本学研究所で、一九三四年に三井合名会社の助成金で設立されたが、一九七三年のパリ大学の分割により、コレージュ・ド・フランスの付属機関となった。現在フランク教授以下十名の研究スタッフがいるが、そのうち八名は客員研究員で、国立高等研究院、パリ第七大学、東洋言語文化研究所の大学院担当教授である。

今年五月、第三刷が刊行された『方忌みと方違え』（岩波書店）を初めとして、『今昔物語集』（ガリマール書店、解説と注釈）、「源順集」「恵慶法師集」「成尋阿闍梨集」の注釈と研究など、長年にわたって日本の文学と宗教に幅広い考察と新見を加えられたフランク教授を筆頭とするスタッフとの研究交流は、かならずや国内研究情況への新風をもたらすこととなろう。

これを端緒として、当館では各国の日本学研究機関との水準の高い交流を積みあげて行く所存である。

（47号平成8年9月）

11 パリで読んだ『六百番歌合』

ベルナール・フランク博士が昨平成八年十月に逝去された。前号に述べたように、その二月に当館との学術協定に調印され、九年度には来館の御意志があっただけに歎きは深い。

「この窓の下に中世のパリの土居が少し残っています。その線を延長するとこの机の上を通ることになります。つまり私は『洛中』、皆さんは『洛外』にいることになります……」。日本からの古典研究の来客には時折使われたらしい冗句で迎えて下さった温顔にはもう接することはでき

講義風景１

ない。コレージュ・ド・フランスの五階の端、ぐるりの半円形を窓で囲まれた日本学高等研究所の所長室の主のいない机の前に立ったのは逝去の半月後のことであった。

協定に基づく講義は評議員のピジョー先生と主任司書の松崎碩子氏の周到な配慮で、各週一二〇分、四回滞りなく行うことができた。聴講者は大学教授と院生など一四人。感動したのは毎回、リール、ボルドー、グルノーブルの各大学の先生方が皆出席して下さったことで、これは、東京の授業に仙台、新潟、京都から新幹線でかけつけてくれるようなものであるから、張り切らざるを得ない。テーマは「六百番歌合」、平安朝和歌の題詠史に位置づけて論じた。講義内容は両国語で印刷物にされる計画があるので、一般の評価はその結果を俟ちたい。

ベルナール・フランク氏

講義の間を縫って、もう一つの目的、フランス国内の日本古典籍資料の共同研究、所在調査・収集にも従事した。

ギメ美術館の新出資料、公任の『金玉集』、定家の『二四代集抄出』等については同館の尾本学芸員の紹介、グルノーブル大のヴュイヤール講師の翻刻、研究の成果が近く活字にされるが、事前に本文検討の機会を持たせて貰った。

調査では従来文献資料部が入っていない所では、東洋言語文化研究所（INALCO、パリ10大学）の本部図書館に通った。前身の東洋言語学校が明治期に収集した和本・活字本が一七〇〇点程あるのを書庫で確認、古活字本の吾妻鏡が眼についた。文献資料部の調査対象にすることの内諾を学長、図書館長にいただいたので、間もなく利用が可能となろう。この他では、リヨン市印刷銀行博物館の嵯峨本伊勢物語（三村竹清旧蔵）が印象に残った。

講義が半ばまで進んだころ、マルセイユ在住のクレットマン Kreitmann 氏の訪問を受けた。九二歳の高齢を感じさせない元気な語り口で、明治九、十の両年、軍事顧問団の一員として日本に滞在した祖父君の収集した書籍、文物について熱っぽく語られた。中ではコピーを持参された『献英楼画叢』四帖に驚かされた。当館に一括寄託されている田安家本の分れの、テーマ別雑記録だったからである。東京国立博物館に連れの一三帖があることも判明した。田安家の収集能力の高さ、挿絵等の表現力の豊かさから、今後注目される資料となろう。精査の許可をいただいている。

講義風景 2　左端ピジョー先生

COLLÈGE DE FRANCE

INSTITUTS D'EXTRÊME-ORIENT

HAUTES ÉTUDES JAPONAISES

Monsieur le professeur **MATSUNO Yôichi**, Directeur adjoint de l'Institut National de Littérature (Tokyo) assurera une série de **4 séminaires** (en japonais) sur le sujet suivant :

Commentaire du Roppyakuban uta-awase
(Le concours de poèmes en 600 manches de 1193)

Les séminaires auront lieu les jeudis 22 et 28 novembre, 5 et 12 décembre à 17 heures à l'Institut des Hautes Etudes Japonaises, 52, rue du Cardinal Lemoine, Paris 5e, dans la salle des séminaires (3e étage).

52, rue du Cardinal-Lemoine, 75231 Paris Cedex 05　Tél. (1) 44 27 18 06　Télécopie 44 27 18 54

余暇の古書店・骨董屋めぐりでは八十点ほどの和本を見た。絵入版本が大半で状態の悪いものが多かったが、値頃感から、浮世草子『傾城千尋の底』（別の刊記が添付された偽造本）、祐信絵本『絵本答話鑑』『絵本言葉の種』、絵本『鳥羽絵欠どめ』など八点を購入した。

右は協定に沿った内容に限っての報告である。正直なところ講義にはせめて二倍ぐらいの時間が欲しかったけれど、お互い業務の時間を融通しての交流ではこの辺が限度でもあろう。最後まで厳しい緊張感を持続させつつも好意に充ちた接遇で私をのせて下さった方々に謝意を表したい。

（48号、平成9年3月）

12 海外の日本古書籍調査

私の勤務する国文学研究資料館は、前近代千二百年間の日本書籍を調査、複写収集して本文利用に供することを基本事業にしているので、当然、現在では海外所在の資料もその対象としている。ところが、三十年前の開館の時点では（実は現在でもだが）国内資料についてしか事業予算が認められなかったため、長らく海外に関しては体系的な情報収集もままならず、科学研究助成費を得て直接現地調査に行けるようになったのはかなり近年のことに属するのである。

当初の数年はアメリカ、次の十年、現在も続行中なのがヨーロッパ、この両三年はアジアも漸く本格化し始めている。アジアが遅れたのは外的要因が様々に絡むからで、大抵の場合、所蔵機関との関係は良好なのに作業成果を公表できなかった例が多い。戦前の蔵書が継承されている某大学図書館など、既に十五年程前に書誌カードを二千五百枚採り、目録印刷まで済ませながら、事態急転して配布さしとめになった例など、当方が公的機関であるが故の挫折も何度も経験しているのである。しかし、近時全てが順調とはいえないものの、韓国、台湾、中国本土のいずれもかなり動き出している。

かくして約六十個所の文庫の調査をして、一万二千点のカードの集積はしているが、大半は国内基準でいうと予備調査の範囲のもので、目録作成まで行くか、進行中のものは、イェール大学（バイネッキ、スターリング）図書館、チェスタービーティ図書館、台湾大学図書館、イタリアのサレジオ大学（マレガ旧蔵書）、キオソーネ美術館、ドイツのプルベラー家、フランスのＢＩＵＬＯ（東洋言語学校蔵書）などにすぎない。なお、ベルギーの新ルーヴァン大学図書館（昭和天皇皇太子時代の寄贈にかかる三千点の蔵書）の目録は当館の事業の中断を継承して、館員が個人的に完成したものであるが、当館が日本古典籍の分類整理の標準として作成したツール「典拠ファイル」を用い、書目の大半に写真を掲載した、最も先端的な方法意識を備えた解題目録である。近刊予定のチェスタービーティ図書館目録も、絵入本中心なだけに更に工夫を凝らした解題目録になるはずである（ＵＣＬＡ目録で冴えを見せた鈴木淳教授がまとめに当っている）。活字版の書誌情報が『国書総目録』『古典籍総合目録』からどの程度進んだか、この二書で検証してほしいと思う。在外資料では、ドイツ国内日本古典籍のエヴァ・クラフト女史の解題目録（一九八二）の労作が頭に浮かぶが、間もなく国文学研究資料館のホームページで公開されるケンブリッジ大学のピーター・コーニッキ教授作成の全欧日本古典籍解題目録（一万点を越えるが、御本人が慎重に点検しながら打ち込んでいるので、五十音順のア行しか入っていない）も解題部分が注目されるに違いない。図書館界で進みかけている電子情報による書目のネットワーク化が、どのように企画化されるかは定かでないが、当館の姿勢はあくまで書誌学的に深化して行く方向と、本文を読めるようにすること（こちらはまだ準備段階。日本古典文学大系百巻はインターネットで、二十一代集、源氏物語、吾妻鏡はCD－ROMで見られる）を基本方針にして行くつもりである。

在外資料調査で近年特に気をつけていることは、「文化財の流出」という発想を捨てるという点である。正直なところ嘗ては、本来日本のものだからこちらが整理しなければという意識がなかったわけではない。しかし、現在は韓国の文化財であり、フランス、アメリカの管理者のいる日本書籍なのである。なるべく現地の方と共同調査、研究をすることを心がけている。各国の日本研究者の研究に活用して貰うようにするべきなのだと思う。無論、どこにもキャンベル氏（東大）、コーニッキ氏、王勇氏（浙江大学日本文化研究所長）がいるわけではない。多分野の専門家を送りこんで高水準の書誌情報を構築した方がよいが、なるべく地元の研究者に参加して貰って現場で和本に関する情報を共有することが肝要である。

『天主降生出像経解』（ジュリオ・アレーニ）

早春、フランスの地方都市の図書館に出向いた。幕末・明治の草双紙・絵入本が六十点ほど。刷は悪くないが端本が多い。パリで、ジャック・デュセ旧蔵色刷本の優品を見た直後だったのでやや落胆して、夕方、収納箱に戻そうとすると、中に古色を帯びた革表紙本が一冊入っている。取り出して拡げると原装の絹表紙、更に繰るとイエズス会のＩＨＳの紋章が入り、序の他は全丁絵入り漢文脚注の三十丁六十面、一図の大本である。表題は『天主降生出像経解』、キリスト一代記の絵解き本で序は明末、崇禎丁丑年西歴一六三七年の艾儒略（ジュリオ・アレーニ）のもの、いわば中国キリシタン版で、同行のプチマンジャン碩子氏と感嘆の声を共にしながら見入ったことであった。中国のイエズス会の出版活動に暗いので伝本の所在なども知らないが、当然、日本の同一会派の活動との関係に思いが及んだ。時期的には両地のキリシタン版は並行するが、研究書で、フィリッピンやゴアに言及するものがあっても、別個に研究が進んでいて、日本禁教後の中国のそれとの関連に及んだ行文は知らない。しかし同一会派である以上、印刷面での関係は究明して然るべきだ。プチマンジャン氏はコレージュ・ド・フランス日本学高等研究所長だった故ベルナール・フランク氏の後任の方なので、漢学研究所の研究者や書誌学者の意見を徴することや、研究所図書館に来る大学院生を含めた日本学研究者（交流協定を結んで五年、当館スタッフとの共同研究の仲間である）の検討課題とすることを依頼したのであった。

さて、ヨーロッパにはＥＡＲＪＳ（日本資料専門家欧州協会）という、図書館員・学芸員の情報交換の場があり、研究集会を年一回開いている（今年は九月末にスロバキアのブラチスラバで開催とのこと。著作権問題と、日本の国際交流基金・国会図書館が共催している海外の日本文献専門家の招待研修が今年で打切りにならぬよう延長の申入れを議すらしい）。また、アメリカにはＣＥＡＬという東アジア資料を扱う図書館員の組織があって活動を重ねている。当館は前者とは多少関係は持つものの、後者とはまだほとんど縁がない。しかし、後者を中心に世界中の情報ネットワークを作る話が進んでいるようであり、それに対応する国内の機関は、情報学研究所、国際日本文化研究センター、国会図書館など、互いに話合いの場がまだできていない。

近時、中国、韓国、台湾など、電子情報化は極めて敏速であり、ここでも準備を急がされる日が続いているのである。当館としては、一点ずつの確実な内容確認をしながら収集した二十八万点のカードと前記「典拠ファイル」を基礎にした電子情報化と本文画像の提供を進めて行く予定である。石を積み続ける。

（文学・2巻3号二〇〇一年五月）

初出一覧

I　和本を尋ねて………（書下ろし）

(1)「伊地知牒《ちょう》」の手習い訪書（昭和三十四、五年）
(2)島原松平文庫（昭和三十年代後半）
(3)八戸市立図書館南部家本（昭和四十年代）

II　昔の庭

(1)点鬼簿
①岩津資雄『遠白』頌………わせだ国文ニュース57（平成4・11）加筆
②伊地知鐵男　追風用意………わせだ国文ニュース28（昭和59・4）
③藤平春男　学びの指南車………（書下ろし）
④谷山茂「恩師」と呼ぶ………東北大学教養部報62（昭和59・4）新入生歓迎号特集「師を語る」
加筆

⑤稲賀敬二　九十九日、九十九日……古代中世国文学17（平成13・9）
⑥吉田幸一　研究鼓舞の「器」古典文庫……文集吉田幸一先生敬慕（平成15・4）加筆
⑦J・J・オリガス　食前長講………（書下ろし）
⑧山崎正之　ワセダ以前、以後………わせだ国文ニュース77（平成14・11）加筆
⑨堀越善太郎　鎌倉、御成、「井戸の鮒」………（書下ろし）
⑩小美野信一　昭和十八年初夏、榛名湖舟遊………（書下ろし）

(2)昔は今
和歌史研究会………（書下ろし）
井上宗雄さん………わせだ国文ニュース77（平成9・5）加筆
有吉保さん………（書下ろし）
福田秀一さん………（書下ろし）
大道芸人論始末………（書下ろし）
プチマンジャン・松崎碩子さん………（書下ろし）

III　折々の手帳

(1)物差し頌………（書下ろし）
(2)美福門院加賀と隆信………しくれてい90（平成16・10）加筆

(3)詞花集の和泉式部………（早稲田大学蔵）資料影印叢書月報40（平成5・12）
(4)ラクリモーザの響いた梁………（書下ろし）
(5)聖堂の壁に消えゆく夕日影………（書下ろし）
(6)わが十代の神保町………（書下ろし）
(7)池塘春草………わせだ国文ニュース16（昭和45・12）
(8)仙台［輪王寺］………（書下ろし）
(9)登米［北上川畔のまち］………（書下ろし）

IV　玩物喪志記………（書下ろし）

V　戸越だより
(1)臨池所感………国文学研究資料館館報49（平成9・9）
(2)エージェンシー問題と韓国所在図書調査と………同　52（平成11・3）
(3)「文化財の流出」の発想を捨てる………同　54（平成12・3）
(4)「右から御覧下さい」………同　55（平成12・9）
(5)書物文化の視点からの研究事業………同　56（平成13・3）

⑹三十年という時間……同　59（平成14・9）
⑺大学共同利用機関法人に向けて……同　61（平成15・9）
⑻新生のための閉幕の辞……同　62（平成16・3）
⑼石野政雄氏手沢本について……同　46（平成8・3）
⑽コレージュ・ド・フランス日本学高等研究所との学術協定について……同　47（平成8・9）
⑾パリで読んだ『六百番歌合』同　48（平成9・3）
⑿海外の日本古書籍調査……文学2・3（平成13・56、岩波書店）「文学のひろば」

＊　＊　＊

①Ⅲ折々の手帳　⑵美福門院加賀と隆信のカット「俊成の妻　加賀の子ら」「母を恋ふ隆信」（芹澤銈介『極楽から来た　挿絵集』所収）の使用については、著作権者芹澤長介氏の承諾をいただき、芹沢銈介美術館の掲載許可を得ている。ただし、掲載に用いたのは架蔵本である。
②Ⅲ⑷ラクリモーザの響いた梁の「石水館」写真二葉は撮影者三輪晃久氏、並びに芹沢銈介美術館の掲載許可を得ている。
③Ⅴ戸越だより。11パリで読んだ六百番歌合の、ベルナール・フランク氏の写真は逝去後間もなく、国文研を訪問された夫人からいただいたもので、爾後、学術協定を記念して館長室に掲額されているものである。

あとがき

後《うし》ろ言《ごと》ばかりを書いた。人や事にも触れたが、中心は本。それも書物の中味ではなく、形姿に見惚れ、溺れた迷い言である。書架はその人の器量を語るものであろうから、架蔵の書物の精神性の稀薄さに、今更ながら粛然と椅子に身を沈めるのみである。

専門分野の本は書かなかった。国文研のことも書かなかった。公憤に傾きがちで、わが柄の文言にはならないからである。その代り（にはならないが）、国文研館報の文章を載せた。「江戸武家文学散歩」は、世に盛んな庶民の江戸名所記とは空間を切りとる視界が異なるので、気が乗っていたのだが、面白がり過ぎて分量過多、省くことにした（III折々の手帳の扉写真参照）。II「昔の庭」と題した交遊録の章では、特に和歌史研究会の方々をもっと書くつもりでいたが、準備不足では却って失礼になるので、とりやめた。

通勤路の、五反田エクセルジオール地下の円卓、日帰り往復の新幹線車中、出張先の宿の小机、わが家の食卓などの上で、神楽坂山田屋製の二百字詰原稿用紙（学部の卒業論文で四百字詰を用い、その後、仙台では丸善に転向。昭和の終りの年、東京に戻って、硯友社所縁の山田製に帰った）で、書き下ろしたり、旧稿に手を入れた。時の透き間に、好きなものを好きなように書く小さな愉悦。あまりに放埒に書き散らしたので、まとめに入って、今更一書としての体姿の虚弱を嘆じても仕方がないが、これが、いつも半端な己が姿と見るべきことなのだろう。

今井卓爾先生が早稲田隠退の時、『明治大正詩歌書影手帖』を出版された。平安朝文学の研究者として、学部卒業直後から浩瀚な著作を陸続と出され、名の知られた学者であったが、近代詩歌の論文は全く公けにされていなかったので、このコレクションは意外の感と、内容の確かさと豊富さとで、驚嘆の声があがったのであった。篤実な性格そのままに、学者らしい品位と硬質な精確さとで楽しませていただいた。こちらは似ても似つかぬ遊びの書であるが、余芸の共通点と自己韜晦して、書名の一部を借用し、『書影手帖』とすることとした。

本に溺れた後ろ言、といったが、他方、まだ懲りずに新しい書との出逢いを待つ思いも消えてはいない。


道の辺に清水流るる柳蔭しばしとてこそたちとまりつれ（新古今・夏　西行）

学生のころ、空穂の評釈に「その場を立ち去ろうという気になった時の発語」という趣旨の、「作意」の勘所を明示する「評」を見て感じ入ったことがある。花々に見入って溺れている最中《さなか》の感慨でもないし、龍宮に長逗留した後の自己嫌悪でもない。

その嘆息が主である本書の中身とは背馳する書名ではあるが、実は、また歩き始めたい、という思いが残っているからこその、名でもあるのである。あとどれほどの生命の灯が残っているかは知り得ないが、放置したままにしてある、あれこれの問題を考えて行くことにした。

松野　陽一（まつの　よういち）

＊出　生　昭和10（1935）年　東京神田生まれ
25（1950）　疎開先から帰京
27（1950）　心内膜炎にて長期療養
34（1959）　早大国文科卒。卒論は六百番歌合
49（1974）　東北大学に赴任
63（1988）　国文学研究資料館に転任
平成3（1991）　大動脈弁置換手術。身体障害者証（一級）交付
9（1997）　国文学研究資料館長。現在に至る

＊著　書
藤原俊成の研究（笠間書院・1973年）
詞花集（校注、和泉書院・1988年）
千載和歌集（校注、岩波書店・1993年）
千載集－勅撰和歌集はどう編まれたか（平凡社・1994年）
鳥帚　千載集時代和歌の研究（風間書房・1995年）他。

＊現住所　〒156－0043　世田谷区松原2－6－9

書影手帖《しよえいてちよう》　しばしとてこそ

2004年11月30日　初版第1刷発行

著　者　松野陽一

装　幀　右澤康之

発行者　池田つや子

発行者　有限会社　笠間書院

東京都千代田区猿楽町2-2-5［〒101-0064］

NDC分類：918.2　電話　03-3295-1331　Fax　03-3294-0996

ISBN4-305-70285-1

藤原印刷・渡辺製本
（本文用紙・中性紙使用）

落丁・乱丁本はお取りかえいたします。

出版目録は上記住所までご請求下さい。

http://www.kasamashoin.co.jp